舒婷散文

SHUTING SANWEN
ZHENCANG
BAN

舒婷 著

图书在版编目（CIP）数据

舒婷散文 / 舒婷著. -- 武汉：长江文艺出版社，2021.7
（舒婷文集： 珍藏版）
ISBN 978-7-5354-9535-8

Ⅰ. ①舒… Ⅱ. ①舒… Ⅲ. ①散文集－中国－当代 Ⅳ. ①I267

中国版本图书馆 CIP 数据核字(2017)第 052948 号

封面题字：赵丽宏
责任编辑：李 艳　　　　　　　　　责任校对：毛 娟
装帧设计：壹 诺　　　　　　　　　责任印制：邱 莉　胡丽平

出版：长江出版传媒　 长江文艺出版社
地址：武汉市雄楚大街 268 号　　邮编：430070
发行：长江文艺出版社
http://www.cjlap.com
印刷：湖北恒泰印务有限公司

开本：880 毫米×1230 毫米　　　1/32　印张：10.25　　插页：4 页
版次：2021 年 7 月第 1 版　　　　2021 年 7 月第 1 次印刷
字数：240 千字

定价：45.00 元

版权所有，盗版必究（举报电话：027—87679308　87679310）
（图书出现印装问题，本社负责调换）

花　事

　　我终于明白,令我惆怅不去的,令我若有所失的,令我的心又酸又软的,是已逝的青春所留下来的芳菲,是米兰是桂树还有其他什么的。

　　现在当我习惯地停在桂花前,感觉到它极温柔极恬静地对我诉说芬芳,我同时还听见了周围一片哗然,像有几十双小手拉扯我的衣服和发丝:"还有我们呢！我们是你的百合,你的海棠,你的三色堇！"

舒婷

目　录

老家的陈年芝麻儿

到石码去 …………………………………… 003
籍贯在泉州 ………………………………… 006
孩提纪事 …………………………………… 009
老家的陈年芝麻儿 ………………………… 017
晚照 ………………………………………… 020
挽高裤管过河 ……………………………… 023
童年絮味 …………………………………… 026
在那颗星子下 ……………………………… 029
木棉树下
　　——我的中学时代 …………………… 032

我儿子一家

照相 ………………………………………… 043
仲夏之夜 …………………………………… 046
情话·情书·情人 ………………………… 049

预约私奔	053
我儿子一家	056
大风筝	060
儿子的天地	063
花事	073
嘿,十七岁!	077
有意栽花无心问柳	080
抵挡孤独	084
临别赠言	090

干菜岁月

一朵小花	097
洁白的祝福	099
在澄澈明净的天空下	103
梦入何乡	108
心烟	113
小桥流水人家	119
梅在那山	123
"神药"	127
房东与房西们	131
醉人的酒养人的饭	138
小河殇	141

自在人生浅淡写

榕歌如泣	149
小泥匠哥哥	154

丽夏不再 ………………………………………………… 157
一个人在途中 …………………………………………… 163
文学女人 ………………………………………………… 169
红草莓诗人 ……………………………………………… 177
自在人生浅淡写 ………………………………………… 182
我们都是你的瓜子儿 …………………………………… 187
闻香识异乡 ……………………………………………… 191
晚菊弥香 ………………………………………………… 195
诗思如海亦无声 ………………………………………… 198
与你同行 ………………………………………………… 201
东北痴人 ………………………………………………… 208

我的海风我的歌

我的海风我的歌 ………………………………………… 223
我们生活中的动物演员(节选) ………………………… 232
生命年轮里的绿肥红瘦(节选) ………………………… 246
老房子的前世今生 ……………………………………… 257
渐行渐远的背影 ………………………………………… 267
书祭 ……………………………………………………… 283
大美者无言(删节) ……………………………………… 289
真水无香 ………………………………………………… 297
心曲千万端,悲来却难说
——怀念父亲 ………………………………………… 311

一
老家的陈年芝麻儿

到石码去

世上大约没有人能记起他出生的那一天,人间以什么样的面目迎接他。可我虽然满月之后就离开石码,再也没有回去过,但那一天的情景却完整无损地留在我的记忆中,而且一年比一年丰富细致。

沿海一个小小的渔镇,螺号吹出一股一股沁凉的晨雾。爸爸出差去了。临时租借的住房又潮湿又空旷,除了粗粝的石条窗透过几线光亮,再有就是那敞开着的小门,门前几级苔痕斑斑的石阶接上路面。可以看见几双穿木屐的大脚沉实有力地踩过,脚趾虎虎地张开,褐色的宽裤管带起腥味的风。鱼尾甩动的大箩筐辚辚地拖过条石街,到处是闪闪发亮的鳞片。

阳光渐渐炽热起来,石街像一条流动的火河。临时请来帮忙的渔妇靠在门框上,被正午的倦意侵袭,渐渐打起盹来。

一支蜡烛在硕大无朋的圆桌上自得其乐。

妈妈的床缩在大房子的最深处,垂着蚊帐,像一艘落下帆的小船,泊在荒凉的海边,涛声时高时低。

外乡、独居,又怀着一个不安分的小生命。她好幻想又多愁的气质足够让她在阵痛的间歇中体味处境的寂寞和神秘。也许她想起外婆家她的清净卧室,风百无聊赖地翻动遗忘在钢琴上的乐谱,自鸣钟一下一下地测量着岑寂。枕边那一册《聊斋志异》犹夹着多少狐仙和鬼异的故事呀,在她们那一帮教会女生中,她时常拿这些故事吓哓吱吱尖叫的姑娘们,其实多半首先吓了她自己。

突然一阵风,凉凉的(妈妈一直这样强调,而且声明她绝没有睡着),烛焰低抑,一个黑糊糊的影子隔着蚊帐撞往妈妈怀里。妈妈大惊,猛地撩起蚊帐,只见那渔妇靠在门框睡得正熟,一只黑猫蹬过她厚实的赤脚,一蹿上了街。蜡烛快燃尽了,小小的火焰犹如一面小旗,飘动、展开、垂落……

我在那天下午出生,妈妈那天看见了什么,谁知道呢,但从此我便有了"精灵儿"的绰号。

满月之后,绸缎庄老板把他的三小姐和外孙女一同接回大都市。

我那常在地方小报上发点歪诗的爸爸,抱着他的鬈发黑黑、肤色雪白的"精灵儿",在花园回廊上大叫:"女神,我的女神。"尽管后来女神长成了丑八怪,但父亲对我的溺爱有增无减,原因也和我的"精灵"有关。

走在街上专挑沟沿、栏杆爬高窜低,和男孩子去钓鱼,吊在龙眼树上偷嘴,都有我的份。尤其我们的家在政治风云中遭难之后,妈妈遇事总得和我商量,在她高兴或不高兴的时候,夸我也好,骂我也好,常是啐一声"精灵鬼"!有一天我要填履历表了,妈妈告诉我籍贯要写泉州。什么?我明明出生在石码嘛!泉州我随爸爸去过,我一点不喜欢。泉州是一条又一条绕来绕去绕个没完的小巷,一张又一张据说是亲属而又从未见过面的脸孔。我唯一感兴趣的是爷爷和奶奶的洞房,但那已被我叫不出辈分的族亲翻修一新,邓丽君在那儿领导新潮流。籍贯在泉州是多么暗淡呀。

而我的石码镇白天有慷慨热烈的阳光,存在石缝,流在海滩,到了晚上就发酵成浓浓的酒香。清冷的月牙儿像一弯快镰,收割一簇一簇浪花,波涛吃吃地笑着,纠缠着苍白的石阶。码头边泊着小小的渔船,透过船篷是红红的灯,看得见古铜色的脊梁护卫着一窝甜甜的梦,梦中的渔家孩子像黑鳗一样扭动着。啊,咸味的梦和大海息息相关。

让我在籍贯一栏藏着我的渔镇吧,今天填乡音如缕,明天填南曲一管。我在我自己的热爱中,吮吸爸爸妈妈的回想,丰满了我出生的那一块热土。

过了许多年,我在一些场合上认识了不少石码人,他们热情地邀请我去玩,并且告诉我,再也没有石条街了,都成了柏油路。那种古堡似的老房子怕也不在了,甚至鱼也少了,现在镇上的主要经济是工厂。

终于有一天,我把一张六角钱的船票端详了许久。六角钱,这么简单,一艘突突突弥漫着汽油味的小火轮就能把人带过三十二年辽阔的怀想,抵达梦之湾吗?

三十二年,小镇的人与事也在我的思念中成长与凋谢。我常想那一只那么残酷地捆我屁股蛋的蒲扇大手,现在一定像老树皮那样搁在膝上,还会有孩子愿意听他讲陈年烂芝麻吗:三十多年前,有位爱抹眼泪的"先生娘"在这儿养了个哭不出声的"精灵儿"……街角的碗匙敲击声,还一样有节奏地诱惑行人夜归的脚步吗?但卖鱼丸汤的定不是那爱咳两声的老头,该是他的儿子或孙子了。虽然那胡椒味儿,那葱花香,是我在娘胎里就熟悉了的。

我的手一松,绿色的船票顺着波涛一耸一耸漂走……

让那新建的公寓大楼替代我那秘藏无数鬼魅传闻的老房子吧;让渔民综合企业公司孵出一批一批羽毛斑斓的小伙子和姑娘吧;让穿木屐的脚都套上三接头皮鞋,让乔其纱和红领带在大街上飘吧;让所有的孩子都出生在那样一个热烈、明朗、高速度的现代化都市吧!只是在我的感情里永远有一扇开着的小门,像一个简朴的画框,嵌着那天的阳光,那条市声喧闹的条石街,和一个"精灵儿"三十二年绵绵的眷念。

1984.11

籍贯在泉州

我是外婆一手带大的,听惯并且极为热爱外婆的漳州腔,认定这就是我的乡音。外婆去世后我回到父亲身边,不知不觉沾上父亲口语间的抑扬顿挫,逼起嗓子与泉州朋友交谈,自诩可鱼目混珠。

其实父亲出生在鼓浪屿,我的儿子也是,一家三代,应当算是厦门人。父亲继承祖父祖母的泉州口音终生未改,他的几个弟弟妹妹却无此染。我的儿子牙牙学语时学的即是普通话,十几岁忽然自己练出一口半生不熟的厦门话,虽然有时还需翻译,总算归口归队。今年初父亲去世,我心中悲缅脚底漂浮,仿佛有什么东西就要被连根拔掉。夏季儿子填表报高中,丈夫踌躇半天,毅然在籍贯栏写上"厦门"两字。我与他四目相视,居然有些沉痛。

替儿子割掉尾巴儿子毫无轻松之感,倒是他的父母重新体验结扎脐带的隐隐作痛。丈夫生长于鼓浪屿,籍贯是泉州南安,不曾回过老家。用"回"字不够准确,应当说他从未到过他生根的地方。暑假我们带16岁的儿子去泉州,仿佛履行一种类似成人礼的仪式。

我的祖宅位于泉州城内的旧馆驿,面对古老的东西塔。二十世纪七十年代初我在这座迷宫式的三进两落大厝穿梭,经七姑八叔的指点,方寻到我的亲亲二伯婆。跨过尺多高的木门槛,在古井边洗脸,坐硬条凳,喝手制的新茶。家的感觉就在这些刷洗得木纹斑驳的中案桌、影壁、窗棂,微微发黄的字画,龟裂的方砖,天井蓝釉花盆里的官兰,甚至镶在滴水檐的青苔上。

年迈的二伯婆颤巍巍地亲自下厨房给我做家传炒米粉,如此佳肴吃得我胃发沉,不能坐。堂哥同情我,筛热茶助我消食,我苦着脸打着嗝摆手不迭:多一口茶水也没有地方装了。

傍晚,趿拖鞋摇葵扇,逶迤两三步去东西塔下纳凉。凉茶摊,扁食担,碧绿的盐水桃儿,浇了红糖浆的热豆花三分钱一碗。好时光哪!

二三十年过去了,本是街心公园的东西塔,现在修缮得倒是齐整。建筑十分气派,草木浓密葳蕤,可惜早晚关门,白天卖票。我们在高墙下逡巡不得而入,遥见两塔相伴,凛然月迷之中。好像儿时玩伴投进豪门,便有了深似海的失意。旧馆驿老屋的后两进越发凋敝,仅余几位老人恋栈。前一进厅堂因有海外亲戚接应,这一房亲戚长年刻意料理,乌檀粉墙雕窗飞檐,依旧古朴雅静。听说原是要拆迁的,经清华大学权威鉴定,列为文物保护。已搬往宿舍居住的堂哥,脸上忧喜兼半。一家三口,堂前门外拍了照。问儿子:可有归家之感?儿子眨眼:谁的家?

临行前曾向年近九十的婆婆细细打听丈夫家史,老人连村名镇名都说不清,只记得乡下大厝叫"新光泉",与在菲律宾的家族公司同名。承蒙宣传部的朋友帮忙,很快找到南安官园,果然"新光泉"在当地颇有名气。

由于公路拦腰切去后半截,这所百年以上的老厝宅,唯花岗岩与红砖镶嵌的门面尚存余威。内部的厅堂、天井都十分狭窄,房间低矮阴暗。婆婆印象中的名门大宅,只在族兄复印给我们的半部族谱上,记载它的显赫一时。

遂了心愿以后几天里,我们重游开元寺、清源山、老街和新开发区时,多出一份泉州人心态。为高楼林立喜,为植被绿荫少而忧;筷子向宴席上的龙虾鲷鱼英勇出击,心里想的是大排档的牛肉羹烧肉粽元宵丸;耐心看似懂非懂的梨园戏,头皮阵阵发麻听南音清唱,一边还摁着屁股不安分的儿子;帮丈夫试穿"七匹狼"西装,给孩子物色"匹克"旅游鞋,先做一番民心安抚,然后自己义无反顾扑向"金色年华"与"美姿",钱包空了,行李重了,打点一身泉州名牌,移动广告似的,臭美得很。

读台湾诗人路寒袖一句闽南语诗:没有家乡哪来故乡?似有所悟。如果说厦门是我家乡,那么泉州正是我的故乡,在漫长的种族迁移中,它是离我最近的一座风雪驿站,几代人从这块热土汲取的能量,吸引我,像指南针一样总朝着它的方向。

此生,我的籍贯是泉州。

1999.8

孩提纪事

家乡的黄皮果

很多年来,我一直不知道它真正的"芳名",外婆把它叫作"黄弹"。

三十年前,漳州在福建虽小有名气,却还是半乡半镇,多有荒郊野林。爸爸的机关宿舍就半掩在一片小林子里。路口是一株极肥绿、极粗壮、极慈祥的老果树。

它使我常常想起漳州平原一带常见的村妇,脸膛赤红,臂膀浑圆,奶头上吊着孩子,孩子已经可以满地跑。我外婆是地道漳州人,嫁到厦门五十多年,犹满口漳州口音。只是长得十分娇小,一双缠过又放开的脚,因此而定做的一双牛皮鞋,擦得贼亮,闪烁在外祖父阔气的鞋柜里。即便如此,外婆仍不失漳州妇女本分,像黄弹果树一样果实累累。小时候我扳着指头数姨姨舅舅,十个指头都用上刚好,我妈还不算。

黄弹果的滋味已记不清了,反正美妙无比,我天天在心里这么想。

想它的黄果皮,透明多汁的瓤,嫩绿的核。尤其想念它,在风起的日子。闽南多台风,我跪在竹床上望窗外泼墨天地,巴望风雨快点过去,和邻童挎着小篮子,拍手雀跃在黄弹果树下,大约拣落果的快乐早已超过了吃的想望。

傍晚,小小的我独自站在路口等爸爸下班回来。夕阳下,老树斜斜地和我站在一起。直到钟爱我的爸爸一脸怜惜向我走来,驮我在肩上回家。父亲总叹着气对妈妈说:孩子想外婆呢!我不懂得那是一种思念的寂寞,一种孩子的天真无法诉之语言的联想。但我确确实实每逢淘气受妈妈谴责,便将衣柜大小物件拖一地,抱着小衣服闹着要回外婆家,最后妈妈都无奈地陪我哭一场。

在漳州黄弹果树下想厦门的外婆。后来家里遭变,我回到了外婆身边,在洋楼里想漳州,想漳州的黄弹果树上的风,怎样教叶子都学会了一种泥土味的乡音;想起夏夜里头蒙着毛巾被听妈妈用她独特的语言讲《聊斋》,"鬼大笑,手舞足蹈绕着圈走……"窗外黄弹果树也大笑,也手舞足蹈绕着房子走;想起惹妈妈生气时,她一脸的伤心,唉!

直到有一天,爸爸神秘地在我书桌上放下一串黄灿灿的果子:"你还记得黄皮果吗?"呵,黄皮果!

原来我早该去问父亲,但我能问什么呢?

和黄皮果树一样壮健,一样生气勃勃的外婆早已回到泥土和阳光中去了。在小洋楼钢琴声中长大的弱不禁风的妈妈也和琴声一起消逝了。

现在高楼林立的漳州市,还有黄皮果树的荫伞吗?在哪一个黄昏,扶哪一个孤独的孩子眺望落日?

我是黄皮果树的孩子。

份面、玉米棒、盐水桃

一份软颤颤的捞面,黄澄澄的,抹层辣酱,夹上炸五香、卤豆干,卷起来,就这样狼吞虎咽,叫人涎水直流。打赤脚戴斗笠的农民,佩校徽插钢笔的学生哥,还有一些我不知道职业却认定无限幸福的人围着街头小摊吃"份面"。馋涎欲滴的我几次使尽诡计,都没能让妈妈开恩。总说"脏""不文明",卖卷面的手不洗呀,街上的灰尘呀,炸五香不是昨天剩的就是前天馊的呀……呀呀,吃的人那么多,几时听说拉肚子的,哼!

漳州在三十年前海鲜极便宜,父亲颇喜烹调,母亲则重营养。山珍海味也不知吃过多少,都不记得,唯独惦着没有到口的最便宜的"份面"。

英雄哥哥

一九五七年,父亲远去。妈妈仍带着妹妹在漳州工作。我回厦门外婆家,哥哥则寄养在奶奶家,我们一家人隔好几条银河呢。

大约是国庆,放假。妹妹随妈妈回来探亲。刚考上中学的哥哥俨然是大人了,一手拉我,一手牵妹妹,上街,逛公园,简直是壮举。

还不算,慷慨地问我们想吃什么。不约而同指着玉米棒,熟的。这原是禁忌之内。或许哥哥表面雄赳赳,内心仍是十三岁的孩子。于是瞬间便挑好了三根最长,最饱满……不知道还有多少个"最",满街节日的人流,应数我们最"节日"了。

谁知一个和哥哥差不多大的孩子斜刺里冲过来,没等妹妹

"哇"地哭出声,已夺过玉米棒跑远,边跑边用尖尖的牙齿啃着,还回头笑呢,这强盗!

我以为哥哥会英勇地追去,揍他;我们便一起扑上,咬他。谁知哥哥只是把自己的玉米棒塞给妹妹,说:"别哭了,他也高兴呢。"

我气愤愤地想了好久,终于平静地问哥哥:"那孩子一定没有哥哥?"

妈妈的盐水桃儿

漳州是有名的水果之乡。成年之后回去,人们带我参观的总是龙眼林、荔枝园,其实我知道最好吃的果子是盐水桃。你信不信?就在那株黄皮果树的荫护下,我们曾有一个极温暖又短暂的可爱的小家。

每天午睡起来,我迫不及待地爬上竹椅,掀开饭罩,手伸向一盘用盐水涮过的绿得水灵红得透亮的桃子。妈妈早已笑吟吟候在身后。我吃得满脸满手都是甜汁,妈妈则用雪白的牙齿文雅地轻轻一咬,声音清脆好听。我好像从来没有学会那样吃法。

无论哪种吃法都是有滋有味的,妈妈瞧着我,我瞧着妈妈。

过了好些年,爸爸一直不回来。我在厦门上中学。有一天放学归来,在我房间的大口杯里,留着一个又大又红的桃子,而且刚刚用盐水涮过。

这是我对盐水桃子最后的记忆,因为也是妈妈最后一次含泪看我吃完它。

四姑婆

四姑婆命歹,说是因为她的前额非常斜溜,和她的胞兄、我的外祖父的额头那般,一马平川。只是不知何以外祖父却公认的命好(据说也是托福那个额头),十八岁来厦门当学徒,历尽沧桑,白手起家开了好几铺绸布庄。就是"文化大革命"那阵子,外面高帽、木牌子吓人,八十岁高龄的外祖父犹手颤颤地自个儿煎蛋下酒。

四姑婆并不守寡,家里绝口不提老姑丈,她自己或曾提过,和外婆咬耳朵的时候。四姑婆命苦,和她见不得台面的影子丈夫有关吧?

甚至没有儿子。

买一个儿子叫"憨头",不憨,且刁滑得终于不知去向。生一个女儿叫"水仙",名字文雅,人却泼辣精悍,好吃懒做,把老娘搜刮一空,嫁出去了,仍常回来刮油星。

年老的四姑婆,独个儿守在河沿街浅屋里。阳光麻麻点点地从支着的竹席穿门进户,照着梁下一只小篮子,篮子里大约两挂细面、一条咸肉,为梁下鼠窜的孙子孙女所觊觎。

四姑婆心好。我们一家在漳州生活那几年,四姑婆的小篮子三天两头在我们家出现,有时是荔枝蜜柑,有时是豆包年糕。她女儿当时大约十一二岁,进屋前照例用衣袖抹一下嘴。妈妈从篮子里取出明显短缺的食物从不查问,又放进糖果饼干、白糖面条,那女孩目光炯炯地守着。

在外祖父家,来走动的亲戚要数四姑婆最受欢迎,不仅因为她是外祖父唯一的胞妹,也不因为她每次来都恨不得把她的小果园一肩扛了来。而是因为她既干净又勤快,一件白布褂子,洗得雪白,散发出酸酸的乡下特有的浆洗味。外婆一块抹布已叫家中各式家具不堪其苦,她简直又把地板狠狠刮了一层。

只要去漳州,都去四姑婆家。她的小屋里走动许多"三姑六婶",有住一宿两宿,有住一月半载的。每次四姑婆都要郑重款待我,踮在凳子上,取下小篮子,半挂细面,打一个蛋花,很稀罕的味精加一点,我吸溜吸溜恨不得连碗一起吞下去,比我父亲给我做的老鳖熬枸杞不知好吃多少倍,千真万确!

直到现在,我自己也须为生计操心,我才突然想到一个很重要却一向不被关心的问题:四姑婆究竟怎么养活她自己?

只觉得她一天天黄了,并不见老。

小果园已早不存在,只有一棵洋桃树,缩在屋后。在四姑婆逝去的好几年后,我去沿河街,还看到它,很老,果子寥寥几个,蜜甜,一如有关四姑婆的回忆。

雨天·星期日

老宅的房间像地牢,推开红漆脱尽的门,下三级石阶,依稀可见一张大床,床上窝着一个撅起屁股睡觉的孩子,那就是我。我怕黑,像鸵鸟将头埋在枕头里。

说实话,我们的住房在漳州还算洋,砖木结构,还有二楼。二楼住着房东,其余蜂窝般散着房客无数。

房间在走廊尽头,走廊是一条任意延长线,去向不明。或者是两岁小孩所不能涉险的远方,或是由于大人的原因而设置的禁区,不记得了。房间里的阴潮和小院子的光亮、宽敞成鲜明对比。妈妈不忍将我反锁在黑屋子里,辞去银行工作,专职家务。我便可以放出来整天坐在走廊边上,望院子的天空胡思乱想。院子不许我去,因为满地鸡屎鸭粪。污水垃圾在漳州是人丁兴旺的标志。

下雨,院子很快有了积水,渐渐淹过膝。我一心一意用妈妈的衣权子在水中钓鱼。大人们高高挽着裤管,哗啦啦一趟来一趟往。直到男子汉的爸爸下班回来,立即熟门熟路地从水沟掏出几块砖头。于是,"海"很快退潮,露出我的"鱼"来——一只小皮凉鞋。究竟凉鞋为什么会掉在院子里和院子怎么会变成汪洋大海大有关系,父亲手中的砖头就是我的罪证,但是放心,大人们傻着呢。

一直在搬家。

又搬进一个大杂院。外屋地砖一塌糊涂,简直跳不成格子。里屋还是黑。后来妈妈虽回外祖父家,仍喜欢用厚窗帘将房间遮得半明半暗。

还有个小小的后园。父亲搭了个宫殿般宽敞的鸡棚,又种了几畦空心菜。我和父亲结成联盟,为保卫空心菜的边境和妈妈宠爱的毛色斑斓的公鸡展开持久战。后窗是我的监督哨,我瞄准,向侵略者们开炮,又向父亲告密,把鸡们千方百计拱出的缝隙一个个堵死。可是那菜终于没能吃到,只留下葱茏的记忆。

"家"是我们这些星散家庭成员经常回忆、讨论、憧憬的话题。

我的记忆居然可以追溯到两岁、三岁、四岁,由于提供的证据确凿,不由得大人们又困惑又深信。

奇怪,我唯独不能记起我们家"遭雷击"的那一年。那一年,那一个事件对我是个空白。仿佛恶作剧层出不穷的我,在那一年被催眠了,过后又鲜蹦活跳起来。直到看日本电视《犬笛》我才相信,孩子们把威胁他们的危险拒绝在记忆、意识之外,这也是人类的一种自我保护吧?

十五年后,妈妈病重不起,我编了许多关于"可爱的家"的故事去安慰她,虽然我心里有一个声音不断地催人断肠:我们这个家是再也圆不起来了。

妈妈和我说起那一天:是星期日。"运动"高潮已经过去,人人松了一口气。爸爸虽有过吓人标题的大字报,仿佛没事了,于是就决定悄悄地庆祝。妈妈去买东西,父亲照例在家侍弄菜。等妈妈心情轻松地回到家,爸爸不见了,饭罩下压着一张通知:速去机关门口集合。

爸爸的毛巾撮在砧板上,大约连洗手也不行,只揩了揩手。

阳光暖洋洋地照在院子里,被妈妈填食得走不动的大肥鸭"呷呷呷"叫了几声,把一种冷清、一种不祥的预兆都衬出来了。

脸如白纸的妈妈奔到机关门口,满地鞭炮灰,人也不见一个。传达室的老头安慰妈妈说:"他们是挂红结彩去的,很快就会回来。"

很快?天,多少年,我们家再没有星期天!

妈妈说,饭罩里是爸爸的拿手好菜:猪肝切片,肉丝、茭白丝已切好,鱼剖肚去鳞,还码着姜丝、葱段……

我和妹妹好像都消失了。

一桌精心安排的菜肴,一个愁惨漫长的假日和一个分崩离析的家庭,这就是一九五七年。

1985. 10. 25

老家的陈年芝麻儿

外公深目直鼻薄唇,高个子白皮肤,据说遗传自他的母亲。闽南一带有不少混血儿,荷兰海盗、西班牙商船,还有阿拉伯人群居地。外公的母亲早逝,父亲续弦,所生诸儿都单眼皮塌鼻子,外公的模样越发触目不讨人喜欢。十六岁那年,继母借一件小事持菜刀追外公,他因病卧床的父亲惊起,格臂相救,一膀砍伤,血流如注,从此不治。当天晚上,外公只身搭船来厦门,从布店学徒做起,挣下两三间绸缎庄,生育十一个子女成活八个,不曾回乡过。

外婆告诉我这一故事:外公九岁那年,家中虽已破落,还养有丫头妈子长工。外公为继母所不容,竟被撵到山上放羊。

将到日午,夏阳灼灼,突然天像要塌下来似的昏黑一片,只见一条乌龙自头顶翻滚腾跃而过,咯喇喇之声不绝。外公孩子性情,纵身一跳,牧羊竿凭空击去,只听"当"的一声,掉下一锭元宝来,砸在腿骨上。

腿骨上的瘀青不久肿起化脓溃烂,求医问药,直到银元宝用完,伤口才痊愈。

外婆用缝衣针在发髻上划了划,意味深长地总结:银子还回去了不打紧,还挨了一个多月的皮肉之苦。

外婆的另一个故事挺长:外婆的父亲是个衙门小师爷,大概算小知识分子。他干没干坏事我不知道,据我外婆说,似乎我这位外公祖不但豁达,还有些民主思想。

冬天,很冷。吃过晚饭洗过脚,女人孩子都上床等着,米笼里煨着几颗毕剥响的板栗。一听到门外咳嗽声,外婆抢先扶着墙去拔门闩,那时外婆刚裹脚。原先外公祖是极力反对的,但后来提亲的人一听说大脚片子,规格降了好几分。无奈,外婆八岁裹足,惨叫悲啼自不待说。外公祖营救无方,便每天向货郎担租一本书回家"说古"。我外婆虽没正式读书,但是从《西厢》到《七侠五义》,所有细节后来一无疏漏又照搬给我。那是外婆用小手捏着小粽子一样的脚丫子,一边受着烙刑一边听的《窦娥冤》。我那先祖用鼻子蹭着发黄的小册子,就着剔亮的油灯,用古人的悲欢离合抚慰小女儿。我则是把双手插在外婆的皮袄里,听外婆讲下边一则真人真事:

外婆老家住的是漳州一带常见的平屋,屋后是一小院。院墙中间长一巨株老龙眼。向阳这方硕果累累且清甜多汁,背阴那面只长枝叶。邻家妇人短见,每逢口角便拿晾衣的竹竿殴打树身,口咒:"打你这抢风水的!"渐渐,这树枯了半边。南方多台风,枯枝碎叶,一再打破天窗,使大雨直打入屋。果实熟的时候,邻家孩子翻墙越屋过来骚扰,外公祖不耐女人聒噪,请人来斫树。

两三工人叮叮当当刀斧相加,老树颤抖着淌出浓稠的褐汁终于放松土地倒下,这才发现树根原是蟠在一口深井里。怪不得无论天多旱,那龙眼总是一泡蜜汁。工人来禀报。外公祖说,一并淘了吧。院里有口井,女眷们洗衣淘米省得到村口去。

于是淘井。

又来禀报。这次惊怕中带几分诡异,那工头说:"老板,井里像有东西哩?"外公祖袍袖一挥:"见者有份,对半如何?"

全家人闻声而动,拥着先祖站在院子里。递上来一个用油纸扎紧的坛子。工头抖索着解开一层油纸,还有一层,一层一层,直解了七层油纸。乌压压的脑袋都拢过来,映在一坛清水里。

是的,一坛清水。那水极清极凉,看一眼直沁入五脏六腑,许久缓不过来。

外婆说,那坛子家人用来腌萝卜,年年都有孕妇或酒徒,求去解馋下酒。

我追问不休:那里的水呢,为什么不喝了呢?

于是,我妈妈又有一个故事:

这是外婆叔伯辈的事,因为不光彩,好强的外婆不提,倒是我妈妈小时候从老妗婆那儿听来的。据说这故事影响了外婆族中好几代人的道德观。

这位叔伯祖是个读书人,与人相伴赴京赶考。那人带了沉甸甸一褡银子。想想百多年前,既无火车也无油轮,从漳州步行进京,换洗的衫裤也只得带一套,银子却是不能少的。

我那位祖宗见财起意,在城隍庙歇夜时,把那人用砖头砸死了。临时揪了块布幔把香炉团起,银子就塞在香炉里,把香炉埋在神龛下,然后去报官。那官又不是什么包公,见都是儒子,行装简单,并无赃据,草草结案,只当过路蟊贼所为。

事后,那凶手觑机去挖赃物,战战兢兢打开香炉,却见唯有一炉清汪汪的水。他仰天长叹:"我的福分真是薄啊,白白伤了一条人命!"心有不甘,正渴着,捧起香炉痛饮。"哇"的一声,那人两眼翻白,一锭银子卡在喉咙里,进出不得,活活噎死。

我大嚷:胡说!这明明是一则民间故事,我在哪本书读过的。

妈妈不答,红着眼睛。妈妈是出纳,那天办公桌忘了上锁,有内贼快手取走了一笔公款,或许妈妈指望那钱到贼口袋里之后只是湿漉漉的水而已,但妈妈却不能拿清水去赔账。

我和妹妹原计划要购买的大雨靴没有买成。那个梅雨天,一直湿冷着的,是我们姐妹俩的脚丫子哩。

1993.3.1

晚　照

外婆真像漳州平原上那果实累累的老龙眼树,这是炎夏里我帮外婆擦背,看着外婆胸前两只晃悠摇荡的梨状长乳,口里不觉津津然时想到的。

外婆生育十一胎。其中有个儿子做周岁生日就发高烧,求治无方而夭折。另有一女体弱多病,外婆从小受洗,把病女送到教会的育婴堂,求主庇护,再也不知那女儿的去向。外公少年时代为继母所不容,只身到厦门打天下,可谓孤苦伶仃,只有一位知己,胜似手足。那人多年没有生养,见外公最小一女儿,非但粉妆玉琢,且整日里笑容可掬,煞是可爱,苦求外公。外公几次踌躇,终于掉过脸去:趁你大嫂不在,快走快走。那人原是常客,与孩子厮混熟了。当下肩儿从后门遁走,只听见咯咯稚笑一路远去。当日那人便携家买棹过洋去,至今杳无音讯。外婆跌足不及,欲做河东狮吼,忽然腹痛如绞,呱呱早产一女,就是四姨。

外婆思女不已,一生再生,先是三舅舅,然后是四舅舅。当时外婆已五十一岁,想来儿女数是主的旨意,再不敢强求,以四舅舅止,膝下四男四女。

外婆十八岁经媒人说合,从漳州嫁到厦门。二十八岁的外公已从布庄学徒熬成伙计,开始养家糊口。大舅舅是长子,自然娇生惯养,四岁了还要人喂饭,长女的大姨妈,可就没那么幸运,一直是外婆的副手,众弟妹的总指挥,有好几个弟妹是把她的背当摇篮长大的。外公的生意越做越大,享福的也是小弟弟小妹妹们。那时她已十八,该嫁了,外公备了极丰厚的嫁妆,把她嫁到豪门去,自以为终于补偿了大女,谁料这一嫁,使大姨妈终生受尽坎坷,倒不如在娘家那几年快活。

即便在造了大厝,家中养四个丫头,雇了车夫老妈的那些时候,外婆仍是早起晚睡,事必躬亲,治家极严。最受宠爱的四舅舅淘气时,照样打得皮绽血流,然后外婆亲自上药。我妈妈与四姨都有自己的闺房,每天上学前必开窗、叠被、扫地,有一项做得不及格,即便已走出巷口,都要被丫头追回重新料理。

最叫外婆自豪的有三:一是八个儿女都是由外婆自己奶大,儿子个个俊秀聪慧,女儿如花似玉,品相纯正;二是外公在最发达时也从不嫖娼,家中丫头青春勃发,也不敢染手;三是中华人民共和国成立后,丫头没有了,外婆自己持家,家中仍纤尘不染。财源断绝,凭外公一点积蓄,孩子交回半数工资,困难时期吃的也是白米饭,不过,把外公最后一幢小洋楼吃光了。

外婆性子之刚烈,连庄严矜持的外公也不敢轻捋虎须。据说丫头春兰到了十五六岁,发育得丰乳肥臀,热光四射——现在就叫作性感。乡下大妗婆来家走动时怂恿外公把她收了,肥水不流外人田呗。外公捻须微笑不语。外婆也不多话,到自家布行里拣两匹花布,塞五十块银洋,叫大妗婆领到乡下,找一好人家嫁了。大妗婆贪财,私吞了外婆给的丰足嫁妆,还把春兰卖到山沟里,嫁给残疾人。过几年春兰蓬头垢面背儿携女上门哭诉。外婆这才勃然大怒,与大妗婆交恶。受此教训,几个丫头都以干女儿之名嫁在邻近,逢年过节还要给"压岁钱"。

最仗义的还是春兰。"文化大革命"期间,造反派一再启发春兰的阶级感情,倒让春兰得知外公外婆遭劫。卖猪崽卖鸡卖薯粉搭车到厦门,要接外公外婆到贫下中农家避难。当时外公已糊涂溺床,我和妹妹和一窝正在下蛋的乌骨鸡,还有正在牛棚挑大粪的大姨妈,全靠外婆和她的上帝合力支撑。外婆含泪送走春兰,之后春兰一直有信,她去世以后,她的儿女均有来当亲戚走动。

记事起外婆就梳髻子,每周洗一次长发,柔软细密。夏天两套龙门纱衣裤,浆洗得雪白挺括,散发出好闻的阳光味道。冬天一件斜襟青布褂,罩在老皮袄上,下着宽裆黑布裤,裤头拉直,两边对掖,系一条裤带。晴好天气,帮外婆用旧衣片层层裱糊在洗衣板上,外婆自己纳的鞋底。曾跟外婆绣鞋面,冬天是梅花,春天是兰,秋天是菊,而夏天,夏天外婆不穿鞋,套一双红漆木屐。

年轻时的外婆相貌如何,没有人敢于品评。外婆自己从不对女人评头论足,最常用的词汇就是"妥当""伶俐""古意",全都是有关人品问题。外婆的爽直、疾恶如仇,乃至生活上和品质上的洁癖,全家上下无不肃然起敬。

我始终认为,再没有比外婆更美丽的女人,即使在她七十多岁的时候。

1996.1.10

挽高裤管过河

外婆常说我是她的"尾仔囝",幺女的意思。

我这条小命是外婆救活的,而"文化大革命"的日子里,子女们或关进牛棚,或远离,也是我和妹妹陪外公外婆度过心惊肉跳、凄凉悲苦的晚年。

中华人民共和国成立不久,爸爸妈妈参加土改工作队,把我生在石码小渔镇,为了披星戴月投入革命斗争,把我交给当地渔婆奶养。乳妈的儿子已七岁,还时时来和我竞争稀薄寡味的乳汁。每逢我啼饥,乳妈就用食指挖一团冷地瓜渣抹在我嘴里。我日益萎黄,爸爸大急,买精肉、鲜鱼请乳妈熬汁哺我,奶公正好用来下酒;又买奶粉、小床,自然被乳兄享用,我只在父母探望前才得以在小床上待半个钟头,其余时候都在稻草褥上划拳蹬足,抵抗老鼠蟑螂。

渐渐我已哭不出声,只抽搐着翻白眼。

外婆闻讯,赶到石码,把四个月大的我抱回厦门,以英国老牌"克宁"奶粉把我抢救过来。从此外婆一口咬定我的老胃病是那时种下的病根。而且一直瘦着。

外婆说,老人和囝仔睡一起,会吸了孩子的精气,因此我有自己的被窝。我伸出冰冷的脚丫子穿越国境,夹在外婆的腿弯里取暖。清早外婆起来做饭,轻轻掰开我环在她颈上的手,把她的皮枕塞在我怀里,我醒来必立刻把皮枕扔在地上,骂声臭皮枕!做功课做到一半,我会扔下铅笔,把冻僵的手掖在外婆暖烘烘的皮袄下焐一焐。外婆用她粗糙温暖的手搓我的手背,老花眼镜直滑在鼻尖上,很是担忧地嘟囔:"这孩子气脉太弱,都是乳母作的孽呀。"和外婆一起上教堂做礼拜,跟外婆一起唱圣诗,唱得嘹亮无比;放学跳橡皮筋回家天色已黑,进门先把外婆的《圣经》塞到枕头底下,却骗外婆说给同学补课,外婆要我手放在《圣经》上起誓,却四处找不着《圣经》。暑假里玩得昏头昏脑,快开学了才想起不知学生证放哪里了,直到注册那一天,路上磨蹭着东张西望,心里默祷:上帝啊,如果你这时让我从书包角落或地上捡到学生证,我一定答应受洗。上帝太了解我了,奇迹从不在我身上发生。

老是丢东西。

丢铅笔,丢练习本,丢外婆要我买酱油的钱。初中一年级,我和妹妹终于有了自己的漂亮透明的雨披,我是蓝色的,妹妹是红色的。

我那唯美倾向非常严重的妈妈为了这两件小雨披,把她在机关食堂的午饭从每顿三毛减为两毛。

于是就盼着下雨,预先把发黑的斗笠盖在鸡棚上。秋雨刚开始,我就蓝泱泱好不美丽地上学去。放学时天气晴好,我把雨披忘在教室里了。过了两三天,我就读的省中路途遥远,放学回家已很迟了,全家人都吃过,我的饭热在锅里。我在吃饭时就发觉外婆的神色不对,她本性急如火,却按捺住满腔怒气,在饭桌旁一趟一趟地逡巡,我刚放下饭碗,雷霆立刻奔我而来。我这才清清楚楚地回想到我的教室我的座位上,那件雨披已无影无踪。

只好又到鸡棚去揭那顶斗笠,一股臭烘烘的鸡屎味儿。

没有读过而今五花八门的《家庭》《婚姻》等育儿百科全书的外婆,却也知道不能在孩子吃饭时教训孩子。那个晚上她又急又怒却能按兵不动的复杂脸色一直给我深刻印象。而今是我这样在孩子的饭桌边逡巡。

外婆治家极严,对我已算溺爱放纵了,舅舅姨姨们为此大为不平。

即便如此,洗碗必用白纱布抹干;晾衣服必抖直,平平整整;扫地要挖床底刨桌脚。外婆的洁癖传到我身上比妈妈立竿见影多了,我甚至患了灰尘过敏症,连带我的儿子也是。

尤其是外婆的处世原则:不向人借钱;借钱总是要还的,欠一毛钱半夜都睡不着觉;也不借人钱,人不还,你心里鄙他,向他索取,岂不伤了情义。

出道之后,每逢行路碰到崎岖,踩到淤泥,总听见外婆在一旁严厉地喝道:"把裤管挽高些!"

1995.12.12

童年絮味

童年的玩具只有一个布娃娃,她的塑胶面具很快就损坏剥落,剩下一个光秃秃扁平的布脑袋。我只好用铅笔、钢笔、彩笔为她整容,随心所欲描绘卷曲的睫毛、整齐的刘海、鲜红的樱桃小冠。我怀中的宠物因此面目常新。我还搜遍外婆的针线筐,寻出碎布头,做小帽子做超短裙,甚至做了一件游泳衣。我的妹妹羡慕极了,她也有一个极不成形的小布娃,为央求我也给打扮打扮,主动勤奋地给我的洋娃娃洗澡。结果我的可怜的娇滴滴的小美人,真正成了一袋湿漉漉的细糠,吊在晾衣绳上晃荡。那几天妹妹畏畏缩缩小老鼠一样,我脸上自然是雷霆万钧。

再记不起有其他玩具了。

我的小儿子时常把无数玩具与图书弃之一地,百无聊赖地将自己倒置在沙发上,头朝下问:"妈妈我今天干什么?"小时候我若也这样问妈妈,她必定捆我一巴掌。其实我记得我们总是很忙,却不是忙着做作业。作业当然是要做的,从未听说过有哪个孩子因为做作业而没有时间玩。那时节房子少,荒地多,捉蝴蝶粘蜻蜓,挖蚯蚓钓鱼,喇叭花心有蜜汁可啜,桑树上可以采到紫红的桑葚,甚至钻防空洞。

连家门口那条有名的九曲巷都是捉迷藏的大好场所。

跟我外婆上扫盲班没几天,大约认得十来个字,我就不可一世起来。不理睬邻居小伙伴的叫唤,怀抱舅舅的一本精装《英汉大字典》,坐在大门铁栏内,唱歌般大声读书。过往行人不禁驻足,讶然侧耳,等听清这位"小神童"读来读去都是这几个字:"上下左右多少……"皆捂嘴走开。这时我还未上学,却已不满足妈妈给扎的两条小辫,自己对镜梳妆,一下子编了六条小辫子,扎上各色花布条,左顾右盼美极了。我大姨妈及妈妈相偕下班回家,看见一个小妖精在大门口跳橡皮筋,满头万国旗飞舞,先是前俯后仰,及看清是我,差点背过气去。

据说外祖父生意亨通时,家中有四个丫头,但妈妈每天早上仍要扫地后才能上学,若扫得不干净,即便走出大门仍要被外婆厉叱回来返工。等我刚懂事,非但生意收了十几年,家当也告竭,且身份是资本家,自然要低头做人。很小我就自己洗衣服,洗自己的碗,还要接受外婆严格的检查,渐成习惯。譬如洗地板,必用棕刷将每块方砖刷得通红,洗完以后骑在楼梯的扶手上自我陶醉半天。犹如现在抄稿子,若有涂改必撕去重来,抄毕,如同几十年前一样,在自家的劳动成果前心旷神怡。

我的玩伴很多,不似现在的孩子,总是被封锁在各个单元里苦读书。那时的邻居,常常不打招呼来到厨房撮一匙盐就走,说不定明天突然下雨,回来就见你晾的床单已叠好放在饭桌上。小孩子更是在各家随意走动,"扁头"啦"傻呆"啦各种绰号常常一生都蹭不掉。

我最忠实的影子是我的妹妹,虽只比我小两岁,却视我为绝对权威。她生性驯良,常常哭着从学校回来。我屡屡替她出征,大多告捷。

有次对方的姐姐邀来一帮高年级同学助拳,我眼见敌不过,抡起书包,呼呼有声,果然全部吓退。从那以后,妹妹学会此招,再不要我护送。

她的铅笔盒总是被甩开,铅笔、橡皮、小刀四下里乱飞,不知吃我妈妈多少巴掌,头还昂着,脸上一派胜利者的光辉。

我的小表妹常来外婆家过周末,夏夜我们贪南风,铺竹席睡长廊。

以一张破藤桌为舞台,一本正经地自己报幕,然后尽丹田之气,鬼叫狼嚎。歌毕,立即"吱呀"一声巨响跳下藤桌,趴在栏杆上往下瞧,数数聚在门口的听众有多少,每次都是我的表妹取胜。她后来考进一家文工团,在真正的舞台上颇出风头,想必与当年肆无忌惮地拔嗓子有关。

呵,夏天最是快活,夏天有长长的假期,可以整天泡在海水里。

度完暑假的孩子都晒得黝黑,动作更加机灵,突然长高了许多。秋天的南方阳光最浓稠,而且不炙人,秋游野餐、秋季运动会陆续举行。

冬天也不错,人人想着过春节,新衣服、压岁钱、放鞭炮,一年中最重要的节日在前头等着,冬日的寒风又算得什么!

我害怕春天的梅雨,因为买不起一双雨鞋。上学路上我的小布鞋就灌满了水,泡着我的脚整整一天。次日上学,鞋子仍是湿的,把脚伸进去时我总是咬着牙噙着泪。后来改成塑料凉鞋,仍是又湿又冷。

这么多年了,我一到冬末就开始病态地数着日子等梅雨。毛衣被褥洗了又晒了,梅雨还不来我就焦灼不安。就像小时丢了东西,回家等妈妈发火,可妈妈脸上却不见动静,害得我做不下作业,眼睛跟着妈妈在屋子里乱转。

所以,无论我那赶时髦的儿子怎样噘嘴跺脚抗议,每年雨季来临之前,我都要给他买一双结实的小雨鞋。

1992.3.18

在那颗星子下

母校的门口是一条笔直的柏油马路,两旁凤凰木夹荫。夏天,海风捋下许多花瓣,让人不忍一步步踩下。我的中学时代就是笼在这一片花雨红殷殷的梦中。

哭过、恼过,在学校的合唱队领唱过,在恶作剧之后笑得喘不过气来。等我进入中年回想这种种,却有一件小事,像一只小铃,轻轻,然而分外清晰地在记忆中摇响。

初一时,我们有那么多学科,只要把功课表上所有的课程加起来就够吓人的,有十一门课哩。当然,包括体育和周会。仅那个绷开线的大书包,就把我们勒得跟登山运动员那样善于负重。我私下又加了近十门课:看电影、读小说、钓鱼、上树……我自己也不知道,究竟是把读书当玩了,还是把玩当作读书。

学校规定,除了周末晚上,学生们不许看电影。老师们要以身作则,所以每当我大摇大摆屡屡犯规,都没有被当场逮住。

英语学期考试前夕,是星期天晚上,我串了另外三个女同学去看当时极轰动的《五朵金花》。我们咂着冰棍儿东张西望,一望望见了我们的英语老师和她的男朋友。他们在找座位。我努力想推测她看见了我们没有,因为她的脸那么红,红得那么好看,她身后的那位男老师(毫无根据地,我认定他也教英语)比我们的班主任辛老师长得还神气。

电影还没散场,我身边的三个座位一个接一个空了。我的三个"同谋犯"或者由于考试的威胁,或者良心的谴责,把决心坚持到底的我撂在一片惴惴然的黑暗之中。

在出口处,我和林老师悄悄对望了一眼。我撮起嘴唇,学吹一支电影里的小曲(其实我根本不会吹口哨,多少年苦练终是无用)。在那一瞬间,我觉得她一定觉得歉疚。为了寻找一条理由,她挽起他的手,走入人流中。

第二天我一觉醒来,天已大亮。老外婆舍不得开电灯。守着一盏捻小了的油灯打瞌睡,却不忍叫醒我起来早读。我顿足大呼,只好一路长跑,幸好离上课时间还有十分钟。

翻开书,眼前像骑自行车在最拥挤的中山路,脑子立即做出判断,那儿人多,那儿有空当可以穿行,自然而然有了选择。我先复习状语、定语、谓语这些最枯燥的难点,然后是背单词。上课铃响了,b-e-a-u-t-i-f-u-l,beautiful,美丽的。"起立!""坐下。"赶快,再背一个。老师讲话都没听见,全班至少有一半人嘴里像我一样叽哩咕噜。

考卷发下来,我发疯似的赶着写,趁刚才从书上复印到脑子的字母还新鲜,把它们像活泼的鸭群全撵到纸上去。这期间,林老师在我身旁走动的次数比往常多,停留的时间似乎格外长。以致我和她,说不准谁先扛不住,就那样背过气去。

成绩发下来,你猜多少分? 一百一十三分! 真的,附加两题,每题十分,我全做出来了。虽然 beautiful 这个单词还是错了,被狠狠扣了七分,从此我也把这个叛逃的单词狠狠揪住了。

那一天,别提走路时我的膝盖抬得有多高。

慢!

过几天是考后评卷,我那林老师先把我一通夸,然后要我到黑板示范,只答一题,我便像根木桩戳在讲台边不动了。她微笑着,惊讶地,仿佛真不明白似的,在五十双眼睛前面,把我刚刚得了全班第一名的考卷,重新逐条考过。你猜,重打的分数是多少? 四十七分。

课后,林老师来教室门口等我,递给我成绩单,英语一栏上,仍然是叫人不敢正视的"优"。她先说:"你的强记能力,连我也自叹不如。以前,我在这一方面也是很受我的老师称赞的。"沉默了一会儿,只听见一群相思鸟在教室外的老榕树上幸灾乐祸。她又说:"要是你总是这么糟蹋它,有一天,它也会疲累的。那时,你的脑子里还剩了些什么?"

还是那条林荫道,老师纤细的手沉甸甸地搁在我瘦小的肩上。她送我到公园那个拐弯处,我不禁回头深深望了她一眼。

星子正从她的身后川流成为夜空,最后她自己也成为一颗最亮的星星,在记忆的银河中,我的老师。

1985.7.7

木棉树下
——我的中学时代

对于一个大学毕业甚至读了硕士、博士的人来说,中学时代只是漫长阶梯的一小段。然而,这一小段的影响至深。更何况我的最高学历只有初中二年级,我的个性、气质、道德观,乃至常识性的认知,都来自我非常短暂的中学时代。

难怪儿子总说,我们家就数我妈妈的文化水平最低。因为就连他,今年也上高一了,而且是我的校友。

满地寻找通知书

小学我一直在转读,转了四五所学校,因此没有建立稳定的师生友谊,甚至大部分同学的名字都记不得了。我的作文在小学四年级异军突起,五年级就经常被作为范文,六年级时老师不再批改我的作文,我可以自行其是。奇怪,那时的老师何以就这般开明了?

考中学时,我还整天游泳,跳皮筋,在被窝里捏着手电筒彻夜阅读世界名著。晒得乌黑出油,近视加深了200度。我不记得我为能否考得上什么样的中学伤过什么脑筋。

眼下这些"小皇帝",虽然在家中倍享殊荣,但一举一动都在长辈的显微镜下被点滴不漏地观察、判断,然后被引导,甚至强制执行。我的家人严格管教我不许撒谎,要拾金不昧,衣裳整洁,谈吐礼貌等等。在重大前途的选择时,却给我充分的自主权,我妈妈看了我的报考志愿单只是一笑了之。我在重点中学一栏连填两个"厦门一中",在普通中学一栏里满满三个志愿都填了"厦门一中",甚至在是否服从分配这一栏里,十分坚决地写上"不"。

我现在还认为是我的孤注一掷,感动了这所本市最铁石心肠的学校。因为作文我也许行(天啊,我从未考虑到不同的改卷教师可能给我的威胁),基础知识不见得扎实,数学更不妙,只是凭着小聪明蒙混过关。今天的我,已退步到三位数以上就弄不清楚。我是五年级开始上英语课的,不费吹灰之力,其优势一直保持到中学时代。可惜中考并不考英语,因为当时大部分小学不开英语课。

收到写着我的名字的第一封信,我马马虎虎看了一眼信封下方"厦门市第一中学"的红字,知道我被录取了,信也不拆就大呼小叫和同学踢毽子去。直到外婆疑惑地问我:人家都去报到了,你到底有没有考上?

这才满地寻找通知书。

我的处女作

跟现在的新生一样,还未开学就军训。住校,自带铺盖睡教室地板。半夜紧急集合,长途拉练,实弹射击什么的,我儿子军训也是这一套。对每一拨新生而言,却都同样刺激、慌乱,错误百出,回想起来却又快活无比。清早列队,我个子小,站第一排。还未"稍息",我身子一歪,十分不优美地昏倒了。空腹产生的低血糖休克,继续伴随我到今天。这是中学时代的遗迹吗？老师和同学向我倾注的关爱是那么的慷慨。

新年伊始，我渴望报效班级，"士为知己者死"嘛。班主任号召给校报《万山红》投稿，熄灯以后，我躲到厕所炮制一首"五言诗"，蹑手蹑脚塞进投稿箱。开学后的第一期发表出来了，不知道算不算我的处女作。如果侥幸能算，我写诗的年限将因之提早了七八年。可惜写得太滥，又没有保存。

在我初一(1)班里，真是精英荟萃。从各个小学考上来的有两三个大队长、五六个班长，这种那种中队委员、小组长多如牛毛。另外不少是干部子弟，有市长的女儿，宣传部部长的儿子等等。他们在班上完全享受不了任何特权，除了衣服更朴素一些。我立刻交了一个最美丽的女朋友叫红柑。红柑是归侨，鬈发，桃颔，醉汪汪的大眼睛，长得比画上的还好看。她告诉我许多秘密，比如她家几个孩子都丑，妈妈怀她时，听了劝告，整天盯着月历牌上的美人，她就长得跟月历牌上的明星一模一样。这个故事是那样令我深信不疑，我怀孕时不知看了多少可爱小宝宝的照片，因为重女轻男，可能看多了女娃，以至于我儿子到了13岁，还有朋友问：这是你女儿吗？

我被任命为学习委员，跟小学的"官职"持平。大概还是我的作文考卷起作用，引起老师的错觉，以为我真的学习优异。而前大队长被降为"平民"，"文革"时那学生跳得最高，兴许与她入学时就怀才不遇有关？

崇拜班主任，乖乖女被招安

我和班上几个学习好的同学成立了秘密小分队，自称"雷锋小队"，给班级做好事。我十分江湖气地邀请了红柑参加，虽然她的成绩很令人担忧。据说当年中考的考场上,就有本校文艺队的老师探问她的名字。她多半是因惊人的美貌获得录取的,一进校理所当然是文艺队员。

我的这一徇私行为遭到一致的谴责,并当众立下以表决方式吸收新成员的规则。红柑终于和我们一起,瞒着老师、同学和家长,神秘兮兮地干起地下工作。放学以后,聚在一起,折小纸盒,分发到座位上,"请不要把铅笔屑扔地上";凑钱给家庭困难的同学送笔记本和红领巾;写批评字条,如"昨天,你讲了粗话,请改正";甚至某一个晚上我们集中三支手电筒(怕被值班的老师发现),群策群力出了一期精美的黑板报。其实我自己兼班级黑板报主编,原不需要这么鬼鬼祟祟避人耳目的。

放学后我们聚集在明浩同学家里。他家位于公园边,是一座林木葳蕤的小楼。明浩父母极通情达理,我们的碰头会渐渐演变成现在的"PARTY"。班长林朝才弹起吉他,我们喝着白开水,饥肠辘辘地尽情唱歌。同学们忽然发现我的嗓门太过霸道,挤得他们的声音剩下扁扁的一线。后来我在年段合唱团放开嗓子领唱,春风无限,又因为发育变声,在正式演出前夕被淘汰出局。要多悲伤有多悲伤,这是后话。

那一天晚上,乐极生悲,班主任来敲门,我们本能地钻到桌子底下。明浩去应门,老师点着名字,一个不落把我们从各个角落揪出来。可见他是掌握了情报的。老师批评我们的活动耽误了学习,比如红柑两门功课不及格。同学们便拿眼睛瞪我。老师又批评我们影响班级团结,我们确实收到班上半数以上同学的申请纸条,因不愿变成"雷锋大队"而停止补员。班主任苦口婆心,说我们小集团主义萌芽很危险,比如什么"裴多菲俱乐部"。我要替红柑抱不平,自作聪明地插嘴:裴多菲是著名匈牙利诗人,跟雷锋是两码事。

我们太崇拜班主任了,当然都乖乖地被"招安"。从此老师批准利用早操时间扫教室,安排放学后给军属挑水什么的。由于大人的参与,带有"官方色彩",我觉得没劲就自动"退居二线"。

发誓绝不背叛旧班级,老师一脸苦恼

第七周时,忽然要把(1)、(2)班改成俄语班,原先学过英语的同学都分到其他班级。尽管我一一找遍班主任、年段长、教导主任,发誓我热爱俄罗斯文学,决心学好俄语,但是没用。我们几个不幸在小学时代学过英语的同学,包括班长林朝才都抽插到(5)班去了。

有很长时间,上课时我总像候鸟一样伸长脖子,悲伤地盯着走廊一头(1)班教室。"雷锋小队"留在(1)班的残部向我们告密说,缺少我们的照看,上课纪律乱糟糟的。又说大家如何怠慢到要班主任亲自擦黑板、抄每日功课表等等。我们便一窝蜂席卷回去,训斥同学,朝才甚至用他精美的花体字抄了功课表。我去强迫红柑背课文,红柑心不在焉,给我看她的小背心和超短裙,并神秘兮兮告诉我,只要跟老师说是父母从印尼寄来的就没事。其实是她自己画了纸样,让奶奶缝制的。红柑读书半死不活,为人却善良豪爽。我曾经陪一个家境贫寒的女生上她家借钱上北京"串联",她二话没说,把扑满摔了,竟有二十来块钱。小财主一个!

原来的班主任找我们谈话,要我们安心在新班级读书,不要老往旧班跑。我却宣称绝不背叛,使得老师一脸苦恼。朝才首先倒戈,并且劝说我在(5)班重建"雷锋分队",我嗤之以鼻。他又说,我们再闹,原来的班主任有麻烦。他的消息果真灵通。第一学期结束后,那位老师被调到远郊去了。朝才说,老师犯了"母爱"教育错误。

我对新班主任充满了抵触情绪。虽然保留了我的学习委员职务,但人家"嫡系"还有一个学习委员,是男生,脑瓜倒是绝顶聪明,做起数学题像魔术师抛鸡蛋,我看起来头昏脑涨,他却驾轻就熟。两雄不能并立,我这学习委员当得没滋味,名存实亡矣。

才13岁就有了思想?

第二学期我好歹保住了英语课代表,每天在早读课领读英语。这个"官职"在班委会里是没有席位的,而且我老跟英语老师过不去。初二上学期给我委任了个专职黑板报主编。我也曾新官上任三把火,独自又编又写,还照着《安徒生童话》临摹了一条优雅稚气的美人鱼。黑板报前围了不少赞赏的老师同学,我很有成就感,浑身都是彩色粉笔灰。天太黑了,我决定收工,可美人鱼的尾巴还没长出来。第二天我对黑板报彻底失去了兴趣,这条日见黯淡的美人鱼伴随我们整整一个学期,终于没等到她长出尾巴。

我在班级地位每况愈下,还因为政治气氛开始在校园加温。我的家庭成分和自由散漫作风,尖刻与不驯,原先使老师头疼的诸多缺点,被上纲为"小资产阶级思想"。哇,才13岁,我就有了"思想"!

我曾在初一时参加全校的作文比赛,获一等奖。同学们的欢呼声还未平息,我在接下来学年考试中,作文却得了49分,作为"小资产阶级情调"的典型在整个年段批判。从此我不再把作文写得眉飞色舞,而是应付了事,绝不写满一张稿纸。老师的批语千篇一律是"语言通顺流利,缺乏中心思想"。

忽然我又没有"思想"了。

悲恸岂是给人看的!

班委会开始"整风"。我似乎连小队长都不是,却要我这个前主编参加。那天我得了通知,抱着刚发下来的英语考卷(这次我连附加题共得了120分),站在二楼,往下望着盛开的木棉树下打开笔记本围成一圈的同学,体会到我父亲被打成"右派"之前的"死猪不怕开水烫"的无助和自暴自弃。

"整风"刚以班长林朝才的自我检讨开始,就以"学生中只有人民内部矛盾"被制止。我侥幸逃过一劫。朝才在一个月后死于罕见的伤寒病,女同学为他在教室抱头痛哭,唯我漠然收拾书包回家。有女生传话,用生物课刚学到的"冷血"两个字戳我。我淡淡地回敬:悲恸岂是给人看的?

我连续经历了父亲的放逐,家庭的离异,寄人篱下的自卑,加上心比天高的失落,不知不觉养肥了忧郁这条蛀心虫。但我还是躲在路灯后,为我这多才多艺的同窗,抽抽搭搭流了一阵眼泪。毕竟死亡猝不及防的侵袭,造成生命这一黑洞,是一个13岁少年所无法抗拒的。

我的疏离感还表现在,全班都已递交了入团申请书,唯我没有动静,损害了班级记录。团小组长邀我到后山谈心,那时叫作"做思想工作"。油盐不进的我,振振有词地辩解,说什么"自己觉得还不够申请条件,今后定努力争取"等套话。反过来还安慰她:入不了团还可以当个优秀学生,不是吗?她的学习可不怎么样。

她气哭了,但姿态很高,说恨只恨自己口才不好,没有做好工作。她的那伙积极分子,用今天的话说,她的追"星"族都瞪着我,恨不得把我吃了。团小组长是一个正直而且坚毅的女孩子,她向校方要求减少社会活动,发奋读书,成绩果然扶摇直上。每件事她都全力以赴,不像我,能坐不站,能躺就不坐。即使在"文化大革命"跳"忠"字舞,她也刻苦之至,我十分钦佩并欣赏她从僵硬、笨拙的比画到大开大合的自创舞姿。

甚嚣尘上,我总是离得远远的。

拒绝任何考试

我的中学时代是以大字报、红袖章、革命大串联、武斗、抄家、游街和名不符实的复课闹革命结束的。而虽然初中二年级都没有上完,却打发我一张67届初中毕业证书。它跟当年的录取通知书一样,第二天就找不着了。

它意味着我的大学梦彻底破灭。从那以后我决心不回到任何课堂上,不参加任何考试,包括后来的成人高考、作家班和考职称。

每次填表格时(天知道我们一生要填多少份表格,肯定比情书还多),"文化水平"这一栏,我总是自豪地写上:初中毕业。——其实只有两年哪!

对于我,足够了。

1999

二
我儿子一家

照　相

对于孩子们来说，再没有比过年更叫人向往的了。可是，在很多家庭看来，进照相馆真是比过年还稀罕，有点神秘，有点紧张，还有点任人宰割的无奈。当摄影师躲到黑布匣子后边，手捏橡皮球喊："笑！"大人两眼发直，孩子一定忍不住眨了眼。于是重来，一拍再拍，直至两腮抽筋为止。

我的父亲非常热爱家庭，总能找出理由率家人进照相馆。孩子满月啦，结婚周年纪念啦，因此每年都有一张花好月圆的全家福喜洋洋装进镜框。

一九五七年父亲流放山区，哥哥寄养祖母家，我则托庇于外婆，一家四分五裂。妈妈带妹妹在外地挣扎年余，终于回到娘家。因此又进相馆，为了寄相片给渴望的父亲。在以母亲为支点的日子里，父亲远行。等父亲回来，母亲已长别，我们家的天空，再无满盈的月。

十五岁那年，外婆给的零用钱涨到每月一元。照相成了我进入少女时代的重要标志。爱美的天性令我时常驻足于摆满美女靓娃的玻璃橱窗前，流连忘返。爱美的天性梦想神奇的镜头能改变一个丑陋的小女孩，至少修饰一下刚萌芽的青春。

大同路老街的骑楼下，有一家黑洞洞的小相馆，原名"美林"，"文化大革命"时改称"红光照相馆"。曲背肿泡眼的老摄影师不厌其烦地给川流不息闻讯而来的女学生拍指甲盖大小的半寸照,全市仅此一家。须知一寸照收费四毛五,半寸照才收二毛五。我和妹妹月月都去交二毛五。等到过年压岁钱到手,拣两张满意的底片放大三寸,或彩染一张,压在玻璃板下,美得不行。相片上的女孩眼睛光斑闪烁,嘴唇红艳艳,娇媚可人,和我其实面目全非。

上山下乡大扫荡一来,即把我扫出外婆的"资本主义黑窝"。时外公已溺床数年,昏聩不识世事,外婆仍倔强瘦癯,绝症已暗伏。我离去后一年多,两老在五天里相继去世,而我却不能赶回奔丧,令我终生遗憾。

当民警把"迁出"戳在我的那页户籍上,我的脐周一阵剧痛,好像重新脱胎一般。攥着刚发的安家费,翻箱倒柜找校徽,母校厦门一中改为红旗中学,觉得不够正宗,翻出妹妹的"厦门市第五中学"旧校徽,端端正正佩在胸前。

悲壮地想,这是最后一次进这家相馆了。掷出一块钱,这次拍二寸照。老于世故的摄影师一眼就看穿了我的"最后晚餐",极为隆重地布置灯光,还卷了张《文艺报》塞在我手中,拍了一张学生照。我和摄影师都没有想到,这张《文艺报》被我攥住以后就再没有松开,直至今日。

离家独立生活,一下子长大了。家人平等相待,进相馆不必躲躲闪闪,甚至肯借出一部破海鸥相机,与同队知青一起,带了几件花色衣服,到处拍去。人物常常模糊不清,风景却是不可思议的优美。想家的游子从相片里重新认识家乡的魅力。

现在我手中的傻瓜相机已换了好几代,却懒得摁快门。外出时看到我往拎包里放相机,儿子大叫"不"。一轴胶卷放在暗匣里大半年,胶在相机里取不出来。

但是相片仍然比存款攒得还快。

外出开会,总有人拍照,"坐这儿别动""坐那边笑一笑",笑得嘴巴咧成缺口石榴,许久难以复原。都赌咒发誓给寄相片,往往竹篮打水罢。那年赣江笔会,脸皮几乎被闪光灯烤焦。回来之后听同行女作家毕淑敏说,她收到的相片中有一张我和她的合影,拍得很不错,已寄往某杂志发表云云。我心大动,遂写信索之。月余,寄两张,是两位穿无袖夏裙的女孩子,笑得青春灿烂,却不是我,何况笔会是深秋,随同专职摄影记者自己穿的是棉袄哩。只好寄回。后来又寄两张底片,冲出一看,均是抢拍的集体照,一张我有个后脑勺,另一张我有半张脸。立体地看,还差着半张脸,无脸再去信力争不休了。

时常看到好些女作家的相片,既有个性又十分艺术,跟油画似的。

眼睛看得出火,心里越发没有自信。也碰到过很有名气的摄影家,热情地牺牲时间,我不是掩面而逃,就是脸无表情,眉毛这般吊上去,嘴角那样掉下来。弄得摄影师还要向我道歉,似乎我长得不上相是他的过错。

积攒半辈子,银包虚空,相册倒有二三十本。中间开着很多难看的天窗,都是被报纸杂志挖空的。得闲时翻看不免好生得意:"我也曾年轻漂亮过。"年轻当然不假,至于漂亮嘛,不敢多想。多想不免可疑。

1996.3.9

仲夏之夜

不要忽视青春时代的梦想。一般说来,那是隐性性格所显现出来的梦,因此极符合个人的使命。因为使命在最初的阶段中,就是对未来的幻想。

——［瑞士］希尔提

夏夜是青春之梦的多发地带。

曾经在学生时代参加普通话比赛得了奖,自以为有一口标准的官话。因此,刚在一家建筑材料厂入籍半年,就被派遣到大庆市展览厅当讲解员。许多年以后我到了北京,才知道我的普通话有多臭,简直张不开口。当时却是洋洋得意,努力卷着舌头。

展览厅即将隆重开幕,整置一套行头势在必行。

二十多年前,的确良衣料是年轻姑娘们梦寐以求的时尚。柜台上陈列的花色品种极为单调,但多少纤细的手指爱抚流连,犹如蝶须颤动于蜜源之上。

我和好朋友眉眉联手行动。老爹翻开《毛主席语录》,抖出存了几年压得平平整整的侨汇券,带我到友谊商店扯一块白色暗纹尼龙面料,我和眉眉各做一件短袖衬衫。眉眉的爸爸则托军区老朋友,从部队供应品中给我们买了两条银灰的确良长裤。

选一个周末做我们的试装日。我和眉眉都是一般瘦伶伶的高个子,身着一样的白衬衫灰长裤。不过在我的小圆领上,镶了一条细致的荷叶花边,这是我从新加坡姑妈寄来的睡裙上拆下来的,小资产阶级得很。这一条小蕾丝花边在好几个夏天都大出风头,令多少姑娘的目光发热。

都说"女为悦己者容",我们才二十岁,心中尚无那个"者",仅为悦己而容,却也美得不行,车骑得腾云驾雾一般。

把自行车架在大学城面海的大礼堂,携手走向海滩。拨开浓密的凤尾葵,躲在绿伞的拱护里,我们不觉长长吸了一口气。扑面而来的芬芳里,有白玉兰的矜持,含笑花的若即若离,夜来香的放浪华丽。咸咸的,是海的味道;湿湿润润的,是南方夏日葱茏的生命潮汐。

"等我读好外语,我要到维也纳去深造小提琴。总有一天,我会回到这里为你拉一曲。"眉眉侧过她那张尖俏的瓜子脸,柔软的鬈发被海风一丝丝拂开,"而你会来吗,爱哭泣的女诗人?"

"不。"

我抱膝望着远天,夕阳坠沉之处,溅泼起大片锐利的霞光,令人为辉煌无限倾倒又深感燃烧的疼痛。一叶白帆斜斜的,急急忙忙赶回宿夜。

"我只想学这朵小雏菊,无拘无束地开放,然后静静地凋谢。"

我信手拂低莽草,让她看那朵朴素的白色小花。就在这时,我们看到了一双硕大的绿军鞋。

我们大大地吃了一惊,缩起脖子,掩口噤声。因为有人偷听到我们的"疯话"而难为情得想四散奔逃,却动也不敢动。

那双军鞋移开去,绕了一个圈,公然在我们面前停下。抬头便看见浓眉下一双凝然的大眼睛。

"你们是大学生吗?"一口浓重的北方口音。

"不,不。"为了掩饰他的问题在心中引起的隐痛,我慌忙否定。学校放暑假,人都走了。

"那么,是职工家属了?"眉眉点头,她的父亲在这所大学工作。

"你是新生吗?"眉眉反问,又自作聪明找到答案,"兵学员总是提前报到的。"大眼睛并不回答,似乎和我们一样,立刻被退潮和海面紧紧吸引住。霞晖已渐渐澄澈,与淡青天幕融合,衬得那人的侧面更加鲜明。他和眉眉谈得多,我只是有一声无一声漫应。在他们语声的空隙里,海浪的唇音,宿鸟的转侧,落叶在风中追逐,鸣虫的歌吟一忽儿高高拔起一忽儿悠悠跌下,都历历在耳。

分手的时候,他向我们要了地址,说有空来看我们。

展览结束,我和眉眉各回到所属的工厂,又变成了灰姑娘。穿上汗污的盔甲似的工作服,戴上油腻的手套,工帽把蓬松的头发压得前竖后翘的。

疲乏不堪下班,邻居告诉我午后有位年轻军官来了两次找我,说是兵学员。我大为兴奋,驱车往眉眉家,两人四处乱打电话,给新生报到处,给教务科,给中文系,都说本年度不招部队学员,眉眉的父亲在旁补充,那天傍晚我们所去的海域,是海防重地,晚上六时以后戒严,本不许行人接近的。

我和眉眉四目相对,不敢作声。

一个周末又一个周末过去。

一个夏季又一个夏季过去了。

只有在那一个夏季的那一个周末晚上,因为波浪的怂恿,凤尾葵的溺爱;因为花香的浸染;因为一套心爱的衣裳,衣领上那一条细致的镶边,我们曾经非常非常美丽过:在一双明亮的大眼睛里。

1994.7

情话·情书·情人

情　话

　　曾经为诗,也曾经为文,似乎没有专门写过情话。总是认为,情到深处当是无话可说。

　　原在一条街上毗邻而居,儿时极"封建",所以算不得青梅竹马。后来两人都迷诗,渐常来往,一坐竟谈至深夜。当然是他来我处,门窗八面洞开,以示光明磊落。所涉话题极广,皆有关文学,虽不刻意回避,却不在"情"字上闪烁。

　　直到两人都成了大男大女。

　　彼在校在职乃至亲朋之中,已不知多少次任掷来的绣球滴溜溜满地滚。为躲避这些多情的误伤,他的背越发伛了,脸仍木着。

　　那一天,我从三峡远游归来,连鼻子都晒脱了皮,一身路尘。见他经过我家园子那株老番石榴树走来,步子尚镇定如常。待他推开房门,未及坐下,四目相对,已是了然。

　　于是,我将解了一半的行装扔地上,对他说:"好吧。"过了一个月,我们结婚。

　　想想,真无趣也。试想重新来过,琢磨半天,恐怕仍说不出第三个字来。

情　书

　　抽屉里存有不少老朋友的信,就是没有他的。他自己倒接到过不少情书,有两指宽袖珍版言简意赅的,也有四张满满意犹未尽的长篇,都被他不动声色退回去,不存。

　　我和他同住小岛,眼不见时咄声可闻。再说少年气盛,心事蓬勃均已入诗,不屑废话。逢文代会什么的需赴省城,我和他也同是与会者。我们参差出门,长短回家。偶然撞在同一艘渡轮上,也是君立船头我坐船尾,分享一江水。绝不联袂而行,七八年如此。

　　等那天对他说"好吧",不久就结婚,忘记留过渡时间让甜蜜的情书插足。婚后倒是常常分离,信也密密厚厚紧追不舍。那一年我到了洛杉矶,他的信才迟到纽约。王渝知我挂着家信,征得我同意,拆开信口述。她在电话那头一边读一边捂口笑得咕叽咕叽,我在电话这头听得满眼是泪。此信其实是部"育儿百科",诸如:每天给他洗澡,今天大便几次,什么颜色;昨日中午哄他吃了四片猪肝;不吃钙片奈何……通篇如此。

　　这类情书,本当钉着我的脚跟天涯海角去的。不过近来家中已有电话,逢外出,隔天打一次长途回家,劈头盖脸第一句话就问:"儿子考几分啦?"他还没回答,话筒就被儿子抢走。

　　情话不说,情书未写,已够愧对月老。丈夫还埋怨:连个情人也被儿子挤掉了!

情　人

这个"情人"与丈夫无干。

"文化大革命"前夕,我读初二,每年照例要到郊区去帮忙秋收两星期,与贫下中农同吃同住。

同住这家贫农的长子刚十八岁,矮墩结实,叫乌球。他在村口小黑板写通知时双臂大开大合,字迹极尽潦草。清晨他守在村口吹哨子,男女老少跑步列队点名,让他领着去上工。他自然是全劳力,被周围几个村的姑娘崇拜着。

只和他同吃。他是家中的领导阶层,村里的政治队长呗。我则是客人。我们离开后,由他爹、弟弟、妈妈、妹妹依次上桌。

除了嘹亮地吹哨子,他的厚嘴唇发声极有限。都低头扒饭,偶尔筷子相交,都悚然脸红,差点扔下碗筷。后来,桌上总有我爱吃的海鲜,是乌球起早赶小海所得。再后来,我回城上课,他继续吹哨子。

他给我写信,讨要毛主席纪念章。接着进城运肥时,粪车上高高码着地瓜、包菜和花生,卸在我家院子小山一般。外婆只好分送四邻,又忙着留饭,装回面干、点心和糖果。那时我十四岁,还戴红领巾,对他不胜其烦。吃饭绝不夹他送的菜,放下筷子就回我的房间看小说。

只有外婆送他到门口。外婆原是绸缎庄老板娘,只有对我叹气。

不久我去插队,乌球的信仍不断,因为字迹过于独创性,乡村邮递员看不懂,存局待领。待了几次我偏不领,就不来了。他那时二十二岁,曾在信中说,村里他同年的伙伴都有两个孩子了。

过了十来年,我也结婚,和新郎去郊区采访,特意找到那个村,居然找到乌球的家。

一对老人都很健朗,其实岁数不大。乌球的妻子也乌黑且精瘦,两个儿子已经比肩。乌球在田里。围观的村人指点说,这就是乌球那个城里学生仔嘛。

问长问短。

先介绍丈夫,丈夫嘴巴讷讷,穿一套下乡专用中山装,灰不溜秋的。村人觉得丈夫除了比较白皙外,并不比乌球强多少,声音不觉洪亮许多。

又问我几个孩子了?我答三个女儿,我唉声叹气,偷偷给丈夫挤眼睛。大家一起振作精神安慰我:再生再生,第四个肯定是男孩。原本上茶后就退到灶间的瘦女人立刻就走出来,自豪地喊她的两个儿子:"给姨端糖。"乌球的儿子果然文静有礼,叫人羡慕。

丈夫老实,看我仍为那不存在的三个女儿毫无愧色接受村人的抚慰,便提出告辞。

迎面碰上不少收工的壮年汉子,我戳指乱点,这个很像是,那个也有可能,丈夫恼了:"怎么都是你的情人?"答:"根本当初,我就没有仔细见过他长什么样子嘛!"

1990. 5. 7

预约私奔

《厦门文学》曾辟个栏目《结婚那一天》,邀请作家们同题撰文。

再寡言的人也被搔到痒处,一时节纷纷登台,大奏婚礼进行曲。有的甜蜜火爆,有的悲苦无奈,有的别出心裁,还有的人简直接近传奇了。

朋友们的回忆一个赛一个精彩,自觉得很是黯淡乏味,不敢提笔投网。

心里蠢蠢然。

结婚前丈夫告诉我他历年来有点积蓄,如果婚礼从简,将来若有了孩子,可雇保姆直到把孩子带到六岁上小学。我俩可以目不旁视,并肩写作。我对丈夫的深谋远虑大为惊服,捣蒜似的点头不迭。其实我自己也有积蓄,那么可以继续挽留保姆到孩子小学毕业了?等真的有了孩子,却是我自己当保姆兼家庭教师直到现在孩子十三岁,才有了钟点工。这是后话一。

不发请柬,所以不摆喜酒,只是婚后送了喜糖给至爱亲朋和邻居。

以至于结婚许久,和丈夫并肩上街,碰到从前相好的女工,拉在一旁窃笑追问:"你也磕朋友啦?"本地人把谈恋爱极为形象地转化为磕,我只好将错就错点头称是,免去不发喜糖引起的声讨。于是丈夫便很亲热地走过来重做一次情人。

家具是丈夫家用了几代人的老家具。在我偶尔露出不悦神色时,丈夫屈指叩响楠木床栏,音乐般唱道:等传到孙子,还是毫发未损,且已成真正古董,儿孙们有福啦。或许儿子为了解除这重桎梏,十岁起每日在大床上恣情弹跃,终于压折床板的横杠一支,丈夫肉疼不已。

这是后话二。

唯一拗不过我父亲的是,既然我需将我私人物品搬到婆家去,就让他享受一回嫁女的快乐。当时婚俗送嫁妆须装满一大卡车,披红结彩绕繁华大街,且一路鞭炮喧响。鼓浪屿向无机动车辆行驶,只好雇板车人拉。

第一车是我的书籍及旧稿、杂志和笔记,颤颤巍巍倒是满载,只是破旧得有碍观瞻。第二车是我父亲多年培育的二十多盆玫瑰,正合时令,争妍斗艳,五色缤纷。易主的娇嫩宠物很快枯死半数,等我插枝翻盆技术炉火纯青时又繁殖到原来规模,可惜好些名贵品种至今无续。这是后话三。第三车是泉州老家惯例的四色蜜饯、四色干果仁等等,细则过于烦琐,当时不耐至极再无印象,若能一一记录下来,必是泉州古文化一证也。第四车是衣裳、缎被等俗物,不提也罢。

让父亲大大遗憾的是我家到彼家,原在一条街上,板车逶迤而行,不过三分钟便告完毕。须知车夫一是我那飞机动力总工程师的四叔叔,另一位是欧拜克自行车总厂厂长的五叔叔。老怀大畅的父亲恨不得直把嫁妆送到岛的最远端去。

那天丈夫便是在清晨五点多钟顶着寒风缩着脖子独自走这三分钟路来接我,我原先冒冒失失建议我可以自己走着去的,被父亲喝止。

丈夫不带伴郎,我自然也不要伴娘。他一进门我就拿湿毛巾去压平他脑后那撮永不驯服的耸发。父亲端一碗荷包蛋汤给他,按老规矩他吃两个留两个碗里,我把碗送回时就站在厨房里连汤一起喝光,嘴里还说:"现在我还算龚家的女儿哩,否则也是扔了,岂不浪费!"父亲这次笑而不语。

我俩都神经衰弱,前一天再心如古井总有些微波,都有些困了。

反正也没通知朋友;亲戚来闹房也必是下班后。床上已陈设得百货柜台一般,不敢搅乱,两人各披一件羽绒衣,窝在沙发里打盹。茶几上搁一糖果盒,倒是正宗进口洋货,一颗一颗摸来吃了。有人叩门,两人忽然惊觉,不知拿满地糖果纸如何是好。

几年前婚纱流行,不少错过当年的老夫老妻,相偕到照相馆鸳梦重温。徐娘半老不惜浓妆艳抹,手拈鲜花作羞答答纯情少女状,已伛背塌肩的丈夫憋一口真气,吸住腆起的肚子,再扮一个轩昂西装少年郎。我从灰姑娘做到灰大嫂,眼看将是灰大妈了,对白天鹅般的婚纱自然也有情结。赶紧跑去照镜子,泼自己冷水。如果有一天孙子拿着我俩皱皮苦瓜脸的婚照质问儿子:"如果这是你的亲生父母,我怀疑他们不是我真正的爷爷和奶奶。"为了子孙万代的清白,我只好牺牲这一肖像权啰。

有时心里也懊恼:别人大吹大打的一天,我却当私奔一样悄然打发啦?说与丈夫,丈夫别无他法,遂负疚建议:"待你私奔之日,请大吹大打,如何?"

1996. 1. 22

我儿子一家

妈妈怀我不到三十天开始大吐特吐,把胃吐出血来,慌慌去住院输液,一住几个月,还是不止吐。生我后第二天,外公送来一碗猪肝煮面线,她把碗底刮得干干净净还问:"有这么好吃的东西吗?"住院期间,爸爸每日去图书馆借五六本惊险小说供应妈妈,说是能减少呕吐次数。妈妈高卧在床,左边一摞书一本一本飞快地移到右边去,不到天黑,全部看完。立逼爸爸再去换,可惜图书馆已经关门。我还不会说话就已迷上一切机动车辆,后来发展为热爱枪支刀剑和飞车走壁,爸爸说是由于妈妈的胎教。

怀孕时吃了这多苦头,妈妈的体质又不好。我出生那天来了不少亲友。姨姨从门缝窥见我被倒拎着,大喊:"是男孩!"爸爸颓然应声:"糟了!"姨姨气急:"我姐姐千辛万苦,哪怕养出个蟑螂来,你都该叫好极了!"每逢我淘气,父亲老是摇摇头:"若是女孩就好了。"我还没出生之前已有一长列名单,左边妈妈拟的女孩名字,右边爸爸拟的男孩名字。等证实我是男孩,爸爸辛辛苦苦翻字典查来的字由于太古怪,奶奶认不得,以一票否决。临时决定取一字"思",说是怀念在菲律宾的爷爷。爸爸和妈妈互相安慰,说陈思两字可谐音为诚实、沉思、成诗等十多层意思,于是皆大欢喜。

我两岁,奶奶推我去海边散步,游客众多,有人摸摸我的脑瓜顺口问:"这是谁家的孩子?"我立即应声:"诗人舒婷的儿子。"那人却是知道我妈的,又是夸奖我又给我拍照。奶奶回家喜滋滋发布新闻,爸爸妈妈一听面面相觑,告诫我:"以后不许你这样说。如果有人问你妈妈在哪里工作,就说在厦门灯泡厂。"我牢牢记住了,上了幼儿园,我兴冲冲向妈妈报告:"我们班有两个小朋友的妈妈和妈妈同厂。"妈妈眉毛挑得高高:"同什么厂?"咦,她自己倒忘了。

我出生不到两天,就有老诗人王辛笛和邹狄帆到医院来看我。家里客人多,我老是像念儿歌似的滚瓜烂熟背诵这些名字:戴厚英顾城从维熙。妈妈开玩笑对爸爸说:如果搞一个儿童背诵作家名字大奖赛,我准能得头奖。

爸爸是一沾枕头就有鼾声,妈妈总是不断地翻身翻得浑身热乎乎。

我无论何时醒来,看到的妈妈都是大睁着双眼,而爸爸依然打鼾。但是妈妈却允许爸爸赖床,说爸爸半夜失眠。我根本不失眠,他们却强迫我一起午睡。中午一个小时他们不过在床上继续失眠,爸爸有时制造一些鼾声,说是可以培养睡眠。这时候如果有客人来,爸爸妈妈就磨磨蹭蹭起身,不情愿去开门。那个下午和那个晚上,妈妈就要在各个房间游魂似的飘来飘去,抱怨说是中午没有休息的缘故。

家中客人真多,有时来的衣冠随便,满口土音,妈妈忙不迭泡茶端糖,还亲自做饭烧菜,随他们爱坐多久都开心地陪到底。有时来的客人走路极庄严,讲话声音响亮,妈妈却闷在椅子上,以她自己形容的叫眼看鼻子,鼻子看嘴巴。用单音节回答一切问题,如果还不奏效,就看手表。

妈妈说她平生有三怕:一怕记者采访,二怕与人谈诗,三怕讲座和开会发言。

怕采访怕发言还说得过去,当一个诗人,不愿与人谈诗真是太不讲道理了我的妈妈。

只要有机会,妈妈到哪里都把我带在身边。如果她单身去外地,一定要打长途电话回来,查问我有没有每天洗澡。妈妈为各种鸡毛蒜皮的事做噩梦。前几天鼓浪屿发生了唯一的交通事故:一辆飞奔的手拉板车把我们幼儿园的一个小朋友撞死了。妈妈唏嘘好几天,常常惊醒摸我的脑袋,似乎试探它能不能硬过板车的把手。

人多的时候,爸爸不爱说话,妈妈只好说个没完没了。客人走后,特别是饭桌上,奶奶、爸爸和我争着和妈妈说话,直到我双手将妈妈的脸扳向我为止。爸爸争不过我,就在熄灯之后拼命讲话,只有当他注意到我没有睡着也听得出神,就习惯地命令我:转过去拍拍。

人家说一定是爸爸怕妈妈,其实是妈妈怕爸爸。每晚妈妈陪我上床,都带一本书看。爸爸一走进卧室,妈妈赶紧把书藏在被窝里。那书的封面不是一支手枪,就是一具血淋淋的尸体。爸爸发现后就摆出课堂的姿势教育妈妈。妈妈不服气,说她这是休息,她不能"守桌待诗"。我说妈妈错了,是守株待兔。

等爸爸去教书,妈妈踮在爸爸的硬木太师椅上,近视眼贴着书橱,把爸爸的大书一部一部搬下来。双手撑着头唉声叹气地读着,茶喝得很多,好像那是什么干涩的东西,可以用水送下。如果我的小朋友找我玩,妈妈立刻丢下烫金硬壳大书,和我们在院子跳绳,踢球,玩老鹰抓小鸡。妈妈知道的游戏和幼儿园阿姨一样多。爸爸说妈妈可以去幼儿园陪我读。妈妈可怜巴巴回答:"我真想多要几个孩子,带一个和带五个是一回事。"可是我干妈干爹来,妈妈却劝干妈不要生孩子:"孩子小时候,你为他把心都揉碎了。就算他长大了,你再揉碎都帮不了他。到他们这一代,同性恋、艾滋病、战争、吸毒,什么都可能。"我干妈也是个作家,叫唐敏。她养的猫病死后到我家哭诉。妈妈说,如果养一个孩子,她不是要哭干了?

我们班有很多小朋友家里买了钢琴。和我同岁的小表姐每个星期天都要拉小提琴,从早上九时到晚上九时,拉得她小小年纪就喊活着没意思。经常有人问我妈:"你儿子学什么?"妈妈回答:"学玩。"

妈妈总说要让我有个快乐的童年,她和爸爸都不要我成为神童什么的。

我有段时间爱画画,妈妈买了一大堆蜡笔、彩色铅笔和水彩。我扔下画笔去剪纸,妈妈又给我买小剪刀和彩纸。再后来我迷上踢足球,妈妈就辛辛苦苦陪练。当过真正的足球运动员的爸爸,有时忍不住出现在阳台上,居高临下把妈妈的脚法批评得一无是处。来家的叔叔们常问我长大了干什么,像妈妈当个诗人?我才不呢!当作家整天趴在桌上多没意思,我要当司机。妈妈爸爸听了都高兴起来。妈妈到国外给我带的玩具全是各种汽车。现在我的机动车辆有六七十种。妈妈说等攒够一百部了,就开个汽车博览会。

我今年五周岁了。有位伯伯来家里,说起他儿子结婚后想独立搬出去住,但是伯伯心里不舍。妈妈劝他说:孩子成家就应该离开父母。

"小思长大后我也要让他走。但是,如果他们愿意让我帮忙带孙子,十个八个我也不嫌多。"

晚上我不睡觉,妈妈坐在我的小床边问我怎么啦?我说妈妈等我长大了也要和你一起住。妈妈笑着把爸爸叫来,向我保证,等我长大了还要很多很多天,这以前我们三人绝不分开。

但是,我暗暗下了决心,干脆不讨老婆算了。妈妈摸摸我的脸说:可是我要孙子呀。

1988.12.19

大风筝

你通过安全检查进入候机室时,儿子抱着我的腿,眼眶红红,声音发涩:"太可惜爸爸走了,我心里难受!妈妈你呢?"震耳欲聋的发动机声挟一片阴影从我们头上飞掠而过,那是去南京参加笔会的你吗?如果这时你能听见五岁半的小儿子的话,你还会后悔没有生个小女儿吗?

原以为这几个月来我之所以静不下心来写东西,与评职称有关,与物价上涨有关,与儿子初学提琴每日对耳朵的扰攘有关。后来下了结论,最大的罪魁祸首是你。因为你每天趴在书桌上如定时装置,微伛的厚脊梁像座山似的撬不动,铲也铲不走,叫人恨得直想在你屁股下塞枚炸弹。你读经典名著,做各种分门别类的卡片,知道唐朝历史。可惜你虽研究美学,对我新做的发型视若无睹,如果硬将脑袋挡在你眼前,你便一迭声说好好好。你在你的大文章里将漂亮语汇都挥霍殆尽了。你不陪我去新开辟的环岛路散步。当我的芍药失肥而面黄肌瘦的时候,不愿为我分忧。只有当你的笔"卡壳"了,你才会起身在小房间里一圈一圈地踱步做困兽状。我的眼光随你转累了,幻化出十个八个蓬发倦容的老夫子来。

然后收拾行装送你走了,然后在你机翼的影子下仰头眺望云朵飞驰的天空,然后携儿子回到家门已是傍晚。儿子说:"现在我更想爸爸了。从前我都是在楼下大喊一声:老爹——爸爸就来背我上楼。"我不想你,因为你从来不背我上楼。

把你临行清扫过战场的书桌又清理一遍,把你穿过的衣服洗好晾起来,把你弃之满地的皮鞋、旅游鞋、凉鞋、雨鞋拭干净又整整齐齐摆进鞋柜。这所老房子越是收拾干净整齐越显得莫测高深,仿佛没有那个大脊梁镇住,一切熟悉的家具、摆设、墙饰都游离起来、彷徨起来,让人感觉有如溺在重水里一样。

把珍藏多日的毛尖搜出来泡了,把因为写了一篇"笔下囚投诉"的文章,远方诗友寄赠的特级稿纸铺开,学大文豪正襟危坐于明窗净几之前。骤雨初歇,鸟儿聒噪得远近几树清风几树欢乐。心中原该明霁一片,谁知仍下不了笔。

这时便迁怒于三餐饮食的不正常,只有我和儿子在家就颠三倒四地做饭倒四颠三地吃;不是直到深夜了还在看书看得太阳穴两旁钟鼓齐鸣,就是午睡到醒来千家万户纷纷上灯。正在上映你临行再三喋牙惋惜失之交臂的《红高粱》,却无心带尚无文学意识的儿子去看。一个人去看,有无数情侣拿各色目光向你"扫描"——我所居住的小岛有自己的风俗习惯呀。

即使你走了,罪魁仍是你。你有这样那样的原因诸多,让我生气。何况只要一阵小风不对我的方向,我便有足够理由不写诗。

做出非常坚强的样子拎着沉重的垃圾桶追赶车轮滚滚而去的垃圾车,还十分快乐地给朋友打电话,说我睡胖了。只有答复编辑们的催稿时溜边滑圆地顾左右而言其他,说正是玫瑰插枝的大好季节,我家已有三种极名贵的"国际明星"爆出娇滴滴的芽粒来。

还是扔下笔去凉台关照我心爱的花木,残害那些千辛万苦刚冒一芽尖即刻被除去的杂草。每一阵雨过,每一次日出,那玫瑰都有新的变化。嫩红的芽梢飞快地拔长,飞快地绽出花蕾,转瞬就层层叠叠地开放,经不起几阵风雨,又毫不吝惜地落花遍地。无须琢磨章法结构,不必考虑发表后有无人回眸,更不必求永恒求不朽,一心顺从节气、阳光、雨水的引领,或许就因为这样,终于成为节气,成为阳光,成为雨水。

　　转身回书桌我已一身清凉,不再劳神写得了诗与否,毛尖既泡了便端起喝个底朝天。稿纸拿来画漫画。画个小小孩站在凉台放风筝,绷紧的线紧紧攥在小拳头里。风筝是只大飞机,上面有个伛背的大男人不情愿地俯冲而来,衣襟两边敞开,风鼓如满帆。

　　临上飞机,儿子使劲揪你弯腰和你耳语,把你的纽扣扯掉了。

1988.4.6

儿子的天地

之一　和儿子一起看录像

我蜷在沙发看书。五岁的儿子从地板上的玩具堆里站起来,爬到我身上,两只柔软的小胳膊缠住我的脖子,奶声奶气说:"妈妈我要和你嘴巴咬嘴巴。"我指指自己的腮帮:"你可以亲亲妈妈这里,妈妈也这样亲你。"儿子噘起嘴:"电视里男人和女人都是嘴巴咬嘴巴的。"我戳戳他的小额头:"可你是小男孩,不是男人。"有位女朋友抱怨,儿子大了,有时想抱抱他,他都不耐烦地挣脱。我儿子上小学以后,我就很少与他亲昵了。当他有了什么好成绩或者令我开心的行为,我顶多动情地拍拍他的脸颊,摸摸他的脑袋瓜。他还在别人的臂弯里时,只要我看他一眼,四目相对,儿子一定眉开眼笑,屡试不爽。旁人都惊诧不解,才七八个月大,就已体会母亲眼神里的语言。

现在儿子十一岁了,我们一家三口几乎每个星期天都外出访友、郊游、购物,至少在我们喜欢的小饭馆,吃一餐简单而又气氛迥异的饭。三人同行,儿子争着和我说话。我一只耳朵与丈夫交流书籍、时事与工作,必不忘了另一只耳朵听儿子吹同学、流行歌星及航空知识,有时也心不在焉。儿子一直喋喋不休,丈夫也滔滔不绝。于是,三人都很快活。

眼下录像带出租比比皆是,人们上影院越发少了。尤其周末,做几样好菜,喝点啤酒,洗完澡,换上宽松的睡衣寝袍,这时候,该看录像了。

儿子热爱台港武打片,对刘德华、林志颖等五体投地。我和丈夫喜欢看探索片。能取得我们共识的是美国枪战片。这些录像片,不外英雄加美人,常常有暴露镜头。在我哥哥家里,父亲总是大声提示我那与儿子同年的小侄女走开,或者"赶快闭上眼睛"。我的儿子却主动偏过脸,害臊地言左右而顾其他:"妈妈你什么时候给我买讲义夹?"我告诉他不用难为情,好好欣赏一下人体美。人原是从动物进化来的,所以雄性动物体现了力量与深度,雌性动物展示的是外貌与体型。当然,如果有不堪入目的镜头,我们必告诉他,现在他尚不能理解,等他长大之后若还有问题,我们一定会给予解答。

重要的是,我希望儿子对于人体不要有过分的神秘感与罪恶感。

我十一岁时,已从外婆和母亲那儿听来各种版本的《聊斋》,畏惧黑暗,不敢独自入眠。每逢需要我独自去阁楼取物,我只好闭着眼睛乱摸,那种仿佛被一只冰冷的手紧攥着心脏的极度恐惧,我不愿儿子也受其害,所以我们从不给孩子说鬼故事,也不以此恐吓他。儿子一直不受阴影损害。

偶尔租来的是恐怖片,儿子请求:"妈妈,今夜我与你睡大床。"

我要儿子记住他是男子汉,应该培养自己的勇气和毅力。然而我又深知虽然与迷信无关,但是激动和情绪在不可知的黑暗中必然产生幻觉,将过度地惊吓了孩子,所以我答应他:"你可以开灯睡觉。"夜半,我去为儿子熄灯加被,壁灯柔和地照着孩子红扑扑的睫影深深的小脸蛋。我胸中涌动着满足喜悦的暖流,我也会埋下身子,在我小宝贝的脸上轻轻吻一下。

之二 儿子和他的同学

儿子从幼儿园回来,给他洗脸,眉目紧缩一团,喊疼。一看,耳朵有个小豁口。问怎么回事?答:同学老拉耳朵。气急之下,竟忘了平时教育:"怎么不报告老师?"儿子睁大眼睛反问:"你不是说,小男孩不许爱告状吗?"拣一个上课时间,去教室外看个究竟。果然儿子后座一个淘气好动的小女孩,不是哈口气在儿子的后颈上,就是用铅笔捅儿子耳朵,儿子只是动动身子表示不耐烦,并不回头。那女孩索性搓两个纸团,塞进儿子的后衣领里,儿子顿时像被撒了一把小痒虫浑身不自在。老师指名叫儿子,儿子笔直站着,还是不说话。

我心疼儿子,担心儿子变成软弱的受气包,遂向儿子暗授机宜。

儿子扬眉吐气回家,努力做出很凶的样子给我看:"若是上课时你再作弄我,我虽然不报告老师,但下课后我一定到沙坑抓把沙子撒在你辫子里,也不许你报告老师。"后面那句是他自己加的。

这样的事到底有没有发生,我不问,儿子也不说。但他的缺了一颗门牙嘻嘻笑的小照片,幼儿园三年里,一直居于光荣榜的宝塔尖。

一年级了,过生日。儿子要求我为他举办生日晚会。儿子读的是音乐小学,我请他的同学带乐器来。预备请十位小客人,我做了十二份礼物以防万一。结果来了十六个小孩子,于是又七拼八凑补了四份。

儿子自己当司仪,每个同学抓一个纸团,按纸团的要求表演一个节目,然后根据纸条上的号码领一份礼物。从第一个孩子开始唱歌,儿子就着急地追问什么时候轮到他抓礼物。我告诉他礼物不够,他是小主人,不应当自己给自己发礼物。儿子忍了又忍,看看藤篮里的礼品将尽,竟号啕大哭。

我拉着儿子的手走到圈子中间,告诉大家:这是今天的小寿星,他渴望他的礼物已太久了。因此我当众在他沾着泪痕的两颊上各响亮地吻了一下。他爸爸带头鼓掌,孩子们也羡慕地拍起手。儿子骄傲地仰脸问我:"妈妈,现在我可以去拿提琴吗?"可惜,二年级以后,儿子的生日晚会再不要我们参加。

大约也是二年级,中午,夏天,我站在阳台上焦灼地看手表。见两个小女孩走上我家的楼梯,儿子稍后,在铁门里磨蹭许久。女孩向我告状:"阿姨,陈思把我的水壶踢到水沟里去了。"我大怒,不由分说,命令上了一半楼梯张嘴欲辩的儿子,立刻返回拣水壶,向那女同学道歉。儿子不敢违抗,哭着照做了。回来后他跺脚、甩书包,又是汗、又是泪,说是那两女孩合起来,用水壶向他喷水,他警告几次,遂奋起自卫。

我知道我是错了。我所受的家庭教育一向是:无论谁来告状,家长首先应当约束自己的孩子。但是,我更明白,即便对自己的孩子也需要公正。我原本可以耐心听完孩子的辩护,问清事由,也批评那两女孩子不应该把玩笑开得过分。自然,水壶还是要拣还她们的。

时至今日,儿子委屈的泪眼依然使我的记忆生疼。但是值得宽慰的是,儿子竟因此有了点男子汉气概。当我们带他出去,他会礼让说:"女士优先。"

之三 儿子的汽车迷

北方孩子周岁时有"抓周",据说孩子的前途借此初露端倪。

若也给我的儿子举办同样活动,他会毫不犹豫抓上一辆奔驰。

或许因为所住的小岛向来没有任何机动车辆,儿子对车辆的着迷持久不衰。他刚蹒跚学步时,带他出去玩,我抱不动他。就买一毛钱的公共汽车票,从起点站坐到终点站,绕全市一圈。他心醉神迷趴在车窗上,指指点点,口中念念有词:"卡车、丰田、吉普、摩托车、救护车……"现在他只要远远瞄一眼,即能老练地断定刚驶过的那辆车是桑塔纳或者皇冠。

老诗人蔡其矫来家中做客,儿子正在地板上组织浩浩荡荡的车队,居然有五六十辆。蔡老师啧啧称奇后问:"还有什么车是你要的吗?"

儿子脱口而出:"消防车。"蔡老师花一天时间,搜罗全市,居然带回一辆红色的救火车,填补儿子收藏的空白。

和所有的孩子一样,儿子也喜欢涂涂抹抹,在幼儿园还参加一些比赛。我们在饭厅开辟一面白墙为他举办个人画展。小小走廊上顿时交通十分拥挤,非但从不发生车祸,还井然有序并不塞车,因为儿子及时地画上了红绿灯和昼夜不换班的交通警察。

带儿子外出旅行,特地给他买不同深浅的炭笔和昂贵的速写本,希望他在途中做些"形象笔记",不虚此行。不料到郑州,他只画警车和大吊车;在绍兴,他只对乌篷船有兴趣,画得像花生壳似的。山水在他笔下只是不规则地抖两三条曲线,高楼大厦千篇一律只是些密密麻麻的窗口,蜂窝一般。画树,无论什么品种,都是大树杈连小树杈。

唯独各种型号的车辆精雕细镂,连驾驶座前悬挂的小吉祥物都纤毫毕现。

若有坐汽车的机会,儿子千方百计钻到司机的座位旁边。如此已拜了不知多少司机当师傅。师傅的话自然圣旨一般,且跟前跟后,小马屁精似的。那一年在大同,人家派一辆好车子送我们。大同的路又宽又直,再加上儿子一旁添油加醋,时时惊呼喜叫,怂急得开车的青年人使出绝技来,一再加速。我在后面吓出一身冷汗。

节日、生日,或得了好成绩,我常允诺孩子一件定额的礼物。二年级期末考试他得了语文数学两个第一名,我答应给他买一个三十二元的救护车变形金刚。但是当我们到百货商店时,货已告罄,需再等几天。回家路上,儿子不甘空手,非要就近买一个六元的塑料小汽车。

我警告他,浪费这一次机会,定要后悔的。儿子执意不听,买完汽车走开不到百米,已觉无趣,塞进口袋从此不见踪影。

这以后他吸取教训,再进玩具城儿童商店,如果找不到预定的目标或满意的东西,虽然怏怏不乐,却不会再滥竽充数了。

我因此引申教育:要有自制力,能够等待并选择,等你的机会到来。将来长大谈恋爱也是一样,假如你太急切、太草率,随便付出自己的感情,等你理想的、你最想要的出现,你已经没有机会了。

十二岁的儿子恍然大悟:"我明白了妈妈,所以你和爸那么迟才结婚。"

"无论爸爸和妈妈是不是彼此最想要的那一个,但是儿子,你无疑是我们最满意的结果。"

之四 "拳王"和小提琴

星期天,小侄女在我哥哥的指导下学习小提琴入门。比她小九个月的儿子正埋头剪纸,此时他剪出来的花色已被他奶奶收藏几大盒。有客人来,必捧出"奇图共欣赏"。

小表姐答不出来时,儿子顺口抢答:"弓根,弓尖,A弦。"四岁的小侄女扔琴,向我诉苦:"活着真没意思!"周围亲友的孩子都被父母按在琴凳上,不是学钢琴,就是雅马哈电子琴。若有人问儿子:"你学什么?"儿子骄傲地回答:"我学玩。"数年前,望子成龙的父母们首先从艺术修养方面着手训练,而今大多已从经济效益来考虑培养孩子的商品意识。我那小侄女和提琴的缘分不到一年,现已学会将她收藏的儿童书籍原价卖给同学,自己又重新订购新书。

幼儿园中班快结束时,儿子在饭桌上发布新闻:"我已考上提琴班。"大惊,问考什么?答:"老师在背后拍手,我跟着拍,他摁钢琴,我再唱一遍,简单得很。"既已上贼船,只好整治家伙,带他买一支1/8小提琴。丈夫学过半年提琴,虽然连琴也夹不稳,好歹认得五线谱,责无旁贷。我是一看那小蝌蚪就头昏眼花的。

儿子练琴,先要制两大杯饮料,以大白兔奶糖或牛肉干佐之。共计屙屎一次,拉尿两次,经电视厅又驻足三到五次。丈夫的血压一蹿再蹿,吃药都不顶事,因此,常作捧心状。

慢慢地,家中拉锯似的噪音渐渐柔和入耳。逢演奏会,学校的独奏表演,爷爷奶奶、爸爸妈妈必穿戴整齐出席捧场。一个提琴班原有三十名,渐渐淘汰至九名,儿子虽三天打鱼两天晒网,居然名列首位。

暑假时,儿子又与提琴班三个哥儿们,共同决定报考音乐小学。

我和丈夫都犹豫,觉得儿子拉小提琴和他的剪纸、画画、羽毛球一样,都是凭小聪明一沾就会,却不能精进,因为缺乏这方面的天赋与沉迷。

发榜那天,看着孩子雀跃的小脸,我心里忧伤:儿子,在今后漫长的六年里,小提琴不是变成你的手足,就是变成你的噩梦。

现在儿子读五年级了,他的授琴老师是名牌大学的副教授。他的爸爸早已靠边,血压也趋于正常。我们对儿子拉得怎样均已无能评判。只知道他的演奏分数虽然是全班最高,但是去年全国比赛,连四年级都有人被推荐参加,该校参加者七名,个个获奖,儿子不在此列,可见他仍是凭小聪明在那里玩。现在每天一小时的练琴又增补一项新内容,就是在乐谱底下偷偷压一本《航空知识》或《军事天地》。

每当儿子对提琴的厌倦周期性发作,我必直截了当告诉他:"只要你今天告诉我你从此不拉,我明天就去给你办转学手续。"儿子恋着他那依山傍海的美丽校园,恋着五年来孜孜不倦的老师和从幼儿园就打闹一起的同学,遂又乖乖回到谱架前。

令我忧虑的是,儿子又在策划上音乐中学。甭说他在音乐上天分有限,即便日后成绩斐然,在物欲横流的现代社会,说不定落到酒吧去挣几个小钱。但是,五年前,我已不忍拗折一个六岁孩子的梦,现在又怎能挫伤一个少年的雄心呢?

最近儿子迷拳击。上个周末,我带他买一副拳击套。身着黑皮夹克黑牛仔裤瘦小的儿子,挥舞两只硕大无朋的黑色拳击套,昂然宣称:"一代拳王诞生了!"幸亏现在还没有专门开设拳击课的中学。

之五 儿子的小书橱

和所有父母一样,儿子的小手刚会抓东西,我就塞进一本鲜艳的儿童画册。随着儿子一天天长大,从阿童木、一休到整套《西游记》《杨家将》的连环画,一纸箱一纸箱地装起来。开始时残缺不全,后来几乎完好无损,接二连三都送给了比他小的孩子。等他开始读《安徒生童话》《上下五千年》及《世界科幻精品》,我们给他腾出了一个真正的书橱。

上小学以后,儿子崇拜起郑渊洁,每每以郑渊洁语录与我们抗辩。二年级那年暑假,带他去张家界、五台山、龙门石窟等地旅行。背包里丈夫一本书,我一本书,给儿子选择的是儒勒·凡尔纳的

《神秘岛》。凡尔纳是我和丈夫童年时代的老朋友,我们希望儿子结识这位法国异人。

火车上、候机室、旅馆里,儿子与《神秘岛》形影不离,已掌握镜片取火的原理,深谙硝石在火药中的运用,并且计划旅行结束后,如何收集园里那些酸葡萄酿酒。

我们接着给他买一整套凡尔纳的科幻小说,除了我们都几乎会背诵的《海底两万里》买不到外,但《神秘岛》仍然为儿子情有独钟。

儿子讲究名牌服装,丈夫脸上乌沉沉地不悦;儿子不惜血本地购买玩具模型,丈夫转过脸去,惨不忍睹。唯儿子买书,我们几乎有求必应。一本《国外现代武器》索价十四元,虽觉不甚合用,还是买了。

丈夫买一套明清小品,还得斟酌半晌呢。

一时节,儿子的书橱塞满科幻、随笔、童话、小说,一本在我看来十分枯燥无味的《石油家族》居然翻了一二十遍。整日考问我们音速、光年、地球到冥王星的距离。我的成绩明显不佳,他老爸都能回答得差不多。

再后来儿子订阅《世界军事》,所购书目都是《兵器知识》《军界内幕》及《世界特种部队绝密录》。电话里和同学长篇大论所研究的,不外是哪一艘航空母舰哪一次战争中屡建奇功,又在哪一次战争中毁灭。每个休息日必上"儿童军火库",给自己装备汽枪、驳壳枪、冲锋枪。儿子要领导一次军事行动,似乎绰绰有余。

书橱开始变成精品柜,儿子亲手粘嵌的机群、舰队、坦克师正日夜处于紧急状态中。

只好在楼梯间,再给他钉一个简易书架。

这时儿子的问题,丈夫越加需要小心对付,比如拿破仑为何失败于滑铁卢?第四次中东战争两边导弹的优劣是否决定一切?"沙漠风暴"的指挥者是谁?我若插嘴,儿子不耐烦地挥挥手:"女人家不懂。"更加不妙的是,这些天,儿子竟迷上古龙。我们允许他看的是《欢乐英雄》。那一天我在外面有饭局,回家已是夜里十一时,儿子还趴在灯下做作业。丈夫揭发说,儿子一个晚上关在屋内没有动静。以为专心做作业,谁知在看武侠呢。丈夫严词训斥,我一旁默然。想我少年时代,因为母亲完全禁止课外阅读,我缩在被窝里看,以致看出千多度近视眼来。后来我又知道我妈妈年轻时比我有过之而无不及,所以她也高度近视。等丈夫发威过了,唤儿子来,告诫他:如果你完成一小时提琴练习,文化课作业也做清楚,你可以做你所喜欢的课外活动,包括看小说,但必须端坐在书桌前读。

儿子答:"遵令。"等他收拾好书包,把提琴盒子盖上,拿一本书,钻到我的大床上,津津有味读起来。我却不好赶他"端坐在书桌前"。因为,此时,我也正倚着大软枕,舒舒服服看我的闲书哩。

1994.3.30

花　事

晨来坐到书桌前第一件事,就是撤去窗台上隔夜的残花,取一把花剪,下楼往院子前自家花圃里寻芳。

先剪几朵半开的栀子花,厦门人又把它叫香水花,其花瓣洁白无瑕,香气却如贵妇人般浓烈华美。原先有两株并立,每年都开得轰轰烈烈,赠友送邻,大受欢迎。去年暴雨推倒院墙,压伤一株,移往后园,今年方获新芽。另一株也许劫后余悸,也许失伴之痛,枝叶瘦黄,仍尽心结蕾。因为怜惜它气力不继,下剪只挑单朵。若有未开的花蕾并蒂,便留着,让它装扮自己。

摘两朵大丽花,有人把大丽花与芍药混淆,查书,知其有别。已是暮春初夏,大丽花本当偃旗息鼓,今年却不甘就此谢幕。虽然花朵越开越小,花色驳杂,好像爱俏的小姑娘调不匀脸蛋上的胭脂。就凭这份对春天的苦恋,我也喜欢。

瓶花背景衬几丛小白菊,此时它当令。原是人家花盆里去年的枯枝,移到鸽粪垫底的园土里,立时不加节制地疯长,只好不停修剪它。

修减下来的枝条边边角角随插随活。于是满园都是这些天真无邪的小花朵,真是采撷不尽。邻人看了眼红,也来讨苗,任其折去,不知何因,不能成活。气极,拔出扔在院子暴晒,我婆婆见了可怜,拣回插到园里,两天又挺腰拔节,神气活现的。

留下向阳长廊上六七十盆花卉舍不得下剪,贱的如一串红,从去年秋末一直开至今,半年有余,枝条都已见憔悴,花序仍此谢彼生,鞠躬尽瘁。有一盆四色太阳花,开得甚是爱煞人。书上说此花不能过冬,属一年生草本,于是去年冬末,我将它们倒往墙角。今年不知何时,墙角竟衍生了一大片娇滴滴的花锦来。北方人叫它"死不了花",果然死不了!

名贵的有如玫瑰,是家传的品种,也是当年我的"陪嫁"之一。

当初带来二十多盆,天灾人祸,只剩十盆左右。去年以来所有笔会都一起绝迹,便有很多时间走到凉台上望天,望木棉如何脱叶,如何嫣红,顺手替玫瑰拔去杂草、翻土、捉虫。那玫瑰也多情,得人呵护便分外爱娇起来。一朵"和平"直径可达二十厘米,且历时半月不败,另有一盆"法国小姐"竟结蕾二十五个。父亲劝我剪除大半,只留三两,花朵才肥硕。我却反对在花界推行独生子女,就让它们小小地锦簇着,像一个多子多福的大家庭使我原本冷清的小家庭增添几分热闹好了。

丈夫的宠物是盆景和仙人掌。由于他伏案工作超时超量,要将他拔出老藤椅除非千斤吊,为了使他自觉自愿走到阳台上"放风",便大力支持他的偏爱。外出开会,四处求索,将或讨得或强求得的多刺的仙人球装箱带回家。丈夫在阳台上另辟天地,居然小有规模。别看榕根墙角石缝都能栖身,一成为盆景立即身价百倍,与其配套的非紫砂也得细陶,投资极烫手。不像我花六毛钱买那棵万寿菊,给它一个破铁罐照样奋发图强,把花开得让人不忍它如此挥霍。

丈夫常背着手踱到阳台,与那些三两叶子吊着的虬枝和傲然兀立的刺球对视,相互默默,居然很男性地互通气息。谁知有一天早晨,发现最优秀的盆景不翼而飞,数数竟遗失十八盆。唏嘘半天,束手无策,劝丈夫将余数搬到屋顶平台,丈夫以不能随时随地召见而拒绝。

过一星期,小偷熟门熟路又来光临,将所有盆景及几盆珍贵的仙人掌囊括而去。我和丈夫趴在阳台往下望,只见邻院的墙根扔着两个最没品位的瓦盆。丈夫绕道去取,我用竹篮将两个仅值四角钱的瓦盆接应上来。和丈夫商量在阳台贴一布告:"若有中意之株请君拔去,不可将盆如此乱弃,彼此费事。"于是有一天,丈夫买了水泥,敲破几只啤酒瓶,在阳台和围墙上敷设保护层。父亲又送来二十盆榕根,而今迈步从头越。幸亏存留下来的仙人掌都是些草球,却争气,刚立夏,便有鲜艳的花苞突出。丈夫却不喜欢,说榕和仙人掌本色就是冷峻而孤傲,一开花就脂粉气了。我大抱不平,将它们搬到我的属地,告诫丈夫不可让它们感觉到被人嫌弃,花和小动物一样受不得委屈呀。

长廊上诸君,贵贱虽有世俗之说,我看来却是春色平分。不过,我比较偏爱一盆四季桂。丈夫屡次要移往园里,被我坚留。那种吸吸鼻子却无,走来走去都是的香气,令我忧郁莫名,令我心中隐隐作痛,令我的目光无处投递的那种彷徨是什么呢?

十年前为写一篇文章借住朋友的招待所。那儿地处郊区,环境安静而草木葳蕤。朋友为解我疲劳,每天晚饭后陪我散步,曾捋着一树碎碎的小白花对我说米兰。文章费了十天写出来,几被转载,没有人知道,是那样一股淡远的香气一直在我耳旁肩后,为我洗心洗笔。

最近一次笔会,与那位老朋友同行。偶尔又闻那道香气,我说:"呵,是米兰。"朋友笑着纠正我,不,那是桂树,他拉我到一株墨绿的盆栽前说:"这才是米兰,还没开花呢。"我说,错了错了,我认识谁是米兰。朋友便说,那么,是米兰错了吗?

我终于明白,令我惆怅不去的,令我若有所失的,令我的心又酸又软的,是已逝的青春所留下来的芳菲,是米兰是桂树还有其他什么的。

现在当我习惯地停在桂花前,感觉到它极温柔极恬静地对我诉说芬芳,我同时还听见了周围一片哗然,像有几十双小手拉扯我的衣服和发丝:"还有我们呢!我们是你的百合,你的海棠,你的三色堇!"

是的,因错过太阳而流泪的人,不要把月亮也错过了。

1990.6.8   雨夜望晴

嘿,十七岁!

十七岁,有个共同点,就是每天在镜子前,龇牙咧嘴挤压青春痘。

儿子现在的班级成立文学社,众同仁在冥思苦想给班刊命名时,盯着社长硕果累累的苞谷脸,豁然贯通,遂一致同意叫《青春痘》。社长即儿子,一任而已,其伟大使命莫非就是贡献脸上那张"横看成岭侧成峰"的样板?

他老爸十七岁,引为己任的是作家使命感,社长交椅一坐好几年,几至坐穿。文学自是圣殿一般,班刊非"采贝"即"鼓浪",满纸豪言壮语。脸上火力更足,未有"珊娜拉"洗痘水、敷痘霜之类济世良方,常常这瘤那瘤叠罗汉,冒冒尖尖岌岌可危。至今太阳穴两旁赫然留有遗迹,雨天可存好几盅水哩。

我十七岁去下了乡,水清风净滋润,缺鱼少肉不舍油脂浪费脸上。偶尔鼻尖眉头爆出一两颗信号弹,便忧心如焚,有男知青来串门,将刘海拉来拨去设法遮丑。就着油灯读名著,唱"外国民歌两百首",抄古今中外格言,写华丽动情的信。技痒时诌几行诗,随着手抄本四处乱飞,没有刊名,捞不到社长当,时时提心吊胆。

十七岁,儿子不叠被不整理书桌更不洗衣服不洗臭袜子,喊泡茶来,饭要帮他盛好,鞋要自选衣要名牌,每月上一次发廊,整天问有什么好吃的,唯一自己动手的只有开冰箱和打电脑游戏。不过,长途旅行他是家中全劳力,因为老爹老妈的颈椎腰椎肩周关节遭岁月风化,儿子便手提肩扛,嘴里咬着自己的机票和身份证。同学中有"月薪""周薪"的,儿子领"日薪",从未超支略有节余。压岁钱或奖金(提琴或作文比赛所得)或生日红包统统自觉上交,尚无经济头脑不懂回扣。

老爸十七的上半岁紧锣密鼓打拼准备上中文系。屁股和膝头的补丁厚如烙饼,而且颜色迥异。海外频频寄来的进口布料纯毛衣服,窝赃般压在箱底发霉生蛀。身任学生会副主席、团书记、对敌斗争积极分子兼足球队长。该足球队转战全省没有失过一个球,遂去大连参加全国少年足球比赛度过十七岁生日。下半岁碰上"文化大革命",忙着写大字报贴标语早请示晚汇报,被抄家和串联。绘画学三个月,小提琴练半年;饭不会做衣服不会洗,直到两年后去插队。

我十七岁只有42公斤,要挑50公斤的谷担,摸田、育秧、割稻,学一样哭一场。自留地里栽菜秧子,不长叶子只生虫,幸亏种番薯倒是光长叶子,便不觉采来炒着吃。跟着《新华字典》,每天学五个生字,翻英汉读物,背唐宋诗词,做大学梦。腋下夹一本"禁书",到各知青点去投桃报李,换来各种意外的惊喜。衣裳头发每日一洗,抽屉衣箱纹丝不乱,学会用二两肉、一板豆腐、几棵芥菜做一桌佳肴,和伙伴过中秋。然后佯醉,为了不必下到结霜的小河边刷碗。

十七岁的儿子崇拜贝克汉姆、谢霆锋和麦当娜。小时候口必称郑渊洁,从未仰视过老爸老妈。称班主任"凡姐",直呼物理老师"阿弟",说班上男生都叫女朋友"老婆"。趁机追问儿子有没有拍拖,答:还没有那么畅销。落"网"聊天,打又臭又长的电话,时而卷着舌头弹两句英语。从幼儿园开始,音乐小学音乐中学,小提琴专业浸泡十年,一打开私房音响,还是张信哲和王菲。功课百忙之中,不忘见缝插针频频跟电视机"接吻",盖因近视已达750度,不肯戴眼镜。

十七岁时老爸开始写小说,至今没得发表;再写诗,发表以后除了他的老娘将《诗刊》放在菜篮里向左邻右舍显宝外,似无追星女青年;改写寓言、随笔、科幻小说,书出得薄薄的,反响也是小小的。喜欢马雅可夫斯基、雷锋、贝多芬、郭小川,其中没有我。有心栽花无心插柳,而今所出版的书大多是数十万字一本的诗歌理论,这是后话。

十七岁我梦想的是一斤膨体纱毛线,可以织一件时髦的套衫;一柜满满大部头小说(最好是卷了边、发了黄、略有破损,这样的书才好看)。梦想不用向队长赔笑脸,不必上大队部去送礼,也无须走县城"四面向办公室"找关系,忽然一纸通知书,便腾云驾雾进了大学。猛听一声吆喝"翻谷啰!"震醒过来,还在晒谷场边打盹。

从未梦想过成为一名作家或诗人。更不懂得梦想当母亲。

咳,十七岁!

2000. 3. 13

有意栽花无心问柳

总有朋友问我们:怎样指导孩子写作文？我要回答说,孩子小学二年级起,我已完全放弃对他语文功课的辅导,很多人不信。只有我的同行才会心地苦笑颔首。也许因为这样,作家抨击现今的语文教学尤为激烈,有切肤之痛。

我和丈夫多年都困在文学的战车里。丈夫乐此不疲,每天十来个小时铆在书桌上,吃饭睡觉都得一请再请,比皇帝移驾还难。从青年时代起,我就感到十分沉重疲倦,渴望放下重轭休息而不能如愿。当我看到某作曲家在电视采访里说他恨音乐,你心我心,我是太知他心了。因而观察孩子是否有文学基因,我既期待着,也恐惧着。

培养孩子的文学素质,除了加强其他艺术门类的滋润以外,主要就是阅读和写作。

儿子幼儿时代给买的卡通画册、图片、连环故事不算,他的第一本正式读物,没想到是一本科普读物《石油家族》,连我都觉枯燥,他却翻得滚瓜烂熟。那时他刚八岁,上小学二年级。同年暑假,我们携他去雁荡山和普陀山旅游,爸爸带一本关于死亡的哲学书,我带的是纪伯伦的随笔,儿子带的是法国儒勒·凡尔纳的《神秘岛》。车舟之上,宴会中间,旅馆里,途中小憩,小小的儿子都在入迷地反复读那本书。回家以后又有好多年,常常还去温习它,像极了一种怀旧。我们欣喜不已给他买了儒勒·凡尔纳全套科幻小说。他虽然也读读,却再不能往心里去了。

对文学的浅尝辄止,反映在儿子的周记上。每逢周末,我都要陪着热爱户外活动的老父亲,带着几个孩子去郊区的五老峰、植物园,去爬山、野餐和拍照。有次我一脚踩空,掉到一个大树洞里。洞不过半人深,铺满落叶,虚惊一场罢。对于孩子可是够刺激的。八岁的孩子幻想着:"……然后我们用力把妈妈拉出树熊之口,妈妈没有受伤,衣服沾满苍耳和草叶。然后我帮妈妈摘掉它们。然后我听见熊很生气地哭着,因为我们吵醒了它的好梦。"老师批语:"写得很好,是自己写的吗?"孩子的自尊心大大受伤害,从此对周记再不用心。其实就连叫"苍耳"的这种植物,也是儿子在山上指点我的。

我们再搬出《汤姆·索亚历险记》《骑鹅旅行记》《安徒生童话》等名著,儿子碰了碰,便像躲着捕鼠器那样绕着走。他开始跟同龄人一样,迷上《童话大王》《聪明的一休》,接着是《军事天地》等战争武器类读物。作文越来越偷工减料,字迹乌烟瘴气,真正的涂鸦也不过如此。我本对孩子的文学前景不抱希望,觉得他要喜欢科技更好,最好是医生。因为我俩渐入中年,身上毛病忽然此消彼长,梦想日后由儿子来做两老的保健医生。

孩子从音乐小学顺理成章再读音乐中学,不必剥皮剔骨过初考这一关。暑假无事,所有作业只有20篇作文。我带他住福州机关宿舍,规定他每天完成一篇,经我审核通过,便可跟朋友出去玩或打电子游戏。孩子的生活面小,要他每天写东西,寻找题材是他的难点。我会提示他感觉夏日暴雨之前的自然界(他写:干渴的老树根撑裂泥土,像狗伸出舌头喘气);描绘陌生城市夜晚的美丽(他写:月光不像阳光那样吵闹,到处扬起灰尘);观察邻居的玻璃海棠(他写:肥嘟嘟的红脸蛋人见人爱)。这些作文都很抽象,没有通常要求的微言大义。虽不规范却很新鲜的句式,出乎意料的感觉,让我暂时原谅了结构的凌乱。可惜这些短文都没有为他保存下来，保留至今的是构思的杂芜和破碎。

开学伊始，儿子幸运地碰到一位优秀的语文老师叫林雯丽，他的20篇暑假作文在班级被朗诵了15篇。孩子对语文的兴趣被大大地怂恿起来了。我再次吸引他阅读课外书，尽量站在他的角度，推荐《西游记》《水浒传》《金蔷薇》等，它们只被走马观花翻翻，便束之高阁。

有一天儿子好奇地问我："武侠小说迷了那么多人。好看吗？"我自己正看着古龙的《欢乐英雄》，觉得语言活泼情节有趣，适合孩子看，就给他试试。他一连读了五六遍，接着古龙所有作品他都读了，然后通读了金庸的作品。把金庸的《鹿鼎记》当圣经，手不释卷，言必称韦小宝。甚至对古代历史典故有兴趣，自己买了不少帝王将相的书籍。

孩子的父亲十分反感我们母子俩每逢周末，并肩躺在被窝里一本接一本过招。这时我们有很多共同语言是有关小李飞刀或降龙十八掌的，他老爸在一旁，听得唉声叹气，哀其不幸怒其不争也。如果林雯丽老师知道，恐怕连我也要被嗤之以鼻的。我很快就把认为该看的都看了，因为古龙已逝，金庸绝笔，再无此道高手，自觉自愿回到"革命队伍"里。儿子坚持多练几招，看看名师遁入空门，黑道白道均无盟主出来统一江湖，真真无趣，他也下山。

儿子热爱武侠小说虽然遭老爸口诛笔伐，始料不及的是作文突飞猛进，尤其想象力的丰富，语言幽默新颖，人物描摹生动。老爸匪夷所思之后，在中文系给学生上写作课，引用儿子的经验检讨，不再猛烈攻讦武侠小说。现在他会站在书架前，面对整套精装《鹿鼎记》，感叹并许愿：等到60岁，我就读一读，到底好在哪里？

初二儿子开始参加作文比赛，得了一些小奖。偶尔我们技痒，指导过一次。林雯丽老师读过笑了笑，将我们的和她辅导的一起寄走(规定可以参赛两篇)，当然是她辅导的那一篇中奖。市一等奖,全国二等奖。

现在我怂恿儿子读的是阿城、陈村、简媜的散文随笔。首先因为我自己喜欢;其次儿子对语言的苛求和洁癖越来越和我接近;第三,我终于明白了儿子对至今为止的小说不感兴趣,它们离他的生活总有距离,因而他觉得不真实。

也许要等到他上大学,才明白文学作品的经典性正是由于它的历史性。

高中以来儿子只能看看报纸,完全没有时间阅读课外书了。每个周末允许他有一个钟头打电脑游戏,他要节省着用,周六30分钟,周日30分钟。除此之外,还要忍痛少看半场足球赛。他读的是文科班,数学是一大陷阱,英语马马虎虎,作文时好时坏。我给他的影响终于看出后遗症来了。

他的长处在于自由发挥,有语言优势,常常过火,难以克制卖弄词汇的毛病。如果是命题作文,还不知跑题会跑多远,直跑到分数的底线。议论文更致命,他的逻辑思维受我遗传本已先天不足,又痛恨套话、假话,光会风凉话。我一碰理论就头晕,只好请他老爸指点。老爸倒是教中文,又连续出了几部理论专著,杀鸡用牛刀,儿子虽然伸长脖子,云里雾里不得要领。

因此我们常常嘱咐儿子扬长避短,如果自由作文,尽量写成记事或抒情文。上个月他参加奥林匹克作文比赛,题目是《等》,这么取巧的题目,他偏偏写成议论文,结果连末奖也没得到。

我们为他扼腕,他却振振有词:"你们不是说,重在参与吗?还教导我要写出与众不同的新角度,不管获不获奖。"

咦,这会儿他倒没齿不忘我们的教导了?

2000.5.8

抵挡孤独

儿子的初级外交

传言说,如果请我开笔会,我总要问:"可以带孩子吗?"如果主持人面有难色,我可能就不去了。

这是传言。有一点依据是,我儿子一岁多的时候,厦门来了杨沫等几位老作家,在游轮上开笔会,请我参加,我要求带孩子(因为没人带他)被允许了。那天,孩子出足风头,朋友们都来帮忙抱他,笔会开成什么样,我一点印象也没有。说起来惭愧,还有一次,我们去崇武旅游,文联的朋友拦路"打劫"坚邀讲座。我在讲台上,隔段时间,就要帮孩子啃去甘蔗皮,让他接着往下努力做啮齿动物。这样的不雅,连丈夫都看不过去,古今中外大概没有先例。所以长途飞行、舟楫、宴会,每看到有焦灼心亏的母亲哄着吵闹的孩子,我总是很同情。

孩子再大些,想带他出门,已不肯。

跟我到处走来走去的儿子从小不怕生,我们的朋友自然而然同时成了他的朋友。成人聊天,他爱冷不丁插话,总是打岔越位,忘记自己只有旁听资格。虽然不乏精彩惊人之语,但由于年纪和资格有欠火候,叫人哭笑不得的尴尬情景时有发生。某朋友承众人援手得以脱难,便许愿等发了大财,置豪宅雇名厨贮美酒,摆几张麻将桌云云。儿子一旁抢白:"再买几个朋友凑热闹好了。"诗人吕德安从美国打来越洋电话,儿子接。德安本嘴拙,听我不在家,一时无言。儿子便学我日常口气,老气横秋地:"有话就说,鬼鬼祟祟干什么?"德安顿时被狠狠呛了一下,气惨了。儿子可以说是和德安一起长大的,就算亲密无间,但这玩笑也太过分了。德安回到福州很久,都不肯再打电话。

湖南诗人海上曾经亦褒亦贬告状:"舒婷,你就是这样调教你的儿子,把我们当小菜吗?"我赶紧反思,却想不起儿子什么时候用什么暗器,再次伤人于无形。

因此再和几位外地文朋吃饭,儿子一动嘴皮,我叱声制止。在座台湾作家王浩威,本职工作是心理医生,他倒挺赞赏儿子的参与意识,说台港一带有很多小孩都成了问题儿童,不善交流,整天关在房间里,对外界有不适应甚至戒备恐惧心理等。父母亲为此伤透脑筋,他们要想方设法吸引孩子出去走动,说服他们面对社会和人群,打破自我防线,以求正常发展。

出去玩吧,孩子

经王浩威的点拨,略注意周围,便发现身边的孩子由于绝大多数是独生子女,自闭倾向更为严重,只是我们的儿童心理学太不发达,因此尚未引起足够的重视。

朋友许芳,记者,丈夫离异,原先活泼好动的女儿忽然不愿在机关大院和孩子们一起玩。许芳有事出门,九岁的女儿要求妈妈把门反锁,自己在屋里做作业、看电视,每隔半个钟头,呼妈妈手机一次。

时间长了,许芳意识到孩子因为大人婚姻的失败,有负罪感,觉得是自己不够好,又拖累了社交十分活跃的妈妈,性格越来越消沉。许芳有足够的聪明和耐心,热情邀请亲戚的同事的邻居的孩子,和女儿的同学来家举行PARTY,为孩子们做水饺、拌水果色拉、烤蛋糕、放卡通CD,比倪萍还花样百出。又鼓励怂恿女儿去参加孩子间的一切活动,郊游、运动会、歌舞比赛和生日聚餐。只要有时间,母女俩就出去玩、聊天、看电影,一起做运动。跟她解释,爸爸妈妈虽然不再相爱,爱女儿是永远不会变的。最重要的是,许芳总是不断地肯定女儿哪怕最小的成绩和努力,为她加油,为她骄傲。女儿渐渐恢复了信心和好动天性。

不久前去许芳家蹭饭,公寓的花圃中,见那小姑娘鼻尖沁汗双手叉腰,吆喝一帮大小孩子,俨然指挥若定。

形单影只的挫折感

直到初中一年级,我儿子都比较活泼开朗,同学关系融洽和谐。我去德国访问,丈夫带儿子同去了柏林。借此机会,我们经常出去旅游,到了德国不少久负盛名的美丽城市,还报名参加旅行社,游览欧洲好几个国家。虽然儿子被安排在国际学校,但考虑到他最终是要回中国受完教育的,国内的教育是缺一链都要损失一大截,我岂敢掉以轻心。考虑再三,还是让儿子先回国继续读书。

我回国以后,发现儿子大部分时间关在房间里,脾气十分暴躁。逢节假日,不出门找同学玩。电话虽然不少,都是女生的声音。热爱运动的儿子,没有被男生们邀去踢球和打拳。他常常自个儿换上一条游泳裤,差不多就在家门口的海滩,长时间地游泳。这个时候,由于他的心情恶劣,我们的交流有些困难。

慢慢了解到儿子被班上男同学集体排斥,形单影只,有心理危机。我心疼儿子,仿佛他的痛苦辐射到我身上,令我在工作、旅行、和朋友相聚时快乐不起来。一起分析原因时,儿子反省到他从国外回来以后,不知不觉喜欢用上西方的处世方式,过于我行我素,这是一;其次他老卖弄那些欧洲见闻,有张扬夸耀的嫌疑,令人生厌,这是二;他把从大人们那里学到的尖酸刻薄拿到班级里冷嘲热讽,犯了男生们的众怒,这是三;儿子还认为我必须负一部分责任,因为成长中的同学们开始对谁的儿子有所感觉,他们不喜欢中间有谁太特殊,等等。

我曾经和你一样,儿子

我最能体会被孤立被遗弃、彷徨无助的感觉。

小时候因为父母的问题,我不断地转学,一进入新环境,几乎立刻受到孩子们欺生的冷落,花很长时间刚建立一点脆弱的友情,又换了学校,因此我完全没有小学时代的朋友。我不会忘记每天背起书包那种心头的沉重,脚步的迟疑,眼睛的茫然。看到女同学们一起跳橡皮筋,成群结队回家,尖叫、打闹、勾肩搭背和交头接耳,我会倔强地昂头睥睨走过,内心无限渴望。将毕业时,由于成绩好(被孤立的好处就是让你发奋读书),我赢得同学的尊敬和老师的另眼看待。这都不能减少我对那段日子的厌恶。上中学以后,在新的环境中,朋友很多,乃至持续终生的患难之交,我把他们看成生命中的无价之宝。

在我刚刚进入社会当一名工厂学徒时,由于我的学生腔、体弱多病、清高洁癖的家庭教育,我被看不惯的工友们孤立了几个月。幸亏我另有很多肝胆相照的知青朋友,同时积累一定的阅历、自信和意志来渡过困境。但痛苦永远是新鲜的,不可重复的。这段孤独岁月,被我写在文章里,就叫作《一个人在途中》。

我把这些往事毫无隐瞒告诉儿子,让他知道,虽然现在我的周围仿佛从不缺友情和温暖。和他一样,我也曾多次体验到那种深深的伤害。

我能帮他的,也就这些了。

因忙碌而快活或者因快活而忙碌

初中最后这两年,对儿子是个考验。结果是他的学习成绩上去了,提琴毕业考试得了班级(也是年段,因为音乐中学每个年段只有一个班级)第一名,体育得了满分。我总是跟儿子说,男孩子在学校,要赢得同学的尊敬,第一要学习成绩优秀,第二要艺术专业出色,第三要体育达标。儿子基本都做到了。女同学始终对他不错,但没有要好的男同学。

这就促使儿子离开原来的音乐中学,报考市重点高中,以刚过分数线的险胜,进了厦门一中。这里云集了全市尖子学生,儿子基础太差,花了一学期才慢慢从287名赶到135名,现在是文科年段15名左右。

轮到我担心儿子电话太多、朋友太多,参与班级的各项活动太多了。三千米长跑、辩论赛、文艺演出、班刊,每天不在操场上滚打到天黑是不肯离开的。放学回来,他兴高采烈跟我比画形容班级新闻校园花絮,复述同学之间的小笑话,"砰""嘣""咔嚓""咻——""轰隆",无数象声词爆炸其中,为他的手舞足蹈配乐。

儿子学会了谦虚,低调做人,把原先不免锋芒毕露的唇枪舌剑,转化成轻松愉悦的幽默和自我调侃。同时我更欣慰地注意到,他渐渐能够发掘并欣赏同学们的长处和特点,他总叫他们"电脑怪杰""军事奇才""作文黑马"什么的,让我感觉他们班级明星荟萃。他知道自己资质一般,没有特别的天赋,所以除了更加努力,别无骄人之处。

和儿子一起逃学

但是不等于他就很努力了。比方这个周末是制图和理科类的实验会考,不幸中央一套每天都有阿诺·施瓦辛格的动作片,儿子不但场场都看,还死活赶不走重庆和意甲两场足球赛。

想到我自己常有倦怠的时候,抵赖着不肯到电脑前面去。可恨丈夫为了督促我,总是一起床,就先把电脑打开,让五颜六色的三维管道在屏幕上张牙舞爪,我为逃脱它(或他)的捕捉使尽诡计。

况且,施瓦辛格的片子我不也全看了?

心理上,仿佛和儿子一起逃学。

2000. 5. 10

临别赠言

明年儿子如果考上大学,就会远走高飞。他曾经非常想到北京念书,因为他自以为跟北方孩子十分投缘,其实他认识的只是父母的北方朋友,以及朋友们的北方孩子。最近他又琢磨着要报考本市大学,图的是离家近,"至少衣服被褥可以带回家洗,还常常吃顿好的"。儿子投放在餐桌上的注意力,一向仅次于足球场。

儿子生长在鼓浪屿,高中以后才到厦门去,那不过是比鼓浪屿稍大一点的岛屿罢。学校不设寄宿,每天吃了早餐赶乘五分钟渡轮转公车去上学,中午吃快餐,饿狼一样扑回家吃晚饭。寒暑假我们尽量带他出门旅游,朋友聚会都有他的一席之地,他的性格相对开朗活泼。但是,我和他老爸自认都有不同程度的"孤岛意识",加上独生子女多数有一点自闭,我怂恿他到北方读书(福建人看来,江西、浙江就算北方了),经历不同的生活环境,锻炼生存能力。

只要设想儿子离家(其实还有一年多),不由得心中发虚,好像要挖掉一大块肉似的。已不需为他"临行密密缝",ADIDAS的衣服不及穿破,就换了POLO。做母亲的,满腹仍然"意恐迟迟归"的盼咐,只怕儿子不耐炙人的"三春晖"先溜远了"寸草心"。为使自己届时不乱了阵脚,题词在此。

第一　关关雎鸠,在河之洲。

有一天儿子回家的时间超过预算,他解释说:"到本区幼儿园看望丈母娘去了。"意思是说,他的丈母娘还在上幼儿园哩。实际上他是去完成规定的社会实践,教娃娃们唱歌。有时他装出一脸沮丧以示清白:"我从小到大都没有谈过恋爱,岂不是太没有面子了。"

好吧儿子,爱情迟早会来临。有时像春雨,润物细无声,等你觉醒,它已根深叶茂;有时像一记重锤,当胸一杵,顶得你耳鸣目眩,心碎肠断;有时像台风过境,既有烈焰般的轰轰烈烈,也具有毁灭性的一面;更多是普通人的爱情,游戏般的挫折和考验,小小的惊喜和甜蜜,平淡、庸常、琐碎,然而持久。

我不信任中学时代的恋爱。高中功课紧张,压力大,需要付出全部精力和时间。尤其前景未明,你很难预测你的心上人会不会和你考上同一所大学,更难预测你们有没有足够的爱情,来忍受至少四年的分离,包括抵挡其他诱惑。我还不至于土到一提谈恋爱就考虑天长地久,但我也不能新潮到把爱情当摩登时尚或一剂精神泻药。不管初恋成功或失败,不管它是一生一世或者仅仅过眼烟云,都必须真诚对待,才不会辱没了你和你所爱的人。

既然避孕套已发放到某些较开明的大学校园,朝夕相处的大学生活,将在青春期的男女之间燃点什么热度的情感,孩子们有更多的信心和空间自己选择。他们不愿让父母参与,以此作为独立宣言。

我的忠告是:第一次性经验(文明说法叫第一次亲密接触),最好是和你所爱的人。这会使你对性爱认识有比较健康的、和谐的、美好的开端,避免造成心理损伤。如果女朋友怀孕了怎么办?你们两人好好商量,共同做出决定要不要这个孩子,然后取得父母的谅解和帮助。根据中国国情,这类事通常认为是女孩吃亏,因此她的父母比较难以接受,往往需要时间沟通。儿子,如果是这样,无论你们打算结婚与否,你都可以指望我们的理解和尊重,在经济上和道义上得到完全的支持。我们将以你的幸福为幸福,因此会尽最大努力来爱你所爱的人,无论我们之间的生活方式和观念有多大的差异。

第二 吸烟何止危害健康!?

我的父兄不吸烟,丈夫和公公亦无烟史,家中一直是天然无烟区。偶尔夜归,见男童三两,缩在黑巷里,轮流吸着烟头,不由得担心起来。问儿子:"你是不是觉得抽烟很神秘?如果你和班上男同学想知道什么叫吸烟,就邀请他们到家里来,我买包好烟,你们可以安全地尝试。"这只是像接种疫苗一样,试图给孩子提高对香烟的免疫力。因此还需郑重告诫:"当然,必须到此为止。"

儿子对这项新出台的家庭开放政策只是嘻嘻一笑:"妈妈你忘了我有多严重的过敏性鼻炎,烟只有熏老鼠的功能,哪还有香的效果?"

可我不知道儿子离家后,会不会在环境的压力和诱惑下改变初衷?只要他吸烟,就有可能接触毒品。国内外有那么多报道,都是关于毒贩子将混了毒品的香烟免费发放给孩子们,最后孩子们沦落成为他们的囊中之物。我对毒品深恶痛绝誓不两立,令我忘记恐惧,然而积极防卫却必不可少。

因此儿子,如果你发现已自觉或不自觉染上毒瘾,你要鼓起勇气,全身心投入一场严酷斗争,为挽救自己的生命、前途和幸福而永远不要气馁,永远不要放弃。如果这样(我但愿,假设永远只是假设),这不是你一个人的战争,是一个家庭,乃至全社会的共同歼灭战。你将得到所有正义力量的援助,你的父母将不惜一切代价,紧紧握住你的手,直到你彻底摆脱恶魔的阴影。

第三　是哪一只手,放在你的肩膀上?

儿子,无论你遇到什么,失恋、伤病、过失、吸毒、战争,我都将义无反顾保持精力和信心,为你的康复与你一起努力斗争。任何时候你感到孤单,渴求温暖,你都会看到身后有我,你从不远离永不失望的母亲。

像你的同代人一样,你是我们的独生儿子。我们一直鼓励你和同龄孩子交朋友,为你举办 PARTY,支持你参加学校各项活动;不问给你打电话的是谁,仅适当管制时间,因为你有功课,而我们也需要用电话。我自己从小依赖友情,上帝慷慨赐予我许多肝胆相照的朋友,他们不但是我一生最大的财富,其柔光淡彩,同样荫护在你的成长过程中。

我深信儿子将有自己的好朋友,不管是红颜知己还是管鲍之交,相知、默契、忠诚而久远。我是一个中国母亲,接受的更多是传统教育,多次因文化交流进出西方国家,使我对同性恋问题感受良深。据有关研究报道,说同性恋是由于遗传基因所决定,不完全归结于病态,是一种生理现象,不能以正常或不正常来区分同性恋者。但是,即便在西方,如果儿子 17 岁了还没有女朋友,父母便有些忧心忡忡。无论他们用民主思想如何说服自己,想到孩子的一生将遇到那么多的压力,没有家庭,没有后代,求职谋生的坎坷凄凉,亲朋的疏离斜视,有哪个妈妈内心不悲痛欲绝?

杯弓蛇影的我仔细观察着,看来儿子没有这个倾向:他对女生的兴趣和评判,对男生的欣赏和交往,都和大多数男孩子一样。

儿子,将来你会住到男生宿舍里,有许多晨昏相见的室友。相互投缘就建立友谊,不太喜欢就以礼相待,哪怕口角摩擦,都很正常。如果哪一个男孩的热情里掺有其他成分(这一种接触很容易分辨),儿子,你可以私下坦率告诉他,你有女朋友了。可能这是谎言,你仅是在表白你的性爱方式,而且考虑到不伤害人。憧憬并期待你的爱情瓜熟蒂落,不要轻易让别的什么赝品替代。

我将无限欣喜欢迎我的儿子,当他挽着一个姑娘的肩膀,把她带到家里。

儿子从我的肩后看到这段文字,补充说:"更有可能的是,我只会抱回一个小 baby,说:请你暂时收养我的孩子吧,妈妈。"

呵,儿子,我很愿意。

2000. 5. 16

三
干菜岁月

一朵小花

土岭山区有一座寸草不长的峭壁,上面是一个没有任何标志的小坟,像一只悲哀的眼睛,凝望着群峰隔绝的天边。

不知是谁,在这里放下了一枝半凋的金凤花,有如故乡海岸上一小朵褪色的红云,以憔悴的容颜伴随着寂寞长眠的心。

十年前,她和我们大批人来到这里,谁也不曾注意她的姓名她的模样。她也许温柔,也许倔强;她可能有青春照人的红晕,也可能只有一双常含泪水的眼睛;可是当她永远离开了我们之后,却成了我们之中最美丽、最不幸的象征。

第一年秋收,她下了水田。傍晚开始打寒战,半夜发起高烧,必须立即送往县医院。于是不经动员,就集合起七八位知青,最小的只有十五岁呢。一位老农执着松明引路,担架队走入深山。

到汽车站去,必须走三十里无人烟的小路,攀越上下近千级石阶。这边是黑糊糊的深涧,涧水似乎在遥远的地方淙淙作响;那边是笔直的石崖,怪石参差,似岌岌作势要把人推下去。不容易呵!那位老农回来说:这些小伙子放下担架时,身上的衣服成了破布条,每个人都有营芒、荆棘、石棱留下的血印,可是担架没有稍微倾斜过。

隔天上午九点钟,姑娘在县医院病床上翻了个身,面朝打开的窗口,停止了呼吸。她得的是一种奇异的病:钩端螺旋体传染病。

这个生平没有写过一行诗的姑娘,却留下了诗一样的遗愿:请让我的坟墓,朝着故乡的方向。

也许是这辛酸的心愿,引起我们离愁深沉的共鸣;也许是这意料不到的结果,震动了我们开始思索的心。总之,方圆几十里的知识青年,在那一两天里,平滑的前额都刻上了印记。

石壁上凿子和大锤的叮当声,随风传到每一个窗口。那一夜,多少人无眠!

决定第三天下午四时出殡。

为了安定情绪,公社干部通知在这天下午三时开全体知青大会。中午,下起了蒙蒙霏霏的雨丝儿。公社那台老是慢了十五分钟的老挂钟拖拖沓沓地响了三下。

只有风吹起红布长幅,会场上空无一人。

通往峭壁的公路、小道、田埂上,沉默的人群络绎不绝。雨越下越大,人越来越多,谁也不声响,只有沉重的雨粒儿打在沙土上的噗噗声和脚步移动的嚓嚓声。

这是什么?哀乐吗?

一刹那间,谁也不相信自己的耳朵。但,这是真实的。在朴素的白木灵柩后面,居然有一支小小的、英勇的铜乐队。每个音乐家在自己的学生时代都是母校的乐手,可是从来没有过这样的听众,他们的演奏一定从来也没有这样出色。

黄昏,雨停了。有一位腼腆的青年站在石壁上,用柔和的、带点口吃的声音朗诵他自己的悼诗:一朵小花枯萎了⋯⋯

我珍惜地捡起这株金凤花,这是哪一位同伴从故乡来,特地告慰姑娘的呀。呵,我没有什么可以献上,但是让我告诉你,善良的姑娘,我是最后一个离开这儿回家乡去的。今后你也许更加寂寞,然而你也应当会安慰的,因为,再也不会有人,重复你的命运了。

1978.9

洁白的祝福

"只有那支火炬继续燃烧,把夜空照得更暗了。"
——苏联小说《动荡的九月》

一

我和姐姐插队的村庄隔河相望。我们一天见几次面,每次见面总觉已隔很久很久。

姐姐拿着针线,经过那边村口的小亭子,亭边秀竹摆动清风如水;走过颤悠悠的小木桥,桥下溪瀑在嶙峋的怪石上雕出千百簇水晶花;穿过这边村口的晒谷坪,我在坪上手摇着扬谷机(当地人叫作小风车);阳光的金色稻芒和稻芒的芳郁阳光,在我和姐姐的含笑相视中,飞舞如金尘。

这次是:姐姐来帮我绗被。她有一双巧手,和十八岁姑娘体贴入微的温柔心肠。

我捏着手电筒,穿过这边村口的晒谷坪,四周狗吠汹汹,织成一张绿莹莹的网;踢踢踏踏走过小木桥,溪边长长的菅草里,远处月光蒙蒙的梯田中,蛙声一片清凉;那边村口的小亭子里黑糊糊一片,据说亭子里自缢过一位受虐待的童养媳。姐姐住的小竹楼在半山腰上,焦灼的灯光时时掀动素花窗帘,催我加快步子拾级而上。

那次是:我来伴姐姐度过寂寞的夜晚。我除了有一颗朝光亮与温暖飞奔的心,还有十六岁那种年纪特有的莽撞和书呆气。

二

我曾经是一个怯弱的小女孩。

每一朵小花都给这个孩子带来莫名的冲动,一阵狂喜或者悲哀。

她把小小心弦上这些尚不能理解的颤音真诚地填写在学生作文上,却被"资产阶级情调"的利剪粗暴地粉碎。于是,她不再信任文字,拂去这一条小路上的足迹,以免被跟踪。

十六岁的我,外表是自食其力的知识青年,内心还是那个受到伤害的小女孩。

是什么时候你猜透了我的秘密,高举一支因纯洁而格外明亮的火炬走进我的情感里永不退去呢,姐姐?

是不是那个寒冬,我搁下柴担望着半山一树老梅出神,你从我无言的忧伤中看到你自己忧伤的无言了吗,亲爱的姐姐?

三

我直起腰,压在背上的群峰无声滑落,浑身一阵轻松。
该收工了。

搓搓手上的泥巴,脚伸到田水里淘了淘,踏上山坡。晒蔫了的草尖尖不知几时又悄悄复苏,钻着、拱着,顶得赤足痒酥酥的。

浑圆的落日像一枚巨大的火种,它砰然投掷的地方,溅起一片火海。霞晖成束地、均匀地、无声呼啸着横越天空,庄严、深透、孤注一掷似的美得叫人五脏俱焚。

"霞光万道,霞光万道……"我着魔似的反复念叨。这几个普普通通的字瞬间甩去一切虚饰,从作坊与标语中脱颖而出,在几千年历史为背景的广阔天空中,灿如星辰。古朴久远的魅力与自然和谐一体,并且一点一滴深入骨髓。我的灵魂匍匐于地,请求宽恕。

只有重新认识自己的母语,我们才能重新认识自己呀。

四

我心旌摇摇的目光刚从渐渐敛彩的远天收回,便看见溪岸那边,在竹林和梯田之间弯弯绕绕的田埂上,轻盈地走着你。你一定比我先收工回来,换了一件浅色衣裳,刚洗过的乌发散披肩上。

双手捧着一朵云。你窈窕颀长的身姿在竹影、水光中移动,飘近。

哦,你就是我那一度背过脸去而今又无限渴望亲近的缪斯女神吗?

一枝野百合!

刚下过那场暴雨,在黄潭边割稻的你,突然看见雨后的潭中,娉娉婷婷开着一枝雪白的花。你毫不犹豫涉过齐胸的潭水,向它伸过手去。你不会游泳呀,姐姐!是的,我知道了,当你的希求仅仅是出自对于他人一种纯真的祝愿时,所有善良的神们,环绕在你周围。

"等等,让我洗洗手。"我躲开你,踮着滑溜溜蒙着青苔的卵石下到溪底。回头我看见你微笑地伫立在高高的岸上,柔发丝丝缕缕都是淡淡的夕晖,一身芬芳。

姐姐,你不就是一枝纤尘不染的百合花吗?

五

今天,夕阳巡视我的窗台,寻找当年枯萎的花瓣,引起我的迷惘。

我记起那天暮色里,杵声此起彼落,牛哞哞地被牵着,甩打尾巴,剪影般贴在小桥上。

姐姐容光焕发地陪着我,沿着渐渐宽展的溪边,向炊烟缭绕的村庄走去。我还高高挽着裤管,衣服满是汗渍,辫子沾着稻草,但却幸福地捧着你的礼物。几个顽皮的村童前前后后地追逐着,唱歌一般叫嚷着:花的新娘,花的新娘!

我是多么美丽。

我们是多么美丽。

最美的不仅仅是那如花的年纪。我在这里写下的也不只是对你的思念,姐姐。我在记忆中保存这一枝永不凋谢的花——洁白的祝福,献给一切追求真与善的眼睛,愿心灵美丽。

        1985.3.14 鼓浪屿

在澄澈明净的天空下

手扶住窗棂,我的心突然发疼。这是一个普通的夜,白天刚下过阵雨,风特别湿润,犹如海的呼吸,轻悄地穿过荒芜的花园,抚摸了我一下,脸上一阵凉意。

是什么使眼睛发潮?为什么会想起你?窗外黑黝黝的屋脊,像几条卧鲸。深深浅浅的灯光,似乎要从万千人生故事中,泄露一点什么消息。好比一本书的封面,引诱你去翻阅。不料记忆所及的那一页,竟是老朋友你。

学生时代你的外号叫"蚂蚱"。你长得尤其高又非常瘦,不是林黛玉类型的纤细娇弱,而是真正的皮包骨头。你有必定要叫女孩子们伤心不已的凸额头,又粗又硬的头发编成结结实实两条辫子,撅在耳后。

老师提问你,你茫茫然站起来。你那对视得很厉害的眼睛在老师看来是一种有辱师道的挑衅,同学们则看作凶狠的搜索,搜索告发者。

我同情地看着你因为羞惭和自尊,两个黑眼珠全藏没有了。你咕咕噜噜的回答虽然是正确的,但不耐烦的老师已从你的课桌里掏出一批罪证:精致的小鹿、花篮和水袖宫娥,全是用包糖纸编的。全班同学哄然大笑,笑你初中一年级还做幼儿园游戏。我以为你会哭(我早想替你哭了),会甩起书包回家。但一经允许坐下,你仍将凸额抵住桌沿,检视你的宝贝。它们像虫子一样在你课桌里衍生不息,老师的惩罚和同学的嘲笑都无法叫它们绝迹。

至今我还似乎能看到你骨骼粗大且皮肤发干的手,如何灵巧而且温柔地翻弄那些五光十色的玻璃纸。这双手已有了四十岁女人的辛酸阅历。

你父亲死时,我代表中队去看你。你家低矮潮湿的房间竟然用铁丝拦了一半,养着十几只珍贵的乌骨鸡。你家八九口人,原靠父亲做木匠活,现在要靠妈妈养的这些鸡了。房间的另一半是你的弟弟妹妹,高高低低,说不上有几个,最小的妹妹在你母亲怀里吃奶,你母亲的发上,簪了一朵小白花。你的弟妹们在做游戏,他们的玩具我是太熟悉太熟悉了,那些玻璃纸在昏暗中,发出华丽的光彩。只是你的眼睛很忧郁。你怕不能继续上学。

我们的友谊究竟怎么开始?谁能说清草坪上的第一粒种子是鸟衔来还是风吹来的呢?

早读时,我们班的女孩子总到后山找一棵最茂盛的相思树,分坐在各个枝丫上,远远看去,就像栖着一群叽叽喳喳的小相思鸟。你总要神秘地把我拉走,到林子深处去。我们把书摊开、做出早读的样子,而鸟儿们正开始真正的早读,诵读浅青色的风、无拘束的云。拨开灌木丛,白色的野蔷薇正安详地开放。午休时,我们手拉着手满山摘草莓,把熟透了的随手塞进口中,将钻石一样完整的包在手帕里,直到我们的手我们的唇全染得红艳艳的。

我们之间的差别是很大的。在我们家,吃饭之前要洗手,上学之前红领巾要让阿姨熨过。而你的指甲破碎乌黑,你的衣服总是太短,你一得闲便往下扯它。你妈给你选的布料一定是最结实的,因为一件红格子线呢穿了好几年,居然没有扯烂。我爱游泳,在学校歌咏会领唱,好交朋友;你憎恶运动,不喜欢抛头露面,不合群。但我们又有很多相似的地方:我们应付考试像玩儿,你的数理化比我更强,轻而易举就能满分。每次飞快地填完考卷,你就公然在课桌上摆出你的小偶人陈列馆。班上偶尔有人对你的一百分惊奇,甚而怀疑,老师和同学都没有把你看成优等生。你拿到好成绩并不显出开心的样子。你很少笑,所以一笑起来,露出两颗虎牙,是这样可爱,你的僵直的刘海,你过短的衣服,以及你的对视都不算什么了。

我俩都容易感情冲动,你尤其偏激。我们顶撞老师,和班干部闹别扭(我自己年年是班干部呢),评语上都写着"不积极靠拢团组织"。

"文化大革命"一开始,同学们中有人一改温良恭俭让的好孩子样,宽皮带把腰束得细细的,一只手拎着老师的领子去批斗。你是根正苗红的"红五类",屡经动员和阶级教育,始终和我站在台下,不肯"造反有理"。于是你又得了"铁杆"(保皇)的绰号,它与你又瘦又黑又结实的样子这样相称,后来"蚂蚱"就被取代了。

插队时我们没能在一起。

第一次我步行九十多里路去你的知青点,远远看见你张着大手飞奔而来,使出那么大的劲勒我,我们一起摔在地上,你的一只人字塑料拖鞋甩到水里去了。我们又叫又笑,互相捶打,又在田埂上坐了很久。满天清明,飞舞的蚊蚋在我们头上罩了一层银亮的雾。

(为什么有关我们共同的记忆总伴有澄澈明净的天空呢?我们真的把那些阴霾的日子躲过去了吗?)晚上其他同学(她们也是我的好朋友)邀我同睡。你的两个黑眼球全挤在鼻梁边,死瞅住地上不说话。我知道你,我和你睡。

你的铺板上只有一条返潮的草席,"救济性质"的再生布被单,临时垫了几本书为枕头。对于习惯了上被下褥,且从小患有神经衰弱的我,是很难入眠的。但我真的满心快活,你兴奋地说个不停,没头没脑,我努力要猜透是什么隐藏在你的一大堆废话里。睡不着,你拉我起来到村外走走。月色明媚,山村恬静,连狗也叫得有韵味。我们举步的斜坡上长满柔软的草绒。你指着村边一个亮着的窗口,说:就是他!

哟,"铁杆",你在恋爱呢!怪不得你用沙子搓白塑料鞋,煞费苦心排列你的刘海,它们不肯蓬松飘逸,一会儿又一揪一撮地粘在一起了。

这个梦只是一厢情愿,那来临不是为了你,而是为了你同屋的笑靥秋波。你搬出了知青点,一个人住在旧庙的厢房边。

第二次我去看你,在回城之前和你告别。你上工去了,门没锁,我坐在你的床沿休息,奇怪你的被子没有叠,一摸,原来温着一大牙缸的稀饭,中间大约浇了一匙酱油。这就是你的午饭和晚饭。当时对我的震动现在仍有余波。我在乡下也吃了不少苦头,但我们是一个友爱的集体。真正体会到孤独,体会到被遗弃,还是这一缸微微冒着热气的饭。

大约在这段时间,你迷上了文学,你和我竞赛似的抄了一厚本又一厚本的笔记。你写的信也"文采"起来。这同你的心情有关,恋爱中个个都是诗人。虽然初恋的梦是破灭了,你望着那盏灯一直又过了多少年?

你是最后一批回城的,安排在市政局修整马路。你显得更黑了,连你们的工友都叫你"铁杆"。我刚小有名气那阵子,还常常去你家。

乌骨鸡不养了,肺结核多年的母亲在做临时工。家里满地是刨花,你那两个长大的弟弟在做木匠活。不知什么时候起,你不来我家了。等我出了一趟远门回来,听说你谁也不通知就结婚了,又听说最近你有了一个女儿。

屡次托你妈转口信去,你始终不回答。

命运使我成了"文人",成了传闻和争议的中心,而你默默戴着草帽跟着轧路机劳动,这似乎是我们的差别。但现在我有了儿子,我们同是母亲,这至少是我们的相同点。我不知道我的儿子和你的女儿会不会相识在蔚蓝清澈的天空下？会不会手拉着手在我们寻找草莓的地方采摘鲜花？我希望他们将不必分吃一缸只浇了酱油的稀粥；我希望无论他们是筑路工人还是作家，心中都有足够的真诚和热情，对一切美好纯洁的感情给予回答。

今夜天空深远沉静，"铁杆"，我们望的是同一颗星星吗？

1985. 4. 18

梦入何乡

我一定在梦中到过这个地方：青翠欲滴的山林像刚刚做完早祷，很淡很淡的雾使远树蒙蒙蓝。流水淙淙的浅溪边，架着一座小竹房。

竹房里的结构我甚至还有印象：走廊一边连接着几个小房间，另一边朝外支起两个小窗。从窗口可以看见坡上的野果子红熟了，溪岸颔首频频的芦花，吓得水中小鱼儿一惊一惊地散开。茂密的苇丛中定有一条小路，我在那里散过步，遇见过一株迷途的小合欢。我还抱着个大讲义夹，想随心随手画点什么、写点什么。

小窗前一张破旧的学生课桌，有位大姑娘严肃地对我说："我要每天学七个生字。"七个？为什么不是五个，也不是十个？

竹房里走动的几个窈窕的身影均已模糊，我完全不记得我是什么时候，又为了什么来到这里。只清清楚楚记得那姑娘的话，它使我猛然想起一件往事，与小竹房应是不相关联，却又依稀有银丝暗牵。

女友小D邀我去邻县"串连"。我正在集体户烧早饭，二话没说，扔掉吹火杖，褪去袖套，撮起口哨离开了我的小山村。十六七岁的我们还稚嫩得很，偏偏爱学抽刀断水的大将风度。

先要翻过两座人迹罕见的深山。正是五月，河水绿得发暗，弧度很大的波浪丰满地起伏。没有雨，老藤褴褛的大树下水声淅沥不绝。

鸟们吟咏远古蛮荒的长短句,鹧鸪啼得草尖尖直打颤。传说有老虎、野猪,不信;若说有山神、花仙子,那一定是了。当我们各甩一鞭嫩竹梢,穿过二三里路的梨树林,雪白柔软的花瓣儿在我们的脚下、身上、心里,在唱山歌的樵夫眼里,自然要造出一派仙境来。

走到山外,将近日午,公路上川流不息的多是"橄榄屁股坐不住"的知青。有正在变嗓子的半大孩子,故意敞着怀,把一只扭断颈的肥鸭别在腰间,蜕壳小螃蟹似的横走;有些春意很浓的姑娘,穿得花红柳绿,左顾右盼地"舥步生姿"。再有,就是和我们比较接近的"学生仔":男孩一律平头,肥大的绿军裤,肩挎洗得发白的挎包;女孩踏带襻儿的黑布鞋,绿或蓝上衣翻一圈小白领,两边袖子挽得又对称又整齐。这两拨人向来互相侧目,不屑为伍。

小D例外。她长得掌上飞燕似的特别娇小,只好穿一双儿童塑料鞋。姐姐退下来的旧布衫在她身上别有风姿。她是当时和现在我所看到的最漂亮的姑娘。我常常笑她,何以父亲留过美,儿女们都凹眼高鼻起来,她每每一本正经地坚持她是纯中国血统。

"文化大革命"一开始,小D的父亲就以"里通外国罪"被判死刑缓期执行,胆小多病的母亲留下一个十三岁的小女儿看家,带着最小的儿子发配到一个更穷僻的地方,每月只能从菲薄的工资里寄一点"邮费"给小D和两个也是知青的姐弟。在回家乡的日子里,小D和妹妹常常没有晚饭吃,将门锁了,把自己焊在礁石上,听潮起潮落,看日沉月升。小D的男朋友是穷人家的孩子,儒雅且深沉,恨不得自己能斩成几块卖了,给姐妹俩凑两毛钱。

我和小D虽是同学,又是好朋友,除了极同情她家的政治遭遇,并不了解经济情况。在我们那个年岁,提到"钱"就仿佛被火烫了似的。况且,小D满脸纯洁将内心的一切掩盖了。

天气渐渐热起来,公路上最好的风光应是凉亭那一担豆腐脑了。

一海碗一毛钱,不算贵,对于我们,也算一次小小的挥霍了。

每人喝两碗还不走,小 D 掏出一张仔细折成小方块的一元钞票说:"再来一碗。"我愣愣地看她将豆腐脑端给一位不相识的姑娘。

姑娘大约比我们大三四岁,小眼睛、厚嘴唇,一件做工蹩脚的粉红衬衫裹在已不成身段的肥躯上。我还不够老练,不能判断她正在生病,只觉她胖得奇怪。她的衣着、她的举止、她的懒洋洋的眼风和舔了又舔的干裂的嘴唇既说明她的饥渴劳顿,又散发出烂梅子的味道。

喝完豆腐脑后,小 D 居然拉着她和我们一起上路。家里常用"物以类聚,人以群分"来教育我慎重选择朋友,我对小 D 的轻率很不以为然。一路上她们热烈而又沉重地谈些什么我都没有听见,这是我的"特异功能",在任何场合都能灵魂脱壳以自由翱翔。有次在大批判会上,我因为想着老堂·吉诃德居然笑出声来。

在一个岔路口我们停下,红日西倚,离县城还有十里路。小 D,我们,快走吧。

"我们到秀兰队里去歇夜。"小 D 的手还在秀兰的臂弯里。而平时我俩都讨厌挽手的缠绵样儿,我们在快乐时顶多勾着指头。

愕然,接着是愤怒。我和小 D 相知甚深,彼此都不说服。将小 D 的挎包从肩上扯下,又不知掩饰地瞪了秀兰一眼:"讨厌!你们走吧。"(是的,"我们在无意中,伤了多少人的心!")

几个月后,小 D 从她的公社步行来看我,递给我一封信,信里只有二十几个笔画很重的大字:"小 D,我已学了一百六十五个字,又丢掉许多了。你什么时候再来?秀兰。"

秀兰?

"豆腐脑呀……"小 D 珍惜地把信纸折好。

啊,想起来了。那么,她们还交上朋友啦。

记得那一个下午特别寒冷,收割后的稻田游弋着几只拾零嘴的水鸭子。我和小D坐在桥头,我发现小D似乎苍老了许多。

秀兰出生在家乡有名的板棚区,下面还有四五个弟妹,父母均没正式工作,经济来源不明。秀兰下乡那一天,双亲做了一碗"太平蛋"送行,弟妹排列两边。老父涕泪纵横说:"阿兰,看看你的弟妹吧,我们养你到二十岁,本来该是你来帮忙抚养他们。现在不要怪父母绝情,你自谋生路吧。"

第一年,国家尚发给八块钱生活费,在这一年,由于水土不服,秀兰的肾炎一再发作死去活来。第二年她已完全不能劳动。但即使能挣工分又怎样,每天不到二角钱的工分值。于是先卖救济的棉衣、蚊帐,卖有限的几件衣服,最后开始和不三不四的人来往……

在那张不洁净的床上,小D陪秀兰谈了整整一夜。小D说什么做什么她自己不说,我都想象得到,就仿佛那一夜,我也在那可怜儿的身边,我的心告诉我该说什么做什么。

但是,为什么是小D,而不是我将自己的手放在另一只在绝望中求援的手中呢?

"早晨在岔路口分别,秀兰对我说,她要每天学五个生字。"我相信我们的眼中都噙满泪水,以致不约而同望着村口,不知何时月亮已挂在村口那株老松上,又圣洁又温柔,像要净化受尽磨难的心灵。

小D要走了,转到妈妈所在的地区去。我答应她要去看秀兰,我甚至想好了带上我的大棉衣和新华字典。

一封电报召我回了家,相依为命的外婆逝世了。再上来已是春节过后,捎信去的知青回来说,秀兰在那年初一自杀了。

每天学五个生字是美的,努力向上的心愿是绿藤萝,攀向照耀生命的阳光里去,却不能构成坚固的堤坝,阻挡命运风暴的袭击。当一个人的内心从没有认真自卫过的时候。

对于我,这是一次彻底的觉悟。小 D 和秀兰各自以她们的高栏跨跳,粉碎了学校和家庭给我设置的防线,我相信我从这一件事开始走向人生。久而久之,我的心里渐渐生出一种缺憾。我们早已不相信上帝和天堂,但我确信我到过这一个地方——雾谷,笔直优美的大树,有位在溪水里浸洗过长发的林中仙女一脸严肃地对我说:"我每天学七个生字。"

1985.11.18

心　烟

一

　　黄潭桥曲曲弯弯长长,约百来米,由两块木板左架右搭,从这山到那山。河面宽且急,不深,枯水时,挽起裤管能涉过。桥面离水十多米,往下望,身子不由要趔趄起来。

　　农人赶牛过河,先在桥头吆喝一声:"嗬——"那边肩夫、牧童都止步等着。若是犟着上桥,到了桥中,挑担的只好打转回步。两牛犄角相抵,转身转不成,退也退不了,就等着吃牛肉。

　　来插队的知青妹仔恐高,只好揪着牛尾巴上桥,那桥因有了负载,便颤悠颤悠得有韵有味。妹仔小脸煞白,两腿窸窸窣窣,一踏上青石板路,就又哭又笑迈不开腿。

　　进山出山都是这道桥。

　　桥这边是公社,一字排开打铁铺、小粮站、饮食店和供销社,还有医院。每逢墟日,四乡都来热闹。菜干、萝卜、猪崽、炒毛栗子,应有尽有。最多是地瓜丝,拿米去换,一斤可换八斤。人人口粮不够吃,就拿来和军属、干部家属换地瓜丝,多吃一冬。

　　桥那边只有一座破祠庙,矮矮地窝在草丛里,原先敬的不知什么神,去向不明。红泥土路绕过破庙,往深里去,是四十里老林。虽然是山里和山外的交通要道,断不了有人挑担进出,但山高林密,仍鬼祟得很。

墟这边沿河一溜青石板,媳妇仔和妹仔露着半截茁壮的小腿站在水里杵衣,边上捻一撮草木灰,用它去污。男人手团稻草,用力去搓锄板上的泥巴,嘴巴不闲地和女人调笑。有个妹仔拿袖口抹抹逼出的眼泪,突然"咦"了一声:"老公祠有烟火啦?"果然是。破庙门筛出些灯光,怯弱得撑不开从老林子摸过来的夜色。

有位老妇人扶着颓墙出来扑打草席子。

有个半瘫男人,说不上年纪,胡子倒是很多。左胳膊向后别扭着,手掌断了似的软软垂下,右脚板向后撇着,撇着撇着撇到河边淘米。

小鱼儿们都窜过去了,冒一圈水花。敢情不习惯,多少细米白白撒到河里去。

后来,天色糊得不辨眉目,有个腰板笔直的后生佬,跨出门槛,看也不看这一溜全直起身愣着的山里人,把一个扁扁的大葫芦夹在颈窝,吱呀吱呀拉起曲子来。声音活像二胡,比二胡酸些、软些,勒人得很。乡下人说不出所以然,只觉那声音直往心里钻,不受用不受用!

赶紧收拾家伙,各自散了。

有声音自茸茸蛛丝的木窗传出:"咳,饭哩。"那曲子不情愿地顿了顿。

桥似乎伸直了。

扑地从蒿草间腾起一只山雉,扇开长尾巴,姿态万千地落入苍茫之中。

后来。再后来。由老妇人(已知她是瞎子)和瘫子和拉葫芦琴(说是小提琴)的后生佬在河边每晚必有的活动布景再没有人看。只是有一天,搓泥巴的手有些迟疑,爱笑的媳妇仔烦得把杵衣棒这手递那手总不得劲,连水也作怪,一改平日活蹦乱跳,有气无力地打着漩儿。还是妹仔人心活些,嘟囔了一句:"葫芦琴哑了!"

二

河面被寂静遮暗。水声、松涛、虫鸣和杵衣的起落,隔着这层寂静显得极为遥远,极为飘忽,无迹可寻。

桥是唯一的真实,清晰可辨。

桥头屋那糟朽不堪的木门敞开,粗壮了许多的灯苗把一片人影压在门外的草地上。"灶鸡"躲在墙根叫出一圈又一圈漪纹,小风似的一阵凉一阵。

他们在听故事。

他们中有人读过函数;有人正收听外语广播,偷偷地;有好些人打起架来一副"拉茨"相。"拉茨"也是印度电影中学来的。

河上的风,扑打得小油灯挫身舞蹈。讲故事的后生佬脸被灯影幻出许多怪样,倒是嗓子好听。那声音暖和且有磁性,虽然有点儿低沉,因为那故事本身就很忧伤。

小提琴卧在抹得干干净净的破香案上。

挨着香案是一只浑圆白皙的手膀,滑润得很。灯苗忽儿倾过来,照亮一双乌黑的大眼睛,活活是黄潭水,多望一眼便会淹死人。灯苗忽儿斜过去,斜映在坚决抿起的嘴唇,殷红可爱,却不知为什么把眼中那一份专注加深为近似蛮横的意志和欲望,仿佛强调着"要"和"不许"两重截然相反的意思。等灯苗拔尖了,所能看到的只有纯洁的双颊,升腾着发育得极为蓬勃的女性的血晕。

灯不倦地继续各种把戏。

所有人一心一意在故事里漂泊。

蜈蚣草的叶片上,已有了露水。

垫一块断砖坐在河边的女孩还称不上姑娘,她的轮廓过于纤细,撕掠草叶的手指蝶翼一般半透明。来这里那年她还不够插队年龄,全体村民一直跟着知青叫她小妹。

只是听那声音,不是听故事。

她爱好一切美的声音。她吮吸它们就像植物汲取雨水出自不可理喻的本能。声音之泉闪闪烁烁向她漫过来,将她轻举又任她沉浮。晶莹的卵石静卧其中,星光碎在波涛上。

她想也不想。她知道讲故事人在讲他自己,他眼前没有任何听众,如果那把琴不算。

桥弯成柔软的弓。

三

姑娘先离开去嫁人,嫁邻家婆婆的表侄子,是一个着西装系"油条"的香港佬。

她的行李很多,送她出山的农民油汗满面。她亲自将一麻包地瓜丝放在桥头破庙外。为她开启过的庙门疏远地森严壁垒。

沤着难看的脸色,她撇撇嘴。手从大衣口袋抽出,捏一板豆饼似的咖啡色糖块,嚼着走了。印有稀奇古怪字样的包装锡纸从桥头飘到水边。正和母亲捡青菜的小三子捡起玩着,他妈一手打掉它:"这是洋纸钱,呸!送丧。"全公社人怀着又钦佩又同情的期待,目睹那瘫子如何用一只好手配合一只好脚,挪行二百多里山路,去县城上告。

终于批下来,说这一家子原不符上山下乡政策。又有个烧瓦厂的领导目光长远,看中了那把提琴,要他去厂宣传队拉二胡。从此,该厂的学唱样板戏一直美名远扬。

传说他走时把提琴塞在庙后老树的树洞里。树洞深不可测,且长年有呜呜的声音,不知是琴,还是野蜂。

传说他的崇拜者之一几年后再见他,叫唤他,他却浑然不知地掉头走了。

说他烟抽得很凶,整个人都被熏黄了。

破庙空了。

最后走的是小妹。她是独生子女照顾回城,还没改造好,自然分配不到优等的工作,有一个食杂店等着她去卖糖醋、蚊香和卫生纸什么的。

她走的时候就带了两本日记。一本是红皮,封面画着一个姑娘提着一盏光芒四射的灯;另一本也是红皮,写着"斗私批修"。留下一张小床,是那种统一规格的知青木床。垫着褥子,铺着整齐雪白的床单,叠成斜三角的被上,垛着绣花枕头。这一张雅致洁净的小床就摆在漆黑的大谷仓中央,村里妹仔流水似的来参观。

直到肥硕傲慢的老鼠成精,竟然爬到原先作为梳妆台的肥皂箱上,对着一面鸭蛋形的红塑料镜装模作样。

四

还是那道桥,弯弯曲曲长长。发桃花水那几天,桥板被冲走了几块,又铺上新的,像打了补丁似的,桥顿时显老了。

庙门完全烂了,仍做千拦万拦状。木窗上的蛛网愈加精美绝伦。

有块断砖本已被坐得光鲜赤红,吸尽日月精华,又翳了一层苔青。

再也没有山雉,连爱在裤裆间蓬着尾巴打转的小松鼠也惊逃远方。

河这边已打起一长排地基。老林子向后缩着,恐惧地对向它逼近的村庄发出无声的、绝望的长嗥。

公路吃到这里时,桥就要被拆了。

桥不是起点,也不是终点,仅仅是一段过程。小妹曾经在日记上这样写过。她和桥互相梦着。

月光下,桥很轻很薄,一柄菅草似的锋利。

1986. 10. 20

小桥流水人家

清晨的河风刀子似的,我拔掉门闩,蹿到坪上,挖一抱昨日晾开的芦枝,折身回屋,脚尖把门勾上。灶火升起来了,寒气一寸寸退缩,伸伸吐吐的火舌在潮湿的泥土上廓出扇形的温暖的金黄色光圈,我抱着膝盖,照例做起白日梦。

门"砰"地被撞开,寒风裹着一个后生仔滚进来,原来是队长家的儿子惠生佬。过短的蓝布裤吊在冻青了的瘦脚杆子上,双臂哆嗦环抱,通红的鼻子吸溜不停,他大声朝我嚷嚷:"别那么神气了,别那么高傲,我明天就要进城去,讨一个有文化的妹子当老婆,比你漂亮多多。到那时你求我,我当你是臭狗屎一堆!"整个知青点都被惊动起来,男孩子们仗着平时和惠生佬相熟,扯着推着把他拥出门外,还听见他声嘶力竭的叫喊在鸡飞狗跳中分外尖利。

粥开了,满灶都是水沫。我和惠生平时难得说上两句话,今天他是怎么啦,敢情疯了?

到了这个下午,全村都知道惠生佬疯了,患的是"书癫"。惠生长得眉清目秀,红唇皓齿,读书极其用功,但队长是远近有名的田间老把式,惠生刚考上高中就被权威至上的父亲十二道金牌追回村里劳动。惠生虽长得俊雅,身子骨却单薄,不是使大力气的料,在家里一直不受宠。

惠生的哥哥润生因为是长子,队长特许他读到高中毕业,仗着队干部,又给他安了个民办教员的文职。从此穿鞋着袜,家中队上一直透着衙内作风,遇到水色一点的女知青,五官七上八下地乱动。

十八岁那年润生讨了一个俊媳妇叫婉儿。新娘子过河时穿大红灯芯绒外套黑布裤,半遮一把大红伞,细密雪白的牙齿咬着红唇,偷偷笑时还有小酒窝。一传十,十传百,河两岸挤满了惊艳的男知青。其实若是当年村里也搞选美,婉儿连前十名的决赛权也没有。乡人喜欢的是圆圆的脸、细长的眼,还有弯弯的眉,若没有这样的眉,原也可以连拔带画弄出个人工眉来。而婉儿的下巴尖尖,眉毛又黑又直,眼睛不但有些凹,还太亮,盛了两汪水似的。且没有敦实肥硕的身体,腰细细颤颤的,要生儿子已没多大指望,挑百把斤谷子怕也闪了腰。

因此,队里最老的驼婆子摇头说:"这妹仔命歹呀。"队长家还有一个从小抱养的童养媳叫怜娣。怜娣仔极壮硕,村里全劳力比赛挑谷子,她四个大箩筐一担挑,跑得飞快,两只厚脚板啪啪一路响。败下阵的男人们就挖苦她:"再把惠生挂上去她也挑得。"怜娣仔原来是要给润生的,后来只好给惠生。惠生憎恶得无以复加,一遇这个肿泡眼厚嘴唇的未婚妻上饭桌,他立刻夹一筷咸菜走到坝上去。而怜娣仔则背着公公朝不争气的小丈夫吐口水,轻蔑与厌恶使得她原已鼓鼓的腮帮激得邦硬。惠生疯了之后,队长为了将惠生对书本的热恋转移到女人身上,强迫圆房。因为是童养媳,婚事几乎是把两个人锁进一间房了事。听墙脚的孩子满村传播,说怜娣仔在床上鼾声雷动,惠生铺一张水泥袋躺地上一夜辗转,竟还啜泣不已。

不久婉儿生了个胖儿子,在家中身价顿涨。恰逢队长家的老母猪也下了一窝崽。队长老婆拎只鸡在河边宰,给母猪和媳妇同时进补。

乡下风俗,母猪下崽要吃鸡,如果媳妇生女儿则顶多吃两个鸡蛋。分娩当日,婉儿就往头上罩块青布,下河洗衣服去。临河知青楼的木窗口,站着一个一个怜香惜玉的男知青,河水真冰冷呀!

其时润生因为半夜撬女知青的房门,被告到县里,撤了民办教师一职,回乡种田。

我回城后不久,听说怜娣到底身强力壮,所挣工分令四村觊觎之徒虎视眈眈,终于在除夕之夜,私奔他村。又听说后来怜娣一连生了两个女儿,拣一个黑夜满头草叶一身褴褛跑回来,趴在队长夫妇跟前失声痛哭。当夜队长就送她回去,手里拎一袋地瓜干,眼里竟噙老泪点点。

多年后我因采访路过那个小山村,在老房东家住了一夜。原来的林中小路已被开拓成坑坑洼洼的乡级公路,拖拉机像野马一样起伏奔驰,姑娘媳妇儿不再一把铁夹子将头皮拢到底,银链子系的围裙换成了腈纶套衫,知青楼变成了豆腐房,只有那棵老桂树还把碎碎的花香抛洒在河面上。

队长老了,老两口现在跟小儿子梯生过活。梯生从当年的红领巾继任队长,依旧掌管化肥分配、责任田投标等"生杀大权",讨了个老婆脸圆圆、眼长长、眉弯弯,怀里揣着个胖儿子正在哺乳,小日子过得正有劲。而润生扔下责任田,从折腾香菇土特产到倒卖黄金,竟至贩卖妇女,被判重刑,留下婉儿带两个儿子。虽然公公婆婆趁梯生转身那儿,偷偷塞一包红糖两束挂面过去,但是婉儿现在两手如鸡爪、脸皮叠皱如干柚了,只有牙齿依旧雪白细密,眼睛看人仍有那份怯怯和柔软,腰越发细了,却挑一家的担子。

临走时,惠生从披屋迎出来,问我:"大作家,你还记得我吗?"

全村人都叫我记者,只有惠生会用"作家"二字。他的疯病全好了,因他想当知识分子追求精神生活的梦是永远破灭了。怜娣他嫁后,惠生终于看破红尘,奉父命娶了一房媳妇,也幸亏老婆精悍能干,让围着饭桌的三个小儿乌黑小手扒着,还有饭吃。惠生顺着我的目光去看那三个小复制品时,脸上所闪倏掠过的惭愧、怜悯与无奈,就好像一场大火过后的几颗火星,微弱地闪烁在一片心境的废墟上。

河水还是那样流着,只是比从前浑浊。

1989. 10. 29

梅在那山

最常泡在男知青宿舍的是金泉哥。金泉长得白净,头发乌黑,女知青公推全村他最"洋派",比有些知青还要文弱三分。

据说金泉下面还有一对双胞胎弟弟,裹在襁褓里晒太阳,被他瞎子爹撵鸡时不慎一足踩死。金泉妈痴了,虽照常喂猪做饭,下河洗衣裳,却老爱伸手摸人家孩子的脑壳,嘴里嘟囔:"咕咚硬,咕咚硬。"

金泉家劳力少,两老又拖累,一直是全村的最困难户。童养媳自然买不起,说亲也总碰壁,因此金泉二十一岁,是全村屈指可数的大龄青年。

一九七〇年春节前,我们正乱哄哄收拾行李回城过年。金泉满头大汗闯进来,揪住我们的挎包不放。原来两天内他要突击成亲,向我们搬救兵来了。十六七岁的我们,又好奇又仗义,自然一起拍下胸膛,承包了。

先腾出一张公社发给的白木知青床,不但漆得通红,还在床上描了一个挺流行的"忠"字。男知青贡献一床再生布被单,铺在芳香的新稻草上。金泉自己整置了一床新棉被,我把它叠成元宝状,两条新毛巾扎成花,点缀两旁。女知青扯下一床花格子床单,罩在外间破败的饭桌上,权当客厅。我左瞧右望觉得冷清,叫上大个子明达,月夜上四百多级台阶,到后山砍来半树老梅。粗枝繁花就拢在腌菜坛子,簇在大门口,又挑几枝虬曲在大牙缸里,置于花格桌巾上。剩下几枝骨朵儿,我牺牲了我的笔筒。笔筒是用一截竹筒自制而成,我用红色塑料丝编了个花边套上。这笔筒插上疏朗两三花枝,放在临溪的小木窗上,登时满室生辉,染得大家的眉目有了几分喜气。

鞭炮响时,眼见红衣黑裤的新娘子,大红伞遮着过河来。没有常见的陪嫁队,只由一个青衣裤的中年妇女领着。远远看去,新娘子有些肥胖。都打趣金泉:蚍蜉撼树。新娘子一进屋,撤去红伞,先露出一张苍白尖俏的瓜子脸,往下看,岂止胖,而且重,都有八九月的身孕了。

金泉推了推条凳,嗫嚅着:"坐吧,看累的!"新娘子径自走到床前,脸朝墙坐下,再不瞧人一眼。原先准备好闹新房的节目派不上用场,悄悄地一个个散了。

熄灯不久,有人叩木窗。我披衣去拔门闩,见是金泉,也不打招呼,一脚往男宿舍去了。

男女宿舍原只隔一层板壁。那边放个屁,这边能熏死一大片蚊子,更何况都屏息着。

"本想在灶屋里窝一夜,顶不住,还是和你们挤一挤吧。"顶不住天冷?寂寞?还是委屈?想必金泉说得极艰难,没有人多问。许久,一直都静着,仿佛大家都睡觉了。只是平时那鼾声让位给溪水,一夜搅得烦人。

等我们探亲完回来,金泉媳妇生了个胖小子。那天我去借箩筐,远远听见孩子哭得惊天动地,却见那媳妇儿绞着手,倚着门楣,眼望着石顶山,那山尖上就是一团淡淡的白雾而已。金泉泥着两只手,匆匆进屋撩开蚊帐。他媳妇身子都不转,眼珠儿仍盯着那雾,声音冰寒冰寒:"又不是你的儿,抱他做哪个!"金泉触电般戳在床前。孩子哭得气弱,一抽一抽地打噎。

谣言慢慢从金泉媳妇的娘家石顶山传出,说那家欠了大队一屁股债,有一天夜里,做父亲的把大队会计领到女儿屋里去。金泉家穷,付不起聘金,却得了一个儿子当陪嫁。

孩子满月后,见金泉背着孩子在自留地里拾掇,说是媳妇病着。夜间到供销社打灯油买洋火什么的,经过金泉家的灶屋,可以听到哄孩子睡觉的抚拍声和金泉的哈欠,一声接一声。

下过几场春雨,金泉媳妇见是好多了,又站在门楣那边,石顶山是一片雨蒙蒙哩。这一天金泉提着老猎枪进山去,说是打头黄獐给媳妇补身子,许是营养不足体弱,许是太累了,他一去就永远没回来。

寻找他的人只捡回金泉的背篓,除了一把益母草还有两枝桃花,先时想必挺妖,取回来时却蔫了。

也就是次日,金泉媳妇开始上工,女人家们怜她身骨单薄,让她拔秧。她双手极灵巧,脱秧脱得飞快。不久就死活要上大田插秧,插的秧线笔直,连老把式也自叹弗如。太阳过头顶,金泉妈背孩子送饭来。金泉媳妇边奶孩子边扒饭吃,从不逗孩子,饭后把孩子往地上一放又去干活。

农忙结束评工分,金泉媳妇是村里妇女唯一全劳力。

二十年后,我随一个知青"还乡团"回山区采访,只身回我的小山村。当年的知青点已成了豆腐房,一起淘气过的妹仔都嫁人了,嫁往外村去。正踌躇着在哪家热情的乡亲家过夜,却有一个憨厚苗黑的后生哥分开人群,不声不响拎起我的行李,做手势要我跟他去。

却认得原来是金泉家。

两老还活着,老得不能再老,一个不声不响搓草绳,一个窸窸窣窣在灶前塞柴火。金泉媳妇已同村妇一般无二,只是人越加干瘦越加沉默。晚饭尽其所有:豆腐、咸肉、芥菜心、一头煨得烂熟的兔子,以及烫得香气四溢的糯米酒。桌上几乎没有人说话,这家人似乎全靠一种默契维系着。饭后小伙子就到院内劈柴,声音却有力红火。

晚上让我睡的仍是那张知青床,红漆已褪尽。临溪小木窗,放着我的自制笔筒,红色的塑料丝已发白,断的几股用白线仔细绕着,笔筒里一枝蜡梅,仿佛都是从前那些花骨朵儿,二十年来苦苦等待,始终未曾开放。

我走到门外,刚好望见石顶山。这个冬夜格外寒冽清朗,可以看到山尖上有一点孤独的灯光。

1991.1

"神药"

跟着村里人称她李伯伯。原以为是客家话"李婆婆"的变音,追究起来却不是。聚集在上杭盆地这几个人口密集的村庄都姓李,李伯伯的辈分最高,虽然是地主婆。

作为家族罪证之一的是那座糯米红糖拌红黏土捣舂而成的四层土楼,历经半个世纪沧桑,依然完好无损矗立在河对岸,坚固光滑得像座古碉堡。当年必定令好些个土匪蟊贼望楼兴叹。

我们的行李被李伯伯等几个"黑七类"分子挑进知青点时,队长盯着名单吭吭哧哧叫不出我的姓名,挂着扁担的李伯伯从队长肩后瞄了一眼,小声提示:龚——原来客家话里龚读成"炯"。一个山中老妪,居然识得这个冷僻的字,不禁刮目相看。其实她并不老,淡眉杏眼,唇弧得极柔媚,嘴角边点一深深的酒窝。只是黑头帕罩了半个脸,一套宽大的褪色的黑布褂掩去了几分日落前的余韵。

李伯伯嫁了不久,公公和丈夫就被镇压,把她归到腐朽的统治阶级去确是不冤的,因为她本是伪县长的千金,原是打算留洋去的。队长介绍村里阶级斗争动向时郑重介绍李伯伯。他自己就住在老地主青砖乌瓦大院的正房里,李伯伯带儿子居偏厢。不开会的时候,队长仍要称她李伯伯,算起来他还是侄孙辈。彼此相安无事。

李伯伯来不及怀崽就守寡,买一儿,按排行取昌名硕。果然壮硕、憨直,是腰粗膀圆的全劳力。大队放映电影后,扩音机总是通知李昌硕等几个地主分子,义务把沉重的放映器材挑出深山去。修水库、整公路、交公粮,力大无穷的昌硕佬大约就是这般摔打出来的。

只是说不上一门亲事。收工以后,昌硕佬托着一大花碗直顶到鼻尖的白米饭,蹲大院门口,眼睛绊在河边洗衣濯足的姑娘媳妇儿身上,心猿意马着。

那天午后,忽听我哥在村口气急败坏大叫"救火",村民提桶挑筲赶上山,火已侥幸扑灭,昌硕佬裸背上全是燎泡,烟污的脸上只余惊恐的眼白,望着队长口齿直打叭。我哥见状,排众上前请罪,队里分配昌硕佬带我哥上山烧草木灰沤肥,是我哥没经验,差点酿成烧山大祸。队长明显吁了一口气,扬扬手叫众人散去:"学生秧子嘛,下次小心啰!"其实昌硕佬蹑到草窠子里,偷窥人家小媳妇儿屙屎,火苗儿趁机蹿开去。我哥后来偷偷告诉我。

哥哥的侠举落实到我身上,变成李伯伯无所不至的眼光。清晨闻窗门毕剥,推窗落下一把时新蔬菜,还有李伯伯临去又回眸那一绽心照不宣的笑影。黄昏溪边洗衣,衣服堆里悄悄塞进两块粽叶裹着的热糍粑,撒了极稀罕的芝麻桂花。

每上大田夏收夏种,知青伙伴就撺掇我向李伯伯索凉茶。寻常农家都是抓把粗茶梗煮一锅酽茶汤,李伯伯却是用真正的大青花瓷壶一遍一遍筛出来的,碧绿透亮,清香沁脾。在我等茶泡出味的时候,她搬张硬木凳垫脚,从大橱的后搁板上,抱下一大堆精巧的瓷器和卷轴给我看。

十八岁的我对这些霉味的"四旧"不感兴趣,只贪而无厌算计着将小竹筒换成大竹筒,再用什么诡计,能叫同队的六个知青都分享甘露。

再后来,昌硕佬上大田时,牛轭上挂一溜五六个竹茶筒,插浸在泉眼里土法冰镇。那年大旱,田间劳动愈见惨烈,他村的知青中暑一片,我村的知青连痱子也不长一个。

过年了,知青点陆续走成空城,我决定独守桂花院(因为天井里长着一老株虬曲的桂树而自娱),尝试山区年夜风情。夜里读书,一读至鸡鸣天白;河边独坐,见眉月逶回于纤长的菅草之间而不提防风寒入侵。乡亲怜我孤单,每日里往灶头、窗台、门楣堆上年糕糍粑糯米酒,我乐得不举炊,遂把老胃病勾引成胃出血,疼得我死去活来。

还是李伯伯,看到窗棂间菜蔬黄蔫,门外糍粑硬了一层壳,打门进来,我恹恹昏昏卧于床。大惊,呼队长。众议:我已面无人色,纵使壮劳力担架抬我出门,又如何撑着坐十多小时长途汽车回厦门?

当夜,我正黯淡。木门咿呀,李伯伯宽袖长裤,鬼魂似的飘了进来,不许举烛,掏出一布卷儿,说是神药,只要我服下它,就可以一路平安无事回到家中。

等她走后,我剥开布卷儿,是一个草纸团,再一张报纸角儿,最后一个红纸套里,有两片指甲大小乌黑的东西,闻闻有股奇异的香味。

大概是哪一个灵庙求来的香灰吧?我自谓受过现代科学熏陶,如何相信这个,顺手往口袋里一揣了事。

总算千辛万苦回到家中。偶然想起李伯伯的"神药",拿给我父亲看,父亲嗅了嗅,说不是香灰,却仔细把它拌在炉灰里,倒进垃圾桶。父亲脸色沉重对我说:"那人的处境那样险恶,竟豁出生命来帮你,忘了这件事吧。"根据闽南风俗,过年过节长辈给压岁钱时,可将钱退回去,留下红纸套,以表示珍藏其祝福的意思。我也将李伯伯的红纸套,平平整整压在字典里。

十五年后,我成了一名小作家,回我第二故乡,探望老房东,并寻访李伯伯。都说落实政策后,李伯伯举家搬回土楼去了。

吃晚饭时分,昌硕佬一家正热气腾腾围着饭桌,小昌硕们居然有三四个之多。李伯伯犹在灶边抖抖索索忙着,眼见她真老了,牙也没得一颗,酒窝瘦成深沟,令两颊更加瘪塌,原先聪慧的眼睛已蒙上一层泪汪汪的白翳。她追着坚持塞一大板年糕给我细伢子尝尝时,我想起当年乡亲们割桐油换布疋,掏鸡蛋换油盐,小油灯断了煤油,全家翻兜凑五分钱现金的窘状,遂在她的旧红纸套里装一张拾元钱,直掖到她斜襟布裀的口袋里。

二十世纪九十年代初,房东的小儿子毕业于同济大学,分配在厦门工作,来家中探亲。说李伯伯已去世,昌硕佬发了大财,李伯伯留下一坨鸦片膏,不知有多少年月了,到县城药店,可卖好几万元哩。

奇怪,现金只有一张拾元的人民币,装在一个破旧的红纸套里。

1994.7.10

热带风暴前夕

房东与房西们

回想起来,我们的房东都是村里最可爱的人。

一、我的另一"家"

我的房东老李(这几个村子都姓李,房东们统称老李)在外乡医疗站工作,好歹是个干部,有几个工资。家里用牙刷牙膏,逢年过节做菜时由老李亲自搁点味精。家中临时缺糖少盐,不必立掏鸡屁股,可以拿现金到供销社去买,算是村里的"小资产阶级"。相对房东而言,女房东们戏称房西。我的房西青头帕青衣裤,村里已婚妇女的"套装"把她的年龄概括在二十五至四十岁之间。田间劳动和生养损害了她原本的古典美,犹剩一口整齐细密的糯米牙。老李平时在外工作,房西要饲猪喂鸡兼哺四个生猛儿子,还要打理自留地,不大出工,在那些同样操持家务还要参加大田劳动的妇女看来,简直是"养尊处优"了。

初来插队,我们这些知青们傍晚收工后,总是河边桥头流连,吹口琴、弹吉他、唱"我的家在松花江上",或头碰头聚在一盏油灯下读报看小说,每每三更半夜方归巢。房西因为男人不在家,恪守妇道不等天黑就紧紧闩了大门,直待我捣门大呼小叫鸡犬齐喧,她才掩着衣襟打着哈欠来拔门闩。想她白天何等劳累,自然满脸不悦。我那时十七岁,不识生活之艰辛,瞋目以对。

星期天老李回家,房西笑吟吟,几个孩子都雀跃着。割一条猪肉,装两筒豆子换豆腐,煎茄子时放了香喷喷的猪油,老李不停地给我夹菜,说他兄弟五个,自己生的也是四个儿子,就把我当女儿也罢当妹妹也罢。希望我把这里当自己家,平时也帮房西管点事。

遂慨然应诺。

其实我能帮的家务极有限。烧灶火不是费柴草就是弄得烟雾腾腾,房西熏得不行,挥手叫我去挑水。

小河从门前流过。

可是,挑饮用水须等天黑以后。我高度近视千余度,瘦小且溜肩,晃着空桶一步一滑试探着垫脚的卵石,下到河滩,已是一身冷汗,等一头一只沉重的水桶戽满水,再望着黑乎乎陡峭的河岸,我驻足流泪。

这时十一岁的大弟春明已不声不响下来,接过担子笃笃实实往上走。

春明不过是五年级小学生,父亲不在家的日子他俨然成了男主人,寡言却识礼,并使用足够的权威令母亲噤声且脸色和缓。

因此,大弟春明初中毕业就回家主持,二弟夏明读完中专分配在县中学教书;三弟秋明大专毕业,在地区外贸部门工作,最小的冬明竟然一举考中上海同济大学,以优异的毕业成绩求职厦门,有几家大公司争相聘请。

有人对这一家子的"秀才及第"深感迷惑,小弟冬明必骄傲地补充:"还有我家大姐哩!"

二、最惠国待遇

哥哥分配在队长家。队长队长,一队之长。日日里吆喝上工下工嗓门练得敞亮无比,腰杆笔直,斜衔着烟斗,高高虎踞于桥头,俨然大将风范十足。

队长自己是使牛好手,几个儿子媳妇都是骠壮的全劳力,工分直往上蹿,口粮也绰绰有余。留一老妻(实际不满五十岁)在家拾掇,餐餐有热饭菜,细伢仔也养得齐整,单看队长家的兴旺,仿佛知道了什么是社会主义。

哥哥在房东家享受"最惠国待遇"。白米饭管饱。即便一海碗寻常蒸酸菜,也搁了一大块肥肉,油汪汪香喷喷地下饭。不像其他农户,逢青黄不接,要搭配着地瓜干吃,捋一把南瓜叶,开水烫烫拌点盐花儿罢。割新禾时,队长家供给哥哥的镰刀弯月一般雪亮锋利,把子也趁手;上山刨地瓜,队长老婆挑给哥哥的簸箕是青竹皮编的,又轻巧又牢固;甚至往大田送饭时,哥哥也和队长家的男人一样,冒尖的大碗饭上,亮着一个煎荷包蛋。

"士为知己者死",哥哥自忖是队长家的一员,劳动起来拼命三郎似的悲壮。我们家遗传的大溜肩,加两块垫肩扁担还打滑。哥哥只好尽量伛腰,以颈背代肩承受。常常见麻秆似的瘦哥哥涨红着脸,大虾米般弯着腰,负一沉重担子沿田埂疾走,替他胸闷腰疼着。气不过他如此不爱惜自己,骂他"猪头小队长"。正当哥哥立志与贫下中农"三同"(同吃同住同劳动)谱写新曲时,队长家的巨犬或者出于嫉妒,或者出于势利,一口咬在哥哥的脚踝上,虽然那恶狗当场被队长踹瘸了好几天,队长老婆也送了鸡蛋挂面给哥哥压惊。

哥哥沮丧着。因为我们居然有心情开那样玩笑:贫农家的狗都知道与右派家的儿子划清界限哩。

经过劳动锻炼的哥哥回城以后仍然精瘦，精力充沛地当一家商场的经理，从未请过病假，连感冒也不大发生。

只是厌恶狗。

三、罗力的苦恼

知青中最憨厚笃实的罗力被安排在副队长家。这个老李识点字，据说还有些祖上遗留下来的藏书，珍不示人。传闻年轻时不但眉目俊秀聪慧，还有一副高挑的好身板。不明白何以不外出求学求职，谋个干部当当，甘愿窝在偏僻的深山里，做一辈子泥腿农民。

又看破红尘似的对农活不感兴趣，用农民的话就是偷懒使奸。只懒洋洋地、恩赐似的参加些莳田、点豆子等轻巧活儿。老婆也不出工，一年一年隆起肚子下崽。老李很多时候背上绑一个四肢划动的幼儿，胳膊还夹一个眼球儿滴溜溜乱转的乳婴。这个村的风水怪了，家家下的都是公仔，偶尔头胎下一个母的，接着就成批下母的。

年终队里公布账目，老李家的工分跌至最低，口粮的赤字又高居榜首。虽然如此，副队长仍是众望所归，因为他侠气、人缘好，能说会道，代表着村里下野势力，与队长蓬勃的那一房维持着小圈子政治的平衡哩。

虽一直是村里的救济户，从不见老李为此发愁。饭桌上更是令人垂涎，不时有新鲜的鸡屎菇（鲜菇中最美味的一种）、山雉野兔；有细鳞的溪鱼、田鸡、黄鳝，都是老李上山下河所获，且以上好大冬谷家酿的糯米酒佐之。

罗力因此肥头大耳。

还教罗力怎样在劳动中取巧。莳田时，尽量往小块梯田去，插多少秧自己心中有数,若上大田比拼,则立见高低。又抓一把土制烟丝教罗力吸烟,劳动时可以名正言顺直起腰借吃一筒烟歇一阵子,等等。

可惜罗力实心眼,见同队知青都不如自己健壮,非但自家泼着干,还时时援手他人,实在关照不过来,遂将房东的秘诀转授,我辈又广为传播,将一个"学大寨赶大寨"的政治高潮变为"学坑前赶坑前"的窍门大赛。

罗力虽逢潇洒如此的房东,房西也极难得的快人爽语,却不被我们所羡慕。因为当房东捕猎、房西上自留地时,他被委以重任,即肩背手牵两个鼻涕小儿,一脸闽南男子汉的难堪和苦恼。

好些年后,在城里遇见开出租车的罗力,怀抱雀跃小太阳,按捺颇有章法,想必是当年操练出来的。

四、桂花嬷与女儿

阿倩皮肤雪白,一双大眼睛做梦似的蒙眬着。蜜儿唇红齿白,一张玲珑小嘴能把人迷死。把她们分配在军属桂花嬷家中,实在有些浪费。知青们所仰仗的一般是通情达理的男房东。桂花嬷的丈夫在部队上,春节探亲回来住一个月,这时知青们也都回城探亲了。所以她们的房东房西实际由桂花嬷兼任。

桂花嬷是把两知青当女儿看待。可惜这家的女儿并不金贵。除了老三是儿子被宠得七岁了尚吊在桂花嬷硕长的奶头上之外,前面两个女儿已训练得敢死队似的泼辣能干,暑假争起工分来,连队长也不敢轻易招惹。

桂花嬷偏袒阿倩。收工入屋,呼蜜儿挑水。蜜儿向阿倩使一眼色,正要坐到灶边烧柴火的阿倩顺从地起身,与蜜儿合抬一桶水,袅袅婷婷,全无知青们初试扁担脚步趔趄的狼狈状。等蜜儿去冲凉,桂花嬷就从灶灰里扒一个烤红薯或借锅底余温烙一块热糍粑给阿倩。阿倩偷偷揣起来,与蜜儿分享,桂花嬷知道,从牙缝里恨一声:"要死的妹仔!"并不真的生气。

大女儿秀秀小眼睛,大嘴巴,龅着门牙。每日上学之前已煮好一大锅猪食且浇完自留地。放学时花格书包晃悠胸前,背上是高高的干柴垛,兜里还有青桃毛栗什么的。原本与蜜儿针锋相对,看不惯蜜儿的筷子在饭桌上挑三拣四,就揭发蜜儿在晒谷时躲在树荫下看书,甚至监听蜜儿与邻队男知青幽会。

后来不知怎的,秀秀就被蜜儿招安了。起先用蜜儿的月牙梳扒两三根黄毛(蜜儿立刻另买了一只梳子),学会了在小圆镜前左顾右盼,再后来用蜜儿的雪花膏把黝黑的小尖脸抹得都是白道子,被蜜儿笑啐一声小狐狸。龇着牙乐,真像一只红毛狐狸。

回城以后的蜜儿,公关才能发扬光大,在一家四星级大宾馆任总经理。秀秀把小女儿送来求蜜儿栽培。小眼睛大嘴巴,龅着门牙,和当年的母亲一个样。上不了大台面,安排在厨房打杂。不久就把伙房整治一新,连泔水缸都刷得闪闪发亮。

偷闲就溜到蜜儿的总经理室,在皮转椅上摇头晃脑。蜜儿一叱,小狐精般一溜烟,逃之夭夭。

五、寂静的吉他

给村里五保户安排一名知青,不知是队里怜他们孤单体弱,多一位年轻人帮手,或是老两口听信乡下传闻,认定求到一个知青名额好比领养一个儿子那样有福。

老头儿眼盲。传说当年老婆下地前,把头生儿子放在草席上,令负责晒谷的丈夫看着。丈夫在撵鸡赶猪时,不慎一脚踩在爬出老远的儿子脊梁上,孩子殁,自此再无生养。

可惜木木腼腆敏感又沉默,并不真的口拙、偶尔可见犀利的幽默,却不能在房东家中发挥。

无论什么时候,木木走进灶屋,细篾饭罩下菜已做好,饭在灶上温着。等木木发现菜碗里剩几块煎豆腐,下顿饭仍有几块时,他就明白了两位老人为什么从来不与他同桌吃饭。因此他把家中的扁担水桶锁在寝室里,无论再忙,他都先把水缸挑满,他们住在村头,下到河里有百多级台阶呢。

我们有事找木木,看见他一个人在饭桌边无声地吃饭,老头儿坐在门槛上编箩筐,老婆子拎一桶猪食,只是搅两下,不像其他村妇那般敲着木勺,大声吆喝着。猪们一样拱头扇耳,却不喧闹。

寂静犹如不打扫的轻灰,一层落了一层。

有天木木把哥哥的曼陀铃要了去,高崖上那座房子传出干涩的声音。曼陀铃太破旧了,下次探亲回来,木木背了一把簇新的椰树牌吉他。无师自通地摸熟了和弦,但又创造了一些新的知青小曲,回乡知青都来求教,木木的吉他名声大振。

沿河岸散步到村头,南瓜棚下,木木正抱着吉他,脸上逡巡着弯月,老头儿的烟斗一红一暗,草绳在老婆子的手指间活物一样蜿蜒着。

十多年后,我回到山村,两老均已去世。经过村头老屋时看见堂屋的墙上,挂着一把椰树牌吉他。厚厚的灰尘封存了月光与歌声。

不知陪伴两位寂寞的老人有多久?

1994.7.20

醉人的酒养人的饭

始终做不出地道的客家风味来。

自己当家,如今市场又丰富,仿佛只要锅铲左挥右抡,魔杖一挥,就能"心想佳肴成"。也不尽然。想起二十年前在客家山寨插队时的家常便饭,以及村里喜庆时大块肉大碗酒的流水席,被味精、饲料、尿素、农药逼得走投无路的食欲,忽然刺激出大批馋虫,开始兴风作浪。

灶屋里两口大锅。前锅火旺,炒菜做汤;后锅平时温着蒸红薯或者猪食。傍晚涮净了,温一大锅热水。客家人爱干净,屋子再窄小破烂,都得腾出角落盖一冲澡间。肥皂定量供应,每季度一小块,金子一样。洁净发白的锅盖是女人们站在河里用沙子掺草木灰硬搓出黄澄澄的木纹来。谁家的锅盖污腻,谁家的婆娘就抬不起头来。

好灶、好锅,还有好香的木柴。

刚住进寨子里,闲时到屋后倒两棵杉,由着日头晒暖风吹去,夜里听不到坼裂声,知是干透了。男人赤膊,把利斧挥成银亮的弧,均匀地劈成条,井字形架起,婆娘佃人仔烧起来狠着呢。渐渐屋后连碗口粗的柴也没有了,得花一天时间,到荒山里倒几棵树,用斧头随便砍了十字,或扯一布条做记号,那就是有主了。过三个月半年的,寻到老地方,当场现劈,爱惜地把碎木屑塞到柴担的空隙里，扁担吱扭吱扭一路扭山歌调，满头大汗挑得腿筋打结。婆娘疼惜汉子辛苦，上工收工顺手割一大捆芦枝或蜈蚣草回来搭着烧。再往后就得用拖拉机到几十里野外去拉，车斗堵得高高，恨不能搬回一座小林子。特地盖间柴房大铁锁把门。十年前我回去，村里已家家蜂窝煤，捅着炉子满面煤灰，不复当年大锅大灶前被烤得眼睛水汪汪双颊红艳艳。

初哢客家捞饭有些不惯，总觉得只捞些米骨头，把黏稠的米汤其实是精华部分给猪吃太可惜，日久知道牛与猪是农家重要成员之一。母猪下崽，还要杀鸡给它坐月子哩。渐渐咂出捞饭里的阳光味、田野味、泉水味，还有蒸饭用的杉木桶味儿。

山里水寒，别的菜长不好，唯芥菜肥绿且时间长，菜秧刚有些样子，就开始一叶一叶剥来吃，剥了又长，长了又剥。不仅鲜吃，屋顶、桥面、溪边石头到处晾着。晒干了就紧紧扎成小捆，压实藏起来，有大半年时光，充当饭桌上的主菜。

剥得只剩芥菜心就该过年了。芥菜心是那么鲜美，吃的时间也只有短短几天，仿佛舌头一卷就没了。会持家的主妇把芥菜心晒成干片，回娘家走亲戚当一份好礼物。

芥菜吃完就该摘茄子，是那种酱红的肥茄，不倒翁似的。把茄子一剖两半，挖一勺猪油干煎，一边用锅铲把它压扁，慢慢煨得绵烂，吃在嘴里原汁原味，比都市大酒店里什么鱼香茄煲都正宗。

三四月青黄不接，干菜扎儿就从缸底瓮里掏出来，富裕人家在大海碗干菜上搁一块咸肥肉，蒸得油汪汪的好下饭；拮据点的人就浇一勺米汤，也滑口。知青们喜欢抓一把烧汤，有点苦涩，回味却十分甘甜。据说还清肝去火，小人参一般。

最好吃的菜竟是大萝卜，最经济也是萝卜干，不知为什么俗萝卜经我房东大锅一炒一熬一焖，俱成绝品。让人舍不得把眼睛移开，从灶前直跟到饭桌，一边告诫自己约束筷子，不能侵犯同桌的合法权益。

杀猪的日子就是节日,抽阄来确定谁家的肥猪投胎转世。如果轮到自家圈里,至少大半年全家都靠它滋润,房东们的烹调手艺发挥得造极登峰,腌的、熏的、腊制的自不用说,当夜首先登场的必是红烧猪肉,其肥厚、滑腻绝不亚于"东坡肉"。猪肠子里填灌绿豆糯米,蒸熟后切成薄片,镶红嵌绿,花瓣一般。连骨头也拿到石臼里舂碎,做成粉蒸肉。客家人早已知道用这种美味来补充钙质。

家家都自制米酒。有一斤谷加一斤水的烈酒,有两斤谷兑三斤水的家酿,还有一斤谷加两斤水的寡汤。用锡壶烫得热气腾腾,白米汤似的冲鼻窜肺,顺喉豪灌,只觉痛快。后劲上来,该唱的,只差把屋盖都掀了,该笑的咳得上气不接下气,该睡的就蒙头昏天黑地。我属于后者,为了不必下到河溪去洗碗涮锅。

一边写一边咂着嘴,那个香呀!

说给儿子听,儿子皱着小鼻头不信:茄子、萝卜、肥猪肉有什么好吃,恶心!带儿子到东街口"农家饭庄",尝红菇汤和炒薯粉,从此儿子喜爱"农家饭庄"远胜于麦当劳。

农家饭庄的墙上挂着蓑衣竹笠,壁角有大锅冷灶。蓝底小白花窗帘,注释一段青春的履历。可惜,很难再唤回那股特殊的饭香、菜香和酒香了。

1996. 2. 14

小河殇

邮来的朋友

山区梯田少,农忙时间短。不擅副业收入的知青们在漫长的农闲里百无聊赖,有什么东西能把他们赶出被窝呢?

日头照着东墙的桂树叶儿,慢慢攀到树梢,屋檐下的阴影就剩几巴掌宽。已经有一个女孩子坐在门槛上,没完没了把那一头长发,嘴噙两根发卡。再来一个还是女孩,她已梳洗停当,双臂环胸倚着门楣。接着从被割据的门框,挤出一个光头男孩,他噔噔下两级石阶,揉揉眼睛就地坐下。最后起床的两个男孩相继晃出来,其中一位刚狠狠伸了个懒腰,立刻被门槛坐的女孩踹了一脚,又被门楣靠的女孩敲了一下脑袋。那人并不发火,走到日头下,把嘴张得不能再大,极酣畅极放肆地打了一个响亮无比的哈欠。

现在他们安安静静瞭望门前小路。

小路一端拴着邻村的老樟树,另一端抛在公社小邮局的电线杆上。听说淫雨冲塌的路昨天修通,积压的邮件今天该分来了吧?

颈脖都酸了,眼睛也累了,轮值烧饭的人有气无力去劈柴。忽然有人率先欢呼:来了来了!抬眼见远远的坡顶,先冒出一个灼灼脑袋瓜,然后就是膨硕鼓胀的绿色邮包。

各自拿了信,趴在饭桌上,躲进寝室,溜到小河边,展读再三,又折起来仔细放好。不幸落空的人,自觉自愿顶替烧饭。那菜少盐寡味,饭一定夹生。

河在春天里满怀激情,小水电站慷慨地大放光明。男孩女孩围着饭桌,翻着不知被多少人传阅过的缺页损角的小说,把一张《参考消息》翻来覆去看了几遍。实在没有什么可读的时候,就会有人隆重推出一封美丽来信。

能够贡献出来作为集体精神财富的信件,一般产生于青春期的友情。如果比友情更多,得主居然抛出"奇文共欣赏",虽然那信真的才情并茂,但写信的人肯定没戏了。个别家信因为大喜大悲,在知己之间悲欢与共也是有的。

渐渐地,一位温厚、潇洒、文采斐然的兄长自邮包里脱颖而出。他是老高三,比这个知青点的初中生们大了四五岁。他的朋友阿闽称他"绥",大家跟着叫:绥来信了吗?绥什么时候来玩玩?请代向绥问好!

绥的潇洒体现在他疏朗明媚的字迹上,这些可以跟字帖媲美的笔画,洋洋洒洒倾泻在8开大纸上,磅礴欲出。阿闽的同伴们受了触动,饭桌上的晚间活动多了一项大练兵,人人发奋图强练就一手好字。绥的感伤,绥的孤寂,绥的深情似海,绥的字字珠玑,为这些攒着脑袋阅信的半大孩子们所望尘莫及。阿闽的笔记本里,除了用花体字加插图精心抄录的外国民歌、泰戈尔诗选,还有一部分断章,注有"摘自绥的某月某日来信"。

知青间的大串联在第一场农忙过后如火如荼,阿闽终于出发到遥远的地方去探望绥。那个地方虽然同在一个县,但步行两天,信要走三天哩。回来时阿闽神情很沉郁,沉郁一向是绥的魅力品牌。当夜阿闽描写了他们的聚散匆匆,说临别时,绥送了一程又一程,阿闽走了老远,回头看见绥站在嵯崖,眼里有泪。

于是几个女孩为此,伏在臂弯里动情哭了一场。

现在绥该有 50 岁了,当年那帮知青们已过中年,成家立业。他们忙忙碌碌,打电话、发传真、上网络,顾不上沉郁。原先一手好字都荒废了。

有时心血来潮,跟孩子说起始终没有见过面的绥,孩子便捂着腮帮大叫:好酸!

1998.5.7

干菜岁月

妹夫的朋友也是知青,他乘出差之便,回了一趟插队的地方。妹夫得到朋友送的两扎干菜,邀请我们去"忆苦思甜"。

可是妹妹采用肉多菜少的改良主义,把它粉饰成时髦名肴:梅干菜扣肉。虽然面目全非,我们仍然吃得感慨万分。

30 年前我们落户的地方山高水寒,长得最好的蔬菜只有芥菜。半年鲜吃半年吃干菜,可谓朝夕相见。鲜菜贱的时候极贱,芥菜饭、芥菜粥、菜梗炒肉丝(有肉的日子屈指可数)、青菜叶氽鸭蛋汤等等,真是把芥菜机关算尽。干菜的节目单就没有那么热闹,能搁一块肥肉在大海碗干菜上,蒸得油汪汪的,跟过年也差不多了。平时浇一勺米汤滑口些罢。眼看干菜不能坚持到来春,精打细算地撒一把切碎的干菜,放在盐水里烧汤,也能下两碗饭。咳,若连干菜也接济不上就惨了,只好烧点酱油汁调饭。

茄子、丝瓜、南瓜都赶在夏天锦上添花,唯有干菜在凋敝的冬日雪里送炭。这就是"食不厌精"的今天,我们回过头去,对干菜充满感激之情的缘故。

我们戏称"一枝春"(乌龙茶类之一)的干菜,和茶叶一样干瘪苦涩,毫无维生素可言。但我们未经紧肤液护手霜料理过的皮肤细腻白皙,我们不知护发素为何物的头发乌黑亮滑,是因为溪水的滋润山风的呵护么?我们的肠胃要如何脱胎换骨成为无坚不摧的压榨机,才能把这些绳索一般的纤维消化成最基本的营养?我们的血液要如何紧缩开支,才能将有限的能量分配给大脑,让我们不知疲倦地彻夜唱歌、打扑克、聊天,读辗转求得且限时归还的小说,兼顾我们的手脚,要插秧、莳田、吆牛、割禾,更不能忽略我们的腰背,它承担所有最繁重的劳动,比方肩挑上百斤公粮翻30里大山,最后还有我们的心:因饥肠辘辘而耗尽想象力去画饼,因离乡背井而床前明月乱如麻,因招工招生而七上八下,因爱情而沮丧而鹿撞而奔高跃低。

我们说心跳得很快时,干菜仍然尽职维持着肾上腺素的时效。

当初与干菜并非一见钟情,餐餐顿顿在房东家的饭桌上唯此冤家,让我们恨死。知青点自开伙食后,既不懂也懒得拾掇菜地,慢慢习惯与干菜做贫贱夫妻。如今年近半百,阅尽这菜那菜,重新品尝干菜岁月,蓦地阵阵热浪直达眼眶,有如初恋一般酸甜兼半。

读张贤亮一篇随笔,提醒我们在回味右派流放途中的九死一生,五七干校"牛鬼蛇神们"的黄连树下弹琴,以及知青生涯里某些方面寸利必争某些日子又相濡以沫的历史时,不要粉饰或篡改真实,不要忘记憎恨苦难、声讨暴力,不要忘记为更多在贫困、屈辱、绝望中丧失前途、信念乃至宝贵生命的人们做证。至少,不要背着舌头歌颂起美丽的干菜。

是的,当我们说枯槁的干菜岁月时,我们怀念的是自己多汁的青春时代,虽然也许有悔。

1998.5.15

小河殇

我们兄妹这一家，只有嫂嫂因长女照顾留城，其余五人都是知青。而除了我丈夫在另一个县插队外，我们四人均落户在上杭县一个绿色盆地里。我家小妹和准妹夫隔河相望。

河嘛，冬季里可以穿鞋着袜踩在卵石上跃纵而来。偶尔见一尾贪图淘米水的肥鱼，卡在石缝里，妹夫一鞠身顺手牵鱼。知青点里偌大的铁锅，许久不见油星，年轮似的锈了一圈又一圈，煎不成鱼。况且僧多鱼小。小妹便脸上很光彩地给我们氽鱼汤。

春水泛滥，河恣意爬上两指宽的桥板，嬉闹着把它当跷跷板压垮。小妹一天好几次跑到窗前看河。我未来妹夫惘惘然的口哨声，在水一方。

门前下几级石板，顺着碎石拼凑的小堤坝走两步，就到了河心。早晨我们在这里盥洗，淘米洗菜。下午收工以后团一把稻草刷锄板，颠晃着簸箕。簸箕里的番薯红艳艳，萝卜白生生，芥菜生动活泼。吃过晚饭冲过凉，披着湿漉漉的头发又下到河心，洗汗酸的衣服。邻队知青在桥头拨吉他，我们一遍又一遍地唱着："我的家在东北松花江上……"河中有我们的望乡台哩。

河是我们的避难所。

中秋那天队里杀了猪，我们匀到两斤肉。分头去豆腐房割一板豆腐，房东家买几个青皮鸭蛋，讨一小把葱。大家团团围坐喝着家酿糯米酒过节。忽然发现不知何时我们中间少了一人。

拉开咿呀小木门，踱到晒坪上，听到河边苇丛有一支不成调的口琴。那个来河边寻求安慰的同伴刚刚失去了父亲，除了感情上的重创之外，他还面临经济来源的断绝，从此他连8分钱邮票的家信都要小心掂酌了。

悄悄坐在他边上,我们无言盯着河面。那时我比他小,不懂如何安慰人。秋天的河流异常清澈,似乎要壁立起来,与山区剔透的空气融为一体。河风经苇叶淌到我们额上,溅出浪花如碎钻般晶莹。同伴的心情一点一点开朗起来,他眼里萤火虫一闪一曳。

这才知道什么是夜凉如水,月色如洗。多少年过去,我们错将月饼当中秋,而把明月遗弃在哪一座高楼的屋顶了?

深山砍柴或出山赶墟,农民总告诫我们:若是迷路了,只要侧耳听到水声,找到山溪或小河,顺着水流的方向,就能找到人家。当我孤身翻山越岭去邻县找同学,一二十里路鲜有人烟。只听见汩汩溅溅的水声,有时在足下,有时在肩旁,有时在涧草葳蕤的谷底。老朋友左右逢源,为我壮胆又解我途中辛苦和寂寞。

伟大的河流是伟大民族文化的发祥地。那么小河小溪应是一方风水。我们去插队,其实是接受河的教育。在河两岸生养的人们展示给我们的善良、淳朴、乐天和无拘无束,正是沿袭了这一自然法则。

口嚼水龙头,我们无形中萎缩,逐渐丧失活力,因为水不仅仅是水。

很多年以后我回到河边。老房东烧的是蜂窝煤,村民都到新掘的井挑水吃。河已不复当年"眼似秋波横,眉如青山黛"了。枯瘦如斯,污秽如斯,像负伤的动物苟延残喘。

祈求河的宽恕现在会不会太迟?

1999.5.5

四
自在人生浅淡写

榕歌如泣

一个不认路的人，又摊上一份深居简出的工作，再加上身处发展迅速日新月异的特区，旁人做起来轻车熟路的访友啦购物啦，对于我则是需要好好策划的远征了。

最赏心悦目当是拓宽平直以后的大马路，路旁的行树灌木草皮刚刚还像垂头丧气的拆迁户，转眼已是抖腰轩昂的新居民，且开出云蒸霞蔚的凤凰花、三角梅和洋紫荆。车子在立交桥一圈一圈地转着，过山车似的，晕乎乎这里冒一座摩天大厦，那里闪出一片典雅的别墅区。

公共汽车线路随着城市的扩张不断延伸与深入，增添了许多动人的站台名。比如莲花新村、杏林小区、仙岳山嘴就叫作仙悦花园。有些保留了原先乡土气息的如蔡塘，它边上再过去一站就是塘边。远远看到一株苍青黛墨的巨榕，听见扩音器唱歌般报站："乘客们，下一站是榕树脚站……"榕树脚？记忆霎时吹开一扇尘封小门，瞥见多年以前一个瘦弱的女孩依偎着一位伛背老妪的身影，一忽儿清晰，一忽儿模糊。

刚进中学不到两个月，老师宣布全校师生将到郊区参加秋收，与贫下中农同吃同住同劳动。因为我们还是新生，配备两名高中大姐姐做女生辅导员。

几乎所有新生都是初次离开父母温暖的翅翼，到陌生地方生活十天,又新鲜又兴奋,还隐约有几分强作镇定的紧张。等打好背包,亮出队旗,小鼓手轩昂前边领路,四个钟头的步行,大家都像模像样,没有一个人掉队。

我们四个小女生就安排在榕树脚村一户贫农家里,与家中老婆婆同住一间屋。婆婆独睡四柱吊顶的老式大床,坚邀两个孩子与她同床,却没有一个孩子愿意。都去抱窸窣作响的芬芳新稻草,齐齐在老婆婆床前打了地铺。

当夜,婆婆掌着油灯,一手提只大粪桶进来,桶里还漾着半桶浊黄的尿液。她告诉我们半夜起床解手,不必捏着手电到屋后寻找狼藉得无处落脚的茅坑,尚且还有狗哩。我们看着龌龊尿臊味逼人的粪桶本已面面相觑,去掩门上闩的同伴忽然尖叫起来,原来门后赫然矗着一具红漆棺材。

于是大家一声叫得比一声瘆人。

老师和辅导员冲进来,经过询问、解释和抚慰,孩子们才略为安定。乡下风俗,老人一过七十就算高龄有福气,给自己备好寿衣寿板,有添福寿的意思。起先我们半夜宁愿憋着,不敢摸黑起来解溲,生怕不小心撞到棺材。几天后就熟视无睹,早晨人多热闹时,顺手拍它一下,那棺材空洞地回答一声,大家笑成一团。

多四张嘴吃饭,婆婆忙得不可开交,不小心菜刀在虎口那儿拉了一道血淋淋的伤口。我抽出小手绢扎紧,飞快跑到邻村叫班上小卫生员。

其实卫生员也是没有经验的小女生,见到婆婆青筋虬曲皲裂枯瘦的手已小脸雪白,解开手绢血浆翻冒,她立刻闭上眼睛。我也怕血,责无旁贷自告奋勇接手,战战兢兢,汗都沁出来了。倒是婆婆不住声地安慰我,像伤痛的是我。我的近视眼在短距离里看清了婆婆松弛打折的脖子,皱纹累累的前额,缺牙瘪嘴,浑浊的眼睛蒙了一层白翳。想起从小相依为命的外婆,亲近之情油然而生,不知不觉利索地包扎好了。

还药箱回来,同学们已吃过,因为阳光和新鲜空气,也因为野外劳动胃口大开的伙伴几乎把菜汁也消灭了。我的碗底也许是没菜了反而有一个荷包蛋。晚上我刚拿碗盛饭,婆婆在灶前喊我:"囡仔,帮婆抱两搂柴草。"我放下柴草,婆婆又要我接着烧两把灶火,她去关猪圈。同伴们稀里呼噜吃完,我有些疑惑地用筷子搅着稀饭,这次碗底压着一段煎得焦黄的咸带鱼。

郑重其事与婆婆谈判:"婆婆,我们来农村与贫下中农同吃同住同劳动,你这样做,就是不支持我接受教育了。"婆婆负疚地叹气:"我知道老师会批评,但又有谁知道呢?""革命群众的眼睛是雪亮的"这句口号,我和婆婆都多次耳闻,但一个太老另一个太小,不能真正领会个中厉害。

每天给婆婆换药。婆婆要劳作,伤口感染,挤脓血时我已脸不红心不跳,红汞换成消治灵,渐见痊愈。

临走前一天,我去还药箱,卫生员正端着一碗什么东西站在院坪阳光下,碗里晶光闪烁,柔韧滑腻且芳香扑鼻。我惊奇地问:"这是什么?"她的房东骄傲地告诉我是大冬糯,因为产量低,生产队不种,自留地里插两丘尝鲜。

吃午饭时和同伴说起,赞叹不已。这本是乡村日常生活在一个城市孩子心中激发出纯朴率真的感动,对于尚散发着泥土芳香的新米美丽的欣赏远胜过口感的追求。

下午收工,婆婆神秘兮兮守在村口大榕树下,迭声催我们洗手开饭。揭开锅盖,一锅满满都是拌了猪油、虾皮和葱花的大冬糯米饭,香得我们馋虫乱窜。我端一碗吃着,婆婆盛一碗守在我身边等着。也不知道吃了多少,大家都觉得堵到嗓子眼了,还恨不得用竹筷把它捅实些。

晚上是班级总结,我饱胀着胃,打着嗝,困得睁不开眼,只想躲在阴影里偷偷打个盹。有个同学以肘顶醒了迷糊的我。听见老师说:"有个别同学对贫下中农缺乏阶级感情,看到房东家的棺材又哭又叫,不能体会贫下中农珍惜今天幸福生活,热爱社会主义的满腔忠诚……"

老师说得对。我不无庆幸地想到那天晚上一片惊慌中,唯有我安安静静,并非不怕,而是吓呆了。

老师又说:"这个同学出身资本家,从小养成好吃懒做思想,在这次难得的机会里并没有认真接受教育。"我外公外婆是资本家,我爸爸可是职员,不过却是右派,我心里咯噔想起荷包蛋和煎带鱼,随即又释然。要说我少做或许有可能。我比班上同学少一岁,个子瘦小,体育课老师将全班按强、中、弱分三组训练,我是弱队第四号。我没有力气打谷,更挑不动谷筐,使镰又老妨碍别人,就来回奔跑给脱粒的大人送稻捆,每次都抱满怀,以致脖子、肩窝、手臂被稻芒扎出成片红斑,又痒又疼,婆婆每天揉碎野薄荷叶给我搽。说我傻是有的,可从没人说我懒,倒不是政治觉悟高,天性好奇多动罢。

老师加重语气:"影响最恶劣的是,见到别人家有好吃的,竟然向房东要求换口味,害得房东大娘只好用准备过年的咸带鱼向邻居换新糯米……"我跳起身跑往门外大呕起来。乖顺鲜美亮丽的珍珠米狰狞地蠕动起来,白花花成团直往喉咙外喷涌。

含冤负屈,百口莫辩,跳到黄河洗不清,这些抄在笔记本上原先无关痛痒的词汇,竟从混乱不堪的脑子里清晰地凸显,我的文学才能突然大放异彩。一个十二岁的小女孩绝不会深究刚在饭桌上一起大快朵颐的伙伴为什么转眼就深痛恶绝地批判起"糯米饭事件";也还不能老练到在接下去的个人小结中为自己讨还公道,在给贫下中农裹伤发挥阶级友爱上做点文章。

任性的我只狠狠咬住嘴唇,拼命忍住眼泪,一散会就负气冲在最前面。

村口榕树下,一盏闪闪烁烁的小油灯把婆婆伛偻的身影铺在坑坑洼洼的土坷垃路上,她慈爱的声音一句句传来:"囡仔,不要慌,慢着点,别摔了。"我向她奔跑,一心想扑在她怀里哭诉:"都怨你,都怨你!"接着我看见了婆婆被风吹乱的白发,嵌着岁月沧桑的皱纹,干瘪的下巴直抖个不停,蜷曲的老手上,中午刚换的绷带又污了。

  我接过小油灯,挽起婆婆:"婆,我们走吧。"跟在几米外的老师辅导员同学们忽然不再喧笑。

  四周非常安静,秋虫的长鸣悠扬而辽远,就像是冷冷的月光在干燥的收割后的田畦所擦出的青色闪电。

  老榕树的巨伞安全地护卫我们。

  公共汽车开出一站又一站,我不舍地回头眺望,一轮圆圆的落日像一只红红的灯笼,紧贴着古榕的剪影。

  婆婆,这么多年了,你还一直执着夜灯,守望我的回归么?

1995.12.19 无寐

小泥匠哥哥

先是细细密密地渗出,互相吸引成晶亮的大颗水珠,再聚江汇河,然后沿嶙峋的脊梁瀑然泻下。把一条大口袋,两角扯直,对掖,拦腰系一根绳子,这就是裤子。

我怔怔地盯着的这个汉子,正弯腰往两截残砖中间吹火,砖上架一把通体乌黑的铁壶。边上有一只搪瓷大口杯,茶锈钢钱厚,望一眼满嘴生出苦水来。那板脊梁骨又瘦又薄,不过巴掌宽,风沙打来,竟像钢板一样飒飒脆声。

只见上面大河小溪越发湍湍。

七月的阳光已不叫阳光,叫火灾。水泥预制品的工场一律钢筋混凝土,光脚板踩上去,滋滋地立刻粘下一层皮。工场周边的番薯地,病恹恹的叶子蒙着一层死色。百米之外,海水汪汪地蓝着、漾着,像一头巨大的软体虫屈伸不已。

"喝茶吧!"大口杯递到我跟前。滚圆的眼睛极清澈,两腮被火烤红了,尤其两颗小虎牙,我顿时认为他比我小许多——这个我曾经研究了半天脊梁的主人。

接过口杯不假思索抿了一口,嘴唇和舌尖一阵麻,灼起水泡。我忍住眼泪,还充内行地"啧"了一声。

他笑起来。那张娃娃脸,居然堆起好几条松松的显目的皱纹。我又拿不定主意他究竟有多大。

我把手心的纸条揉碎了,这是某个有权势的亲戚让我带给厂劳工科的私条。之所以把我这个体重四十公斤、近视千多度的书呆子分配到全厂最艰苦的"劳改场",和那条子没有及时递上去大有关系。

那些天,女劳工科长的两边口袋总是鼓鼓的,坠得她越发黑瘦了(这个厂从上至下,找不出一个白白胖胖的蚕宝宝来)。你能想象她把右边口袋的各种央求腾到左边口袋,再把左边口袋各种指令压到胸口的一脸苦相。

于是,后来是我自己往两块残砖吹火,烟熏得眼泪长流。原归我负责的推料车,却由两只瘦伶伶的黑臂稳稳掌着,在场上吱呀吱呀飞跑。当震动器在我怀里像一头怪蟒扭动着,便由他来替下我,且极其粗鲁地吆喝我去食堂为大家排队买点心。食堂新蒸的馒头又白又大,码在草帽里,草帽因汗斑已霉了一圈。大口杯也端来了,十来个人一屁股坐在发烫的模板上传着喝。不一会儿,杯底便有馒头的残渣一层。

不用说,我已知道了他的名字叫阿水。阿水每天吃完他的一个,就接过我掰下的半个馒头。吃完摸摸肚子,犹有不足。这些粗鲁的汉子虽然满口脏话,却肝胆义气,从不散播谣言。

每月发两次工资,因此每月便有两个可以盼望的日子。那天,阿水精神抖擞骑车来上班,将一袋硬币掷到班组长跟前。我们班从没有因为大票破不开的问题,是因为阿水有个卖水的老祖母。这才知道阿水没有父母,只有卖水的和收购旧报纸的祖父母,捎带一个钓鱼的老叔公,三老均在七十岁以上。传说阿水的裤子之所以别具风格,且多年布料款式保持一致,是因为家中男女老少混穿的缘故。

虽是板棚区的孩子,却是独根苗,免不了有一些被溺爱的脾性。

在我来预制场之前,他已因为损坏公物,因打群架,因无故旷工被记大过一次。吓!

即使如此,并不妨碍他和伙伴在听我讲《悲惨世界》,讲《大卫·科波菲尔》的故事时一脸虔诚。夜间常常停电,工场腾起一阵"乌拉"的欢呼声。人工照明及马达一停止,大自然顿时活跃起来。风夹带各种花香,星子特别硕大明亮,番薯地里抑扬顿挫的鸣虫、海潮也不同凡响。我注意到我周围的笑骂声渐渐消失,在持久的沉默里,电来了。

我听见有人叹息一声,回头看,竟是阿水。

倒屋面水泥那一天,对这一行是个隆重的日子。工地上川流不息跑着广播员、卫生员、保管员,厂长亲自提着大肉包来慰问。我们这伙人照例在"前线"。阿水仍是赤着膊,高高骑站在木梯的顶端。我们向上抛砖,他左手接一块,右手接一块,双臂伸展轻松自如,身体极其柔韧地、富有节奏地一弯一仰,把我看呆了。

夕阳宠爱地抚着他的双颊,晒黑的身体通红。人们嘲笑过多次的"裙裤"鼓满风,像托着他在飞翔。

每看我一眼,他都回答我似的露出虎牙微笑着。他那陶醉的目光和愈发优美灵巧的动作都在提示我一个朴素的真理,一个在书本上、在课堂上、在报纸上我们所腻味了的主题。

我泪花盈眶。那时和现在。

阿水,由于你的热爱和专注,严酷的劳动竟成了快乐的游戏!

1987.3.4

丽夏不再

其实她本来有一个相当俚俗的名字叫丽霞。闽南女孩儿叫美霞、秀霞、淑霞、秋霞的比比皆是。小时候在门口跳橡皮筋，听到一声"阿霞，吃饭啰！"玩伴七八，散去的倒有一大半。

丽霞把自己的名字花样翻新，从黎夏到黎东、黎阳再到丽侠，每一个签名式之复杂，几达图案学水平，与她独具个性的美术才能一样无师自通。我和她相熟在一个工厂的宣传部门，我负责正文，她用彩色粉笔配以标题和插图。兴致好的时候，丽夏顺手给在场的干部画漫画，"无辜受害者"无不掩面而逃。

丽夏的家庭既单纯又复杂。她家只有三口人，外婆、母亲和她，连养的一只小白猫也是女猫。据说丽夏的大舅当年持家，将丽夏的妈许配给自己黄埔军校的同窗好友，丽夏妈曾因此痛苦三天。倒不是未婚夫不称心（其实丽夏一身灵气多半来自父亲的遗传），丽夏妈原是个基督教徒，渴望全心皈依主的，却不敢抗命，遂画着十字嫁给新任市长。不料婚后三月，市长被逮捕，幸亏无血债，判无期徒刑，发配新疆。偶有音信，家人都避免谈他。丽夏大舅在美国生意亨通，对胞妹有愧，立誓对外甥负责到底。所以丽夏虽生下来就没有见到父亲，家中有大舅接济，一直养尊处优。

按照世俗标准，只有丽夏的外婆较正常，她念佛，眉目慈善，可谓面如满月。实际上治家极专制，尤其对守活寡的女儿，唯恐辱没家风,时时严加看管。丽夏妈挣扎着坚持在一家小影院当会计,不为几个工资,只求有一方自由呼吸的地方,可以在冥思中独自与上帝对话。所以办公桌忘记上锁,票据和现款对不上号。丽夏妈妈的性格可谓承上启下,集温柔与乖张于一身。她可以极仔细地帮助女儿一连削十几支铅笔,无端发怒时又用这些铅笔一一戳到丽夏脸上。丽夏说她妈脸上罕有笑容,我们看也是。但说起她妈疯狂起来的凶神恶煞相,我们都不信。

我认识丽夏后,她妈跟丽夏说话时一脸惴惴不安的讨好,比家中的用人还要恭顺十分。我是和丽夏同时进厂的,我从农村插队回城,她因独生子女一直留在城里。她和她妈一样,不为挣几个钱,只是想方设法逃离那个牢狱罢。我在工人中间犹如油浮于水面一般,我对女工们热衷的话题茫无所知,她们对我的梦游似的举止嗤之以鼻。很快地,我的饭盒被恶作剧地藏起来,分给我的夜餐只剩稀薄的冷汤,温暖的炉边从来没有我的座位。

我站在寒风凛冽的露天喝我的稀汤,正听见丽夏在女工的一阵哄笑中推波助澜。我深信一开头我的孤立与她有关。她蔑视我身上的书卷气,正如憎恨她身上的贵族气,她把它们混淆一起了。哪怕仅仅为了对抗外婆和母亲,她一味渴望堕落。

喜怒无常,出尔反尔,挑拨离间,人所有古怪、刁蛮她一概兼备。她常常是这些话那些话的传播源,每每工间休息,就要被神秘地叫去女更衣室"对簿公堂"。她总能应付过去。最简捷的方法是推诿他人。

偏偏她一向有侍从,越是对她忠心耿耿的人越被她呵来斥去。对这个世界上已属于她的东西,包括外婆和母亲,她都有一种虐待欲。

开始我们分配在建筑工地。丽夏将她穿着雪白袜子的纤足,插进泥水工人臭烘烘的大胶鞋里,在水泥堆里胡踩,泥水立刻溅到身上正流行的时髦的金黄色灯芯绒外套上。工人们愤怒地驱逐她,她磕磕绊绊逃离现场,还忘不了回眸一笑,皱着小鼻子,嘴角还有点歪,眼睛狡黠万分。总之,她绝对不是个美人儿,甚至连一般的漂亮都说不上。可是她身上散发的生气勃勃的青春与脸上瞬息百变的表情,令她极具魅力。

我还记得布置一个大型宣传栏时,她总是不守时。往往别人已经干了一天,她才率一帮狐群狗党呼啸闯进。双颊嫣红,眼睛有闪电的雪亮,每人抱大捧山花。原来丽夏突发奇想,号召郊游去了。干活的同伴愤然扔下排笔离去。次日早晨上班,只见窗台上、门槛边、墙角、柜子顶上、颜料罐、脸盆、牙缸里到处是昨夜的鲜花,桌上椅上七歪八仰都是丽夏的"亲兵"。丽夏自己熬红了眼睛,正画最后一朵题花。她把我们的活儿也一起干了。转身她对我扮个鬼脸,我发现她的眼睛不仅大小差异,还斜斜吊上去,却是要多可爱就有多可爱。

对我的孤立很快宣告无效,我适应了工厂生活,绝不在女工之间传播是非,很快有了朋友,且赢得了尊敬。第一个向我伸出手的就是丽夏。那是一个晴和深秋,她和一帮啦啦队在向阳的木料堆上起哄,我坐在铁锭上看书。突然丽夏脱离队伍,通过空地一片紧张的寂静,背着手,摇摇摆摆向我走来,人人以为她来向我下檄文,不料她只用肩膀挤挤我,一屁股坐下来。我像驱逐老朋友那样挥开她,仍埋头看书。

从那以后,她到处缠我,竟至把那些党人无情抛弃了。午饭时她一定要把家里带来的菜拨一半在我饭盒里。她自己在一夜之间将所有原本流行八寸宽的裤子全部改为瘦腿裤,绷得那样紧,如果她要从裤兜里掏东西,只能伸一个指头乱挖。不过两条长腿倒是显得格外笔直漂亮,那时还不知道这就叫性感。她自作主张提议把我的长裤搜罗去改,只是她的兴致已改变方向,遂不了了之。

她告诉我各种琐事,把她在女孩中间的鸡毛蒜皮拿来信口开河,我听出她的紧张、她的无聊,还有那极活泼极幽默的想象力。

她描绘外婆如何宠猫,又与猫玩警察与小偷的游戏,小白觊觎菜橱时的双耳与尾巴,我不无诧异地发现,丽夏的脸模活脱脱从小白脸上印下来。

或许自幼她与小白一个枕头呼呼大睡,因此与小白有血缘关系?

她诡秘地带我游弋她的阿里巴巴山洞,其实那是工厂荒凉的堆场:临海,大片的淤滩上,有水鸟觅食的羽影和捕鱼人的伶仃身姿。

我和丽夏晃着双足,坐在废弃的储水池边,看一蓬蓬花球上小蛱蝶一翕一合。我是如此深切地同情她的寂寞,很快原谅她的狂热、偏激与乖张。我从不告诉她我写诗,因为她也写诗。只是在我看来她在语言上的天分仅够她在女人之间天花乱坠,不如她在视觉、色彩上的活跃敏感。可惜她不能安安分分做完一件事。她在我身边支起画架,准备工作搞得大张旗鼓,十分复杂,饮料、零食、扇子、草帽一一归位,颜料、纸张、坐的方向、气候都吹毛求疵过了,她的写生也就结束了。我在旁欣赏她一本正经地忙碌,噘着嘴,自言自语,这必是在孤独的生活中从外婆那儿染上的。

那一天采山花回来,丽夏顺带俘虏了一个男孩子叫阿墩。阿墩个性懦弱,出身贫寒,在郊区做美术教员。丽夏向小白学了一种捕鼠特技,一击奏效。阿墩除了听话之外,并不被丽夏所欣赏。对于丽夏的家庭不啻福音,外婆及母亲看到了光辉的前景,丽夏的反革命成分可望通过阿墩的贫农出身得到中和,且不必嫁出去,还可以带进女婿,撑这个久缺男子支撑的女儿国。于是计划紧锣密鼓,外婆坚持把女儿迁到自己房间,快快给丽夏办了结婚证。结婚那天,丽夏就把一对花瓶砸在新郎膝盖上,一张结婚证撕成四块。次日我们去闹新房,新郎正瘸着裱糊结婚证书,丽夏若无其事跟我们去虎溪岩采野莓。

从此阿墩脸上常有抓痕,说是小白欺生,与阿墩争被窝所致。

丽夏却坦然承认:大部分瘀青瘢痕与她的亲热有关。她谈论丈夫像谈论小白一样有残酷的生动。她说阿墩下跪的动作非但准确而且科学,可以一连几个钟头纹丝不动,又说阿墩哭起来眼睛如何红肿晶亮,而她自己从来不哭。四岁那年,母亲陪外婆听越剧,把她锁在屋里,她不哭不闹,极为仔细地用剪刀将窗帘、桌巾、床单铰成细条,还告诉我,桌巾上的玫瑰花一朵朵都完整保留下来了。

有时想,丽夏并非不爱阿墩,她哄他时真能把人融化。她的细眼会斜斜地吊上去,极媚,噘着嘴,抽着鼻子,一屁股坐在丈夫怀里,当众捺阿墩的鼻子:"你们瞧瞧,这么扁,汽车都碾得过去。"表面看,丈夫是她新获得的一个玩具,实际上是丽夏下意识里,向她自以为亏欠她的世界一次新的报复。

有一天终于大赦,父亲居然得到释放。放回来的父亲像是母亲的黑市情人那样在家中躲躲闪闪。母亲为掩饰自己从天而降的滋润对女儿越发卑躬屈膝。仿佛接纳丈夫就是背叛女儿,毕竟女儿是三十年相依为命,而丈夫只给予三个月的肌肤之亲,却带来无穷的屈辱与厄运。

家中唯有父亲不被丽夏使坏,她完全不当父亲存在。若在狭窄的门廊碰头,父亲不先侧身让路,丽夏真会笔直撞到他身上,把手上端的一盆脏水全泼出去绝不回头再看一眼。

我是明确作为朋友被丽夏所倚重,阿墩作为丈夫的原始目标也显而易见。介于两者之间的是一个叫猛哥的男孩,猛哥也是搞美术的,颇长清秀,与阿墩恰好成反比。丽夏慢慢将重心移向他。不知什么时候起,整日价噘着嘴巴猛哥猛哥地叫着,已有撒娇的嗲味。猛哥会在山上陪她一天,只为了拣红叶,猛哥和她一起写诗,猛哥和她喝酒喝得一塌糊涂。

她对猛哥好得那么磊落,那么一厢情愿,叫人不好意思怀疑其中有何暧昧。她甚至张开翅翼,把猛哥的女朋友也拢在保护之列。那女孩子披一件仿毛裘大衣,用鼻音说话,虽眉如远黛目如秋水,终不及丽夏一派自然动人。我想丽夏是深爱猛哥的,老把阿墩撺出去看第十八遍《海霞》,腾出自己的房间供猛哥与女友幽会。爱到深时竟不觉得爱了。

有一个儿子后的丽夏渐与我疏远,她对我的友谊的索取是那样贪婪不知节制,后来她自己疲累不堪,觉得我太冷淡,我对自己的内心世界过分珍惜,不能与她分享。有一次我因缺零钱渡海回家,向她借五分钱买船票,次日我恪守"亲兄弟明算账"的家训,专程去还钱,被她臭骂一顿,从此她回到她那帮乌合之众中去。不过,她和她的喽啰们始终对我退避三舍。

稍后我离开那家工厂,不久丽夏也换了一个单位。路上碰见,还是那样噘着嘴,好不怀念的样子,无比真诚定下某日来找我叙旧。明知她向来随口应诺无由爽约,那天我还是等了又等。来临的竟全是她的各种狡黠的、真挚的、机灵的、叫人哭笑不得的神态。不知为什么,总也忘不了她。有一天经过那家小工厂,发现已面目全非,原先我与丽夏做白日梦的堆场已变为一家叫"快活林"的餐厅。感慨万分,四处打听起丽夏来。都说她离了婚。阿墩再结婚的老婆是个郊区菜农,极蠢笨,但阿墩幸福得两颊都光鲜起来。又说丽夏住房后面朝着繁华大街,有家著名的酒吧就是她手上的。我不喝酒,不敢贸然撞入。隔着临街幽暗的玻璃,看见柜台上一位珠光宝气的女老板在张罗,却不是丽夏。再听说丽夏投奔大舅去了,我深信不疑。丽夏是那样一个人,只要有一条缝,她缩骨紧身也要挤过去看看,管它是什么。她具有冒险家的无畏和赌徒的狂热,使她的生活波澜迭起。

可惜挤过一道又一道门,她还是逃不出她自己。

丽夏不再,入秋的霞光愈加嫣红,衬在记忆湛蓝色的背景里,让人心里一阵阵不舍的疼痛。

1994. 3. 20　抄正

一个人在途中

我最早获得的工作是在一家民办的小铸石厂做合同工。二十年前,铸石工艺尚属试产阶段。把辉绿岩加各种配方经高炉熔炼,浇铸成模,经结晶窑、退火窑依次冷却,是耐酸耐碱耐高温的建筑材料。我在这家风雨飘摇的小厂不足一年,留下千疮百孔的记忆。像鞭挞一样,伤疤脱落无痕,疼痛深植骨髓。

从另一种意义上说,我亦终生受益匪浅。

若非特别事件的触动,我仍不大有勇气回顾那些日子,从未和朋友谈起。我的许多朋友尝过流放,尝过铁窗,尝过饥饿与爱情(爱情在那个年代何尝不是一重炼狱),尝过天底下各式稀奇古怪的苦难,我的体验对他们如同儿戏。

那些个看起来好似鸡毛蒜皮,落在身上,可能就是锋利的弹片、喂毒的暗器,而且没有解药。这个人内心的黑暗地狱,在他人那里不过是个几毛钱的魔方,只让指头忙个不停。

一九七三年秋天,我和一批社会青年成了工友。他们从十五岁到三十岁不等,全是逃过上山下乡却又使出全身解数通过各种渠道历经残酷斗争才挤到这份工作的,唯有我是照顾回城的知青。报到那天,我的苍白、消瘦和高度近视眼镜在一群精力充沛的青工中间有如一条绿色蜥蜴那样触目。外婆家教严格养成的洁癖,以及我总随身带着书本都将逐渐出卖我,我毫不知情。像所有女孩子一样,第一眼我先寻找熟人,很失望,都是陌生面孔。第二眼也同样失望,这家瓦砾遍地的工场不能给我一张干净的椅子,幸亏我事先带了半张报纸,摊在断石上垫坐,然后我掏出了书。

第一印象给人的傲慢与孤僻,立刻像油和水一样把我从人群中分离出来。人们远远地用猜忌、讥嘲的目光螯我。我在书本所构筑的地堡里自觉很安全,早已忘掉一切。

这时候我的不合群尚被看作渊博、高深莫测,至少认为我聪明,马上分配在心脏部位的炉台。炉台的姑娘一直是全厂的宝贝。瞧她们脚踩咯吱咯吱响的长靴,皮手套拉到胳臂上,墨镜推在帽檐。一个个脸蛋被炙得娇艳欲滴,眼睛乌黑灵活,我不止一次为之目眩神摇。不料我的千度近视令我不是将模板打翻,就是让宝贵的石浆四溢横流,第三天我就被撤到第二道工序。

结晶窑仍是关键的工序。我像抓举运动员那样,先要蹲下,才能双手抓起两米多长的沉重铁钎,用腰拱、用膝盖顶着,才能抖抖地把百来斤重的铸模推进窑里。男工们只用铁钎轻轻一钩,把窑门打开,隔三米远就能根据铸件颜色的深浅掌握火候。我的气力不够指挥超过我体重的铁钎,眼睛又不争气。每次都要跑到窑门用手近距离打开窑门,"嘶"地皮手套立刻洞穿,火焰呼地蹿出,燎焦了我的发鬓。几天下来,我的左腮红肿,殃及左耳,高烧发炎。尚未痊愈的我撑着去上班,尽心尽力想保住这份工作。当我满地寻找铁钎,而铁钎实际就在我的脚边时,班长懒洋洋走来,挥手叫我去退火窑。

高炉燃焦炭,结晶窑耗煤,退火窑烧的是木柴。我这块湿木头,被甩到这里,仍不经烧。我们这帮被上几道工序淘汰出来的乌合之众,用铁锹将脱模后依然通红的铸件飞跑着送进退火窑。窑前站一高个子女孩子,操一把长柄铁锹把各种奇形怪状的铸铁叠高码齐,其灵巧程度远胜于今天人们所玩的电子游戏"俄罗斯方块"。这位姑娘自然流露的专注、热情和优美,她那汗水与火光辉映的脸颊、屈伸柔韧的腰肢、匀称修长的腿,令我再次体会到人在胜任愉快的劳动时所焕发出的异彩。或许感觉到我欣赏尊敬的目光,她会抽暇向我努一努嘴,示意车间特为她准备的大碗茶。这是唯一对我表示和善的姑娘,但是她太紧张太投入,性格又腼腆,我们始终没能交上朋友。

这类姑娘无论工作技术还是心地品质,都是工厂的精华,工人们无一不对她们刮目另看。我开始为自己在体力劳动中表现的荏弱、笨拙感到羞愧与忧虑。我一直竭尽全力,不仅未能勉强跟上,而且逐渐在无情的劳动中受到歧视和排挤。不由得,我一再怀念我还留在山区的知青伙伴,那是一个多么温暖友爱的集体!每次从大田挑谷回村,总有先到的男知青扔下担子又返身来半路接应我。有伙伴生病,我也曾半夜只身翻五里坟山去供销社买红糖熬姜茶。每每正当我胡思乱想,就有人大声呵斥:"瞧你又报错了型号,眼睛不知怎么长的!"流水工作又劳累又枯燥,有好多双眼睛就等着我出纰漏好乘机鬼哭狼嚎取乐一番。

大夜班,夏天叫我第一个去打夜餐,往往因为太烫不及吃就去操铁锹飞跑,夜餐搁在长凳上不是被人打翻就是落了一层灰。冬天我总是最后一个,只剩下些清溜溜的冷汤。这些我都可以忍受。冷言冷语自不待说,工作上有什么差错,只要能推的都在我身上。我的书被随便拿去垫屁股、垫牙缸,甚至撕两页如厕。新发的纱手套转眼被偷走,受一顿批评好容易再领到一副旧手套,不用时它好好在椅背上,等要用时它不翼而飞,我只好裸手去抄铁锹,掌沿一圈血泡。工段长见了皱皱眉头,脱下一只扔给我,那略带怜悯又不胜其烦的目光令我的心疼得缩成一团。

三班倒使时间错乱,我的失眠症变本加厉。书籍原是我的宗教、我的伴侣、我的救生圈,但是,它也不能拯救我于这场精神危机中,我对自身的存在价值产生了怀疑。每天上班之前,父亲都用担忧的目光送我。虽然他不知道我在工厂的处境,但我的逐渐憔悴愈见沉默至少说明了工作的劳累。但他不敢劝我放弃,因为我还有一个哥哥一个妹妹在山区。我那些年长的朋友有些照顾回城,也许工作比我艰苦,但他们是男孩子,一再劝我:别做那份工,我们大家挪一点给你,你去专心写作。

那时我写诗,写一艘搁浅的小船。我能感到我正在腐烂下去,而在可望而不可即的地方,海,比任何时候都温柔宽广,却也比任何时候都邈远。

我终于离开车间,到风吹日晒的堆场,被收容在老弱病残的包装组。

这时,对人们的哂笑和轻蔑我已麻木,却渐渐喜欢上堆场。我用稻草打包的出厂成品既美观又大方,我堆叠的铸件,人站上去蹦跳不会崩塌。我的眼睛虽不知怎么长的,作为补偿,我的耳朵异军突起,只要轻轻一敲铸件,就能检验出隙缝与砂眼,工作慢慢顺手,我节省了不少时间。手上不忙的时候,我试着拣些情节性强的故事讲给工友听,听得两位将退休的老工人长吁短叹,另外两位有病的青工泪花涟涟。

闲下来的时候,他们就要催促我:"四只眼的,啃你的纸皮去吧!"

转机悄悄到来,我身上的茧太厚,没有觉察到它温热的呼吸。临近春节,工厂检修停产,三十多位青年工人挤在阳光下打闹。我习惯性地远离他们,独自坐在铁锭上看书。

突然周围变得十分安静,有道长长的影子遮住了我的书本。我抬头,看见一位女孩斜着眼,噘着嘴,穿一件时髦的金黄色灯芯绒外套,站在我眼前。我认得她,她是那帮淘气包里的混世魔王,恶作剧层出不穷,身旁有一帮人前呼后拥。她未开口,脸上已不怀好意地笑着,身后伺机而动的同伴们眉目窜动,准备大声起哄。呼吸之间她改变了主意,问我:"什么书?""《妇女乐园》。""借我吗?""等我看完。"她挤了挤我,坐在我旁边,乱翻书,还我,起身回她那惊愕不解的"臣民"中去。奇怪,她那般神气地用手扶着臀部,一摇一摆的背影竟然表情丰富地向我传递出她内心极大的满足与欢乐,片刻里我觉得我对她洞察无遗,同时又茫无所知。

从此这位姑娘一有机会就遁离炉台宝座,屈尊来堆场帮我打包。

她缠着向我借书,我怀疑她根本没耐性看完。每天午餐她一定要拉我到堆场边的海滩上,诉说她自己。她的父亲是黄埔军校的最后一期学员,在她出生之前就被逮捕送到新疆劳改。她陪长年念佛的外婆和守活寡变得非常孤僻和神经质的母亲过日子,"连家养的一只老猫也是母的。"她极聪明,学啥像啥,写一手好字画两笔像模像样的水彩,无师自通地学会缝纫,不由分说把我的八寸宽工裤全改成紧绷绷的仔装(其时人们还不知牛仔服)。但她自觉出身极黑,没有前途。家庭气氛又沉闷,便自暴自弃,很快就以她的机警完全汇入社会的泥石流。

开始她被我的眼镜和书本所刺痛。接着又被我的旁若无人谨守自尊的神态所激怒。因此她一直在暗地里兴风作浪,唆使出无数鼓点来击我这面实心鼓,非但没有击穿,连响一声都听不到,我好像根本没有意识到她存在。"我服你了!"她叉着腰,烫鬈的小黄毛被海风撩得满脸都是。

我心中酸苦,以为我若不是失声长嚎就是扭住她当胸一拳,谁知我只是拍拍她的肩膀,走开。

不久,我被借去厂部描图,当推销员,每逢政治运动来,我就借到宣传组写墙报稿,刷大标语,渐渐有了点知名度,那年的最后几天我获得了宝贵的转正机会,已填了表,公司宣传科长亲自到我家要把我调离工厂当宣传干事,我经过几夜无眠的思想斗争,递了辞职书。

后来我又换了很多工作:水泥预制品厂、漂染厂、织布厂、灯泡厂。我一心一意当个好工人,凡有借我去宣传部门临时帮忙我都不干,甚至广播员这样一个肥缺我也断然拒绝。因为现在无论到了什么样的人群里,第一天我就能找到朋友,很快地我就赢得一个融洽的小集体。

我学会了用技巧代替体力,例如在预制品工场上,我推不动料车,但我埋头苦练,几天就完全掌握了扎钢筋的技术,碰到缺强壮的男工扶震动器,我也不怕揽这条电鳗在怀里六个钟头。次日我去门诊部疗伤,浑身筋骨俱损,却得到了同伴们的尊敬和谅解。

慢慢地,我亲身体会到劳动带来的身心的舒展与韵律,体会到休息时清风的甜美与星空的辽阔。

更重要的是我学会了用温暖去接近人,而不是筑高墙去提防人。

通往人心的道路总可以找到,我谨记在心。看书不只为了寻求安全岛,把它摊开来,与我的伙伴共享它的悲欢离合。

对比在这之前备受呵护的温室以及后来较为宽松的环境,如果要给这段铸石生涯加一小标题,有个现成的正可以借用,那就是:一个人在途中。

1992　圣诞节

文学女人

一

喜欢一个人,往往毫无道理,恋爱如是,友情亦然。

自以为我所喜欢的女友,非温良纯厚即洒脱明亮。仔细分析,不尽然也。

曾经两次和一位极负盛名的女作家出国访问。都说小说家的眼睛之霸道,犹如警察的电棒,灼得她视野里的芸芸众生嗷嗷遁之无门。这位女作家的犀利辛辣,机智应变,在该行当里还是个佼佼者。真不知有多少鹿奔的灵魂撞到她的笔尖下呢。她会把该洗的一大堆衣服泡在旅馆的洗脸池里,揉着一双被聚光灯和镜头折腾得通红流泪的眼睛,到我们房间里聊天。她的善良、率真、俏皮,使初次离国的我们不知不觉快活起来。

快活起来的我们立刻注意到她对冰淇淋的热爱比我们有过之而无不及,非但鼻尖、腮帮沾沾点点,还嘬着小指头。等到回国吃她所朝思暮想的涮羊肉,筷子特别匆忙,最后竟一直站着。她笑着说,真恨不得跳两跳,把已堵到喉咙口的白菜粉丝什么的再往下夯实点。

作协理事会上,众目睽睽下她迟到,急急挤到我边上的空位,忙不迭掏出一串耳珠,放在耳垂边,摇晃着脑袋叮叮当当给我看,满脸兴奋:"好看不?才三块六毛钱!"另一次我到北京等签证,打电话给她,因为她刚从美国回来,知道现在什么牌子的润肤霜最好。她立刻在电话里把那英文牌子报给我听,我抄在纸上,一共十三个字母。她还再交代:"特别特别滋润,你一定买它,也不贵,才三十九美金!"我嗞嗞倒吸气,一直捂着话筒,不敢让她听见。

在她所编选的一本女作家散文选中,我很荣幸忝列其中。她在题记中这样说我:"你飞快的舌头把我挖苦得好不快活。"

我无能编书,却先想好了台词报复她:"当你偶尔露出小说家的尾巴,那么瞅我一眼,我口中不禁吃吃起来。"

二

一般来说,我们所真心尊敬的人不一定能成为好朋友;反过来,我们的好朋友却一定受我们真心尊敬着,哪怕她(他)的臭毛病真多。

有一位年轻女作家,文章写得"闲庭信步"般轻松自在,后面永远有一大群尘土飞扬的评论家。从她安寨的繁华大都市辐射到我所居住的外省小岛,经过那么多支吹毛求疵的笔那么多张添油加醋的口,不知她用什么牌子的清洁剂,竟能保持最干净的口碑纪录。

我多次和她一起开会,也打招呼也寒暄,仅此而已。我很少见她和其他女子勾肩搭背,交头接耳,她总是特别安静,特别自信,甚至有些矜持。某次会议开幕式,有人宣布饭后舞会,我闻之掷筷,撤身就逃。刚到门外,见从另一道门仓皇蹿出另一条身影,近到前一看,是她。我们抚手大笑,然后分头回到相邻的房间。

同车出游,我与她并落前座,她母亲后至,只余加座。我依中国人的惯例,起身为这位著名的前辈作家让座。不料这位作家女儿紧紧按住我(天哪,她的力气可真大!),还一面情急地大喊:"妈妈,妈妈!"期盼之殷,有如我小时候在操场边上,为妈妈棒球队当啦啦队员。自然我就原位不动了,心里却一直感动着,至今。

水至清无鱼,人至察无徒,这位女作家有一大帮"徒",还挺铁!一位坐轮椅的作家在文章里写道。寒冬来临,竟收到她手织的一件毛衣。

她自己在散文里提到:创作读书之余犹惦着晾衣晒被,厨房油烟。原来有些怀疑,现在终于信了,且立生贪念:若有一天,我也长了什么毛病,南方燠热,穿毛衣的机会不多,她会不会送我一件手缝的真丝裙子?

掌嘴!

三

频频以老朋友称她,有人质疑:"别是你自作多情吧?"于是,有些沮丧。

不久前在一起开会,同居七宿,除了两晚让给她来探亲的丈夫外,夜夜都是说不完的话。但是她有了诗,非但略过我,当面拿给另一位老师看,还这段那段地热烈讨论。我心里难过,站起来给自己倒了一杯水,噗地把自己浇灭了。

你喜欢什么人,喜欢他多少,原是你心甘情愿的。不比买黄花鱼,付了多少钱,定要称足几两几钱的。

因为有我极尊敬的北京诗人兼杂文家,寄给她两部大作并附言:"拿我的两本小册子,不知可换得你的一本诗集?"宠得我这位朋友鼻子朝天,再不肯寄赠诗集给我。害得我不但要留神新书预告,要满街搜查书店报亭,还要托人邮购,不但替自己买,还要买了送海外的朋友,恨得牙痒痒。

侥幸我也出了一本诗集,丈夫替我一一分寄,问及她,我出了一口恶气:"绝不!"

接着一起参加诗会,我送书给四面八方来的诗友,心里斗争再三,也签名一本给她,她却悠然答道:"你不是已寄给我一本了吗?"若丈夫当时就在边上,怕我不狠狠擂他一拳。

有位四川诗人捧我:"舒婷,你很聪明。"

我来不及要陶醉一番。她接着把声音放得更慢一些:"××也很聪明,但她的聪明不伤人。"

"聪明"有如我,自然明白她的金玉良言,仍不禁哀鸣:这位好朋友(屡教不改?!)聪明到不伤别人只伤我也。

当我不在的时候,她的聪明只好伤她自己了。遂替她担心不已。

四

即使在女孩子之间,恭维话也不是可以随便乱说的。俗话曰:拍马屁拍在马腿上。"拍"之动机似乎未有过,被"蹬"一脚的尴尬却意外发生。

数年前,赴四川参加"星星诗歌节",和顾城夫妇抢吃豌豆尖(福建没有这种时新蔬菜),屡建奇功,不料四川火锅搅和着捣蛋,一时肠胃大乱,上冲下奔,几天下来,我已脸色蜡黄嘴唇绀青。成都气候也比福建阴冷,我成天裹着一件蓝色大衣,抖抖索索,好像乡下老大妈那么蠢肥蠢笨的。

这时,有一位荷角初露的年轻女诗人来看我们,瞧她那么新鲜、健康,令人振作。尤其她的黑眼睛,两粒热炭般漆黑滚烫,牛仔裤把一双长腿绷得紧紧的,跳水手舞踢踏舞茨冈舞无论什么舞绝对好看。这么想着,不由着拉她一起合影,对大伙儿说:"看,我们这儿,就数她最漂亮。"

她的美丽端静比她的诗更早打动了我。

过了七年或八年,我到了纽约。听说而今声名大盛的"小荷角",同日下午在邻街一家书店举办朗诵会,我一听,急得晚宴也不参加,请人带我去为她喝彩。那人面有难色,犹豫许久,劝我别去了,说:"人家正不高兴你呢。"

"怎么啦?"我迷惑不解,满脑子仍是热炭似的黑眼睛和茨冈舞。

当年,你那么时髦,她那么单纯,而你在很多人面前挖苦她说:"看,我们这儿就她最漂亮。"

冷汗都出来了,我。

"时髦"的蓝大衣当年就送了人,可照片依然在。说真的,那时我真像个女土匪,或者女土匪也是一种时髦?

五

再没有比聊天这种方式更容易使女人接近了。聊天的内容往往从衣服始,到孩子止。女政治家或许例外?

我曾在鲁迅文学院借宿,与当年呼声甚高的女诗人住一个套间。她出道较我晚又未婚,我便"姑娘、女孩"地乱称她,她莞尔一笑:"舒婷,我比你大。我们在北戴河见过面。"

好些年了,依稀是这么一回事。

她来我房间,捻捻我挂在衣架上的几套衣服:"你就准备这些衣服出国?"

我答是。

南方北方服装时潮已是不同,各人的品位又天差地别,我并不解释,这是我刚从香港购得的意大利风衣和韩国套装,价钱还真不便宜。

我们一起上五台山参加笔会。

她仍然是刘海齐眉,长发掩在两颊,压一顶宽檐黑帽,身着朋友自行设计的宽衣长裙,调子极暗,在微雨葱茏略带寒意的五台山上,飘飘洒洒,拖裙曳裾,像只巨大的黑蝴蝶。

说实话我还真喜欢她衣着的风格,像皮肤似的,都跟她的气质、情绪长一起了,剥都剥不下来。当时我不过一条白棉布裤、红T恤、跑鞋而已。试想我们换一换服装,会成什么模样?我定像只老蝙蝠,而她整个儿一条热带鱼了。

我们有很多时间聊天。

她刚经历了场旷日持久的爱情争夺战,轰轰烈烈,绯言四播,却坚持不懈,海枯石烂,有情人终成眷属,她已疲倦得不像个戴花冠的新娘。

越是深入一个人的内心,越是能接触到那最柔软的部位。也越能明白,为什么她看上去那么忧郁深沉,写的诗却是那么狂热大胆。

或许我们各自的衣服都是一篇再明白不过的宣言,我们再不提衣服。我有心跟她说说我的儿子,但她跟我说的都是爱情。

就像她的诗句:"一个充满诱惑力的,暧昧的女人。"

六

从小我就是大姐头形象,自母亲逝后,小妹言听计从,我常常恶狠狠伸长脖子,一副老母鸡架势。出道之后,遇年轻女孩,不由自主地扮演忏悔神父兼算命先生,代人排忧解难,偶尔也添些无心的乱子,一直累着。

下意识里渴望着也有张翅膀在前面替我挡着。长姐般的朋友难寻,老大哥却是有的,可你怎能请求他:"我心里有说不出的难过,你肯陪陪我吗?"一九八五年的一个雨天,有位旅美华裔女作家来访。我踊跃着要陪她上日光岩,并非因为当时她正红极海峡两岸,而是因为她在似乎绝不可能的情况下,替我最要好的诗友办成了出国护照。

日光岩从我家临窗可见,我也上了不下百遍,但我一到街上立刻迷了路,还是边问人边兜圈子才找到。"真是个不称职的导游!"她说。

一九八六年我只身飞旧金山,被接到她家里将息几天。我们使用闽南语叽里呱啦,说得好不开心。我粘在她屁股后跟进跟出,看她为我炒绿芦笋,直吃到我两眼翻白;看她为我熬闽南浓粥,聊得正来劲,那粥冒出来,焦烟惹得防火警铃响个不停。

我母亲逝世前四十余岁,略发福,直言快语,在家喜着宽松衣裳。有人敲门,妈妈常一手往上拉拉松紧带系腰的裤子,踢踢踏踏跂着软拖,一只手去拔门闩。这位女作家的热情、天然、率直令我亲近之情油然而生,告她:"你真像我母亲。"话音未落我掩口不及,知我已犯了美国人大忌。

幸亏她深知国人传统,脸色虽有瞬间不悦立刻重又春风满面。

我再独自飞去明尼阿波利斯时,她来送行。我心中孤单,看她钻进车子里,不住祈愿:"我若有个亲姐姐,当是这般模样。"

嘴里再不敢乱说。

七

女人逛商店和男人看足球赛一样纯属必然。不逛商店的女人反倒有些不正常。

陪人购物累,被人陪着购物更累,尤其是请一位男同志当向导。瞧他一脸无动于衷,这件衣服和那件衣服原无甚区别,不就是一个套脖子的洞加两个伸胳膊的洞吗?瞧你挑挑拣拣他已是不耐烦,听你讨价还价他更是暗暗斜了一双眼睛。你不是赶紧扔下快走,就是胡乱抓一件付了款以示潇洒。回来一试穿,不是做工粗了就是肩膀不合身还贵了,真是的!

所以,除了香港的诱惑我无法抵挡之外,到外地开会,我基本不喜逛街。

那年到上海,恰好有半日空闲。有位女诗人自愿领我上街。这位诗人只浅浅见过几次面,虽未深谈过,名字彼此都已烂熟。一趟淮海路下来,我的钱包掏空了不算,还向她负了一笔债。她为我抱着三个鞋盒,我自己抱着一摞衬衫毛衣。嘻嘻哈哈晕晕乎乎,被拐到郊区她的"香巢"里。

上海的冬天不像北方光明正大地下雪,却刁钻得入骨三分的阴冷。刚进温暖的小书房,我就四肢冰冷,腹痛如绞。心安理得享受她为我添衣倒茶,灌热水袋,绞热手巾。这些事情她做得手忙脚乱,可见平时何等被娇惯着。她丈夫从一个物理研究所下班回来。一切立刻顺理成章,热饭热菜热汤有了,连酒也斟好了。

饭后一直赖在她的小书房里,叫我拍照都懒得挪个位子,反正日后那相片也不会寄给我。果然如此。

只记得书桌边一株橡皮树,叶极肥,茎极绿,有如这家男主人,地毯上匍匐一盆长发纷披的蟹爪兰,又像这位女诗人。墙上是她略显华贵红唇黛眉的美人照,身边是素脸裸足的她,那笑得毫无心机的样子真是可爱极了。

其乐融融。

当时犹不知是陷阱,没有意识到这位女诗人还是一家销路极畅的报刊编辑。等她几次来信虽布满绵绵思念之情又暗夹约稿之殷殷,悔之已晚矣。

人说交友不慎。其实,朋友岂是可以随便选择的,缘分也

1988

红草莓诗人

从《文艺报》上知道诗集获奖初选名单中有天琳,立即提笔写一贺信去,恭维她说:"无论最后入选与否,你的《音乐岛》既打倒了我又打倒了你自己。"又过月余,还是从《文艺报》知道天琳的诗集最后落选了,心中不免遗憾。

我和天琳认识源于诗,这是无可变更的悲惨事实,人们把我们叫到一块儿来,就因为女诗人的缘故。否则她还不是在果园里挖树坑天天完不成定额,我焊完我的灯泡壳把手指焊出一个个五瓦小水泡。幸亏后来我们在聚首时光,渐渐忘掉了诗是什么东西,只余女人两字足够彼此将丈夫孩子扩张为两部大词典。

第一次知道天琳是有人从一九七九年《诗刊》组织的"海洋诗会"回来,极口称赞她,说那批人年龄属她最年轻(还扎着小辫子呢!),诗写得最真挚,也许不一定最好。对我来说,最真挚的诗一定是最好的嘛。因此眼巴巴等她发表,果然写得清澈。可我心里并不佩服。较之已全国赫赫有名的傅诗人,舒婷乃灯泡厂一名刚转正的徒工,不佩服当可以嚷得理直气壮因为没有人听见。若是现在另一个灯泡厂女工将她的作品拿给我看,诗写得再破亦不敢劈头盖脑地说真话,唉,世故已深矣。

不佩服归不佩服,第一次见面我们相见恨早,都发现对方太平凡了。京西宾馆一客房三张床,还住了个林子。林子比天琳大六岁有余,天琳比我大六岁不足。我和天琳并肩看林子,把脖子仰酸。林子是那么美丽,会梳极复杂的蟠桃髻;林子是那么活跃,认识那么多同开会的名作家;林子又是那么成熟,有位近似疯狂的诗人深夜来撞我们的门。我和天琳拥被坐起床上,肿胀着眼泡,比赛打哈欠,一个比一个打得圆满,打得响亮无比,只有林子衣冠齐整精神抖擞陪那大诗人直到凌晨二时。从那以后再不见林子,每次开会只有我和天琳,总有人拍拍天琳的圆脸蛋说:"天琳你这娃娃脸怎么长不大!"到后来在深圳笔会,我已觉得我比天琳年长许多,有人问起:"你们这个团数天琳最小吧?"我忙不迭点头。

外表的年轻比有没有才气更叫女人在心在意。天琳的年轻并不显在容貌身段上。她一样有鱼尾纹,还有几根白发,在她疲倦时,她的肾炎和肝病都使她脸色浮肿,皮肤发黄。在她难得的情绪好转时,她的眼睛要多可爱有多可爱,竟使我疑心她有什么罗曼史。其实很可能仅是她昨夜睡好了或是女儿夏夏来信了。

天琳还是我见过的最不会打扮或者最无能力打扮的女作家。连续三年我们开会她都是穿一件枣红色的确良上衫和蓝色涤纶长裤,且不同时令。没有一个女人会如此粗心。在国外一个女人一天换三套衣服有时不仅出于爱美还是礼节的需要,便直愣愣提醒她。答我:仅此一套礼服耳。且有人摇头叹息:"天琳变了。从前多朴素,上班开会只穿一套打补丁的工作服。"这话先把我蒙傻后再把我气炸。而天琳一直面有愧色,把张检讨书挂在脸上多年。

第一次出国和天琳同行,想有一笔服装费,天琳该装修门面了。果然箱子丰满不少,有大红的背带裙,有花边滚滚的T恤,有男式的衬衫。忍不住问她审美何以如此乱七八糟的新潮?答,背带裙恰好给女儿穿,衬衫是比量着儿子的身高买的。敢情天琳是暂时代管这批衣服罢了!且不说那一小纸盒胭脂是幼儿园阿姨给小朋友搓脸蛋的,一件粗布无袖旗袍我敢打赌绝不超过八块人民币。正是这件花旗袍穿在天琳身上,在麦克风前朗诵她的《六月》,

配以音乐般的四川话,腼腆不敢抬起的眼睛,下台时那么害羞地扭着头,外国佬鼓掌,代表团的同伴直想拥抱她,真是出尽风头。

关于天琳的服装原可以写成许多小幽默,但天琳自己也在写散文,算了,不抢她的生意。要臭她,照样可以另寻出许多可气可恨的事。

比如她坐火车,有人拉开她的肩包的拉链,将一整沓大面额的出差费拿走。天琳赶紧尾随那人下车,一路苦苦求他:"你还一张吧,还我一张买回去的车票。"那汉子烦不过,立足旋身大声将天琳训斥一番,扬长而去。天琳回来,大家不气她生性软弱又天真,反替她庆幸,说那偷儿的心好,没有拔出刀子将她杀了。

天琳的温柔敦厚众口皆碑,我也称是,你不瞧她待人那份笑容,真是眼神如水。唯独对我,一共凶神恶煞过三次。一次是打电话,我在边上听出是男声,顺口开了句玩笑。天琳勃然大怒,扔下电话就跟我拼命,是真生气,不是女人通常半真半假的撒娇。更可恨是她从来不是老封建,根本是她正和电话那头的男士窝气,我恰该自投罗网。还有一次在西柏林,我有事出去一整天,夜间一点多回旅馆赶紧打电话向她请安,她只冷冷说声困就将电话砰然掷下。次日我找她小心赔礼,才知道困倒也是事实,但最大的原因是寂寞加想家,便迁怒于我,似乎我玩得太开心。再次日却已赖在我的房间,各自将累人的行头长裙啦、旗袍啦、高跟鞋啦卸在毯上,穿最宽松的睡衣裤并肩坐在床上看电视。进来收拾房间的女侍者眼睛蹊跷溜圆。知道什么是同性恋之后,再也不敢在外国佬的地盘如此勾肩搭背了。

倘若我发恨声讨她,说她待人有如春风细雨,对我却是寸土必争,她便一派无辜申辩:"除了你,我对谁发脾气呀?"说得这样甜,将人心都买了去,从此心甘情愿受宠若惊充当她的出气筒。

当然她也有拍我马屁的时候。

共同在诗坛讨生活已有些年头,因此有了不少共同的熟人。

喜欢我的朋友,一无例外亦是同样呵护天琳,而天琳的拥护者常常有不接纳我的。有一次我就是被她的保护人两句话呛得回房大哭。天琳陪我抹着眼泪说:"他对我那样好对你不好好像是我的不对了。"谁知道她颠三倒四说啥意思?到后来反而是我怔怔地忘了哭去安慰她。因为她哭得比我悲切。隔壁房的诗人同伙便传开去,说我欺负她。

听说常有读者递条子为难天琳:"你认为舒婷的诗怎么样?"还有更凶险更是直接的:"你和舒婷的关系如何?"天琳悠然答道:"舒婷是杰出的,我是优秀的。"于是连诘难者也喝彩不已。这个四川妹子既保持了中国人谦虚的传统,又体现了她个人的自尊。这话传到我耳朵,令我直冒冷汗。好像天琳栽赃于我。我们常常面临递条子的考验,我虽没有接到过那样的条子,但我知道我根本不会考虑那样的诘问。

比如我有十二分把握自认比天琳会理家、会花钱、会侍弄傻瓜相机、会游泳、会吃虾,但在重庆天琳家看见她新置的一套锃亮不锈钢厨房用具,我会顿起谋杀之心;我还自以为我比她会买衣服,等我知道她会给女儿打十分时髦的毛衣,我立即花十四块钱买一套《香港编织技艺百科》。没出息的我一心一意在女人的范围里与她较量。谁知天琳虽貌似忠厚老实,逼到急了,也会露出一条女诗人的尾巴来。

所以你若认为天琳除了抹眼泪不会讲话那真是大错而特错了。四川"星星诗歌节",天琳指天发誓她不能公开演讲,急得结结巴巴令人起怜。男士们遂信以为真,个个挺身而出,愿负重大牺牲多讲废话为她打掩护,只给她安排二十分钟练练口技。天琳上台后就像个乐队指挥,熟练地以她每一段乐章配以热火朝天的掌声,到后来只见掌声大潮抬着她,头仍是那么一扭一扭地走下了台来。我们大家除了鼓掌别无选择,她是用四川话风靡她的四川听众,这一手我们谁也偷不来。

从广东参加珠江电视诗会回来,我憋了一首《女朋友的双人房》的诗给她。看来她对我的文章比对诗有信心,所以她仍坚持初衷说舒婷你还是再写篇文章吧。我写这文章原为了臭她,因为她傲慢着不给我回信,因为她不寄给我她广东旅游日记十八篇,她说过要用这批存货去换一件夏夏的冬大衣。写这篇文章我写得厨房狼烟四起,儿子屁股粘在便盆上大喊救命,因为我停不下来为他揩屁股。写到末了,我突然有些怯场。天琳,读了这篇文章,你再向我摔茶杯吧。记住这是第四次。

1988.6.15

自在人生浅淡写

海棠将熟,王小妮从凉爽宜人的长春快车驶来,我则离开烈日如炙的厦门岛辗转三天三夜北上,我们初逢在虎坊桥老《诗刊》的平房里,都疲倦得没有力气惊喜,忘了"闻名已久如雷贯耳"。一只手还相握着,另一只手已在扒鞋子,急急蒙起毛毯睡觉。其间我被敲门声惊醒过,只见门缝伸进一只手,手上堆着摇摆欲坠的大油饼。小妮从床上一跃而起,肩膀夹在门缝里驱逐入侵者。门再关上时,这姑娘非但再无倦色,还自个儿微笑得很涟漪。就像她多年以后写的:

谁能走进来
谁在这个晚上
让这个人哗哗快乐

谁?徐敬亚呗!用"清淡"两字形容小妮,很容易让人联想到白开水。实际上本来可以用"清秀"奉承她,因为她始终苗条。用清雅、清澈、清澄乃至清幽,与清有关均可,除了清官的官字她沾不上边。

我深知小妮极难巴结。我曾经在一篇文章中回忆了天琳,其中不乏"尖酸"之词,令不少老朋友动了义愤。温厚解人的天琳却回信谢我,说她"心里毛茸茸的"。小妮就不,你若恭维她诗坛巨星什么的,她噌地刮你一眼掉脸再不理人。倒不如臭她两句,她还会紧紧盯住你,满有兴趣看你往下玩什么魔术。

所谓清淡,指小妮的为人和诗。都说两者一码事,可我知道有不少名家,人品文品貌合神离。

小妮的眼睛大而清,不太深沉,根本不是大哲理家,也不是能反光的镜子。是静水,汲取一切光源。只有她自己波动起来,才有粼粼之光。我很少听她极口赞美谁、崇拜谁。我自己则在那些热衷于搬运舶来理论的诗友之前迷得一塌糊涂,只是醒得也很快。我想最打动我的是他们因激争焕发出来人格的光彩,而不是在嘴里搅来搅去的舌头。

这时候的小妮眼睛一派挑战的光芒,双拳虚握,内心紧张得像只刺猬。

但一般时候,她克制自己,不参与讨论,看上去像一只伏在草丛里的斗鸡,颈上的毛直了,但主人紧紧攥住它乱蹬的腿。

很难回忆小妮长得什么模样。在那副白框大眼镜后面小妮几乎没有了,她是怎样使自己随时自如地消失在躯壳之外呢?我也曾看到我国一位大文豪,在最热烈的谈话中他都能随时叫脸上呈现空白,没有人能进入眼镜后面的那堵墙。我也有相同的道具——眼镜,实习多次未能成功。开心时我恨不得将嘴笑咧了,苦恼时因眼泪不听使唤乱淌愈加苦恼。小妮在人群中,在诗坛都有一件隐身衣,她能那么自然地,一点不伤人地,轻易地将自己置身事外。天晓得徐敬亚从哪里找到水晶鞋夜间十二点后还能截住她的退路,并且共同建立了一个巢。这个巢众所皆知的几度风雨飘摇,就有好心的读者朋友去信劝小妮不要离婚,其实这个巢不但越加舒适坚固,还常常"哎啊"一声大叫,伸出第三个滴溜乱转的小脑袋来。这是他们的儿子怀沙。

由于小妮相当有主见又自持得很,多数时候你会觉得她离你挺远。

她不像一般女伴见面使劲咬耳朵,即使是很好的朋友。常有朋友向我倾吐苦衷,一般我都听着,但不打听他们不愿告诉我的部分。我以为这是与人分忧最好的办法。但小妮让我羞于开口诉说苦恼,她自身就是榜样,她的独立正是她的骄傲。

之所以说她清淡并非无情,她也曾泪眼模糊地把眼镜乱丢让我弯身帮她捡起,说她寡言并非口舌笨拙,她的诗风犀利而且幽默。如果她的嘴角那么弯起来,小鼻子一皱一皱的,眼睛狡黠地向你一笑,你就得防备她的攻击。这时候的小妮,其热爱恶作剧的程度不亚于他们六岁的儿子。

"青春诗会"那阵子,我们几位女室友各行其是,小妮的影子自然总是被徐敬亚放风筝似的挂在臂弯。白天大家不见踪迹,晚上权当写作间的会议室灯火通宵达旦。每个人都找到自己的角落。小妮喜欢坐地,趴在凹凸不平的沙发上,一夜写六首诗,惊得我直想卷铺盖溜号。还记得她摸回寝室,对已睡过一觉的我读她的新作:"那男孩从山坡上下来,太阳像枚耳环晃在他的左耳。"(多年了我已记不得原诗,小妮恕我)我绝望至极,拼命回味我的插队生活,痛恨这样的画面无异小妮拦路打劫。

我安慰自己,因为自从小学二年级参加过学校画展以后,我的绘画才能就此停止发展,而参加诗会的朋友多数会画几笔。小妮惯于在开会期间给同伴画速写为乐,她内心的不安定充分表现在一刻也不能好好听报告。

她的笔记本上多数是徐敬亚的漫画,他们彼此。不过徐敬亚走笔留情些。

从写老石工到最近的诗集《我悠悠的世界》,从与徐敬亚结婚到迁居深圳,在一家外资企业高薪受聘到因厌恶其商品化而辞职打零工,小妮从写作到生活都忠实于自己。我不太愿意用忠实两字,因为它被滥用之后显得矫情,小妮最大的特点就是不矫情。她的身材高而瘦,够长的衣服一定太宽,够瘦的衣服一定太短。八年前,她穿一件短袖麻纱衬衫,袖洞大得一眼可以瞥见汗衫。八年后在深圳,她每天变换华美的毛呢套装。这些或廉价或昂贵的包装与小妮本人似乎不相干系。

小妮是我所见到的极少数的,由于主题如此明确,以至于盘根错节都虚化了的少数女作家之一。

她的诗发表越少她写得愈加自由。在深圳他们的那套陈设稍显洋味的公寓里,落地窗前徐敬亚的宠物盆栽菊花高大茂密妖艳得丛林一般,曲角沙发上的彩电正收看香港亚洲台电视节目。小妮说:"我写诗的灵感不少来自这些怪诞的广告。"

也许?

在深圳见面盼望已久,仍是没有多少话。小妮让我觉得语言多余。

人倚在门楣看她洗菜剖鱼,为招待我们像煞主妇;看他们的儿子和我们的儿子满地爬着开小汽车;看徐敬亚、曹长春和我丈夫在小客厅低声沉重地"忧国忧民"。生活并不因为八年的离别中断。看小妮她自己,也一样也不一样。一样的地方早就知道了:怀沙比我的儿子早出生八个月,我因心脏病、贫血症预先数次修改遗嘱留给丈夫。小妮敬亚每星期来两封长信对我们进行产前指导,仿佛乡下孵过一窝小鸡的老奶奶。这是两对父母的热门话题,诗已知趣躲远,不来讨人厌。

至于不一样的地方呢?

不一样的地方回来我就读小妮的诗。读她的发现:"在这个挺大的国家里,我写诗写得最好。"听徐敬亚远行她独处时:"灯光在屋顶/叫得很响/我是它高高的回声";想象失眠之夜她"想到榕树尖上睡,到电话线里睡",失眠者刁钻而又无奈的怪想。他们两人和我们两人都失眠,我最没有出息,因为我只是屡屡起身去观察儿子睫毛低垂、两腮喷红的美好睡眠,恐怖着二十一世纪接踵而来的核战争、同性恋、吸毒、艾滋病而浑身发冷,毫无心思写失眠的诗了。

和天琳还能每年一次出其不意见面,和小妮八年一会已属艰难,甚至彼此要从报纸杂志找到名字也不太可能,因为发表作品既少,书报又汪洋。但只要什么时候记起发一信通报平安,总有温暖确实的回音。

丈夫出于大男子主义,常推崇徐敬亚文章写得漂亮,我每每撇撇嘴。八年前因为他一只手送油饼进门搅走我稍惊即纵的睡眠,我曾在小妮面前给他使坏。敬亚固然不记仇,八年后旧事重提,我还强词夺理:"因为小妮太好了,我怕你不珍重她。"徐敬亚气结,恨声:"你比我更了解小妮吗?"我为之语塞。小妮拍拍我的肩:"舒婷放心,我一向能保护自己。"

读小妮的诗,处处有徐敬亚的呼吸,可见我是白操心。小妮写什么、做什么一向不喜旁人说三道四,我硬着头皮也只敢略提一二为止。

小妮,就如你自己所选择的:

　　黄昏使你渐渐浅淡
　　还是回到窗帘背后

1989. 5. 16

我们都是你的瓜子儿

与须一瓜结识十五年了,蜜月期竟达十年之久(啊?不爱我了?后面没有蜜月了?!),远远超过一般情侣。后面这五年也不是如何疏远了,只是她的家庭成员增长太快,朋友的地位逐渐旁落罢。须一瓜自称:除刘小易是亲生外,最近又把寄养的吉米宝贝据为己有。当吉米的亲妈回来探访时,须一瓜与吉米心有灵犀,共同扮演了水浓于血的感人场面,遂把人家嘴边的嗫嚅硬生生给堵回去了。第二天,窃喜不已的须一瓜,心安理得给吉米交钱办了户口。为表示庆贺,从手机里发来一幅彩照:在她和一对小宝贝的重叠笑容下面,还重叠着好些根涂了蔻丹的脚指头,不知分别是谁的?她家计划买新车前曾与我约法三章,许我第五个剪彩,我深感鼓舞,半夜笑醒好几回。其实车买了很久才轮到我入座,下车时我浑身上下毛茸茸的。因为刘小易和吉米其实都是一对披着狗外衣的小男孩(嘿嘿,总算给我儿子们有了露脸机会)。

须一瓜名声大振后,很多人惊呼,以为天上掉下个须妹妹。其实,须一瓜出道还是挺早的,就像上基金网查历史净值一样,淘一淘文学界,就会发现须一瓜其实是一只资深原始股。早在1988年全国小小说大赛中,福建边远山区的小女孩须一瓜(那时叫徐平),不经意就获得了一等奖(那年头的文学奖项高高在上,含金量十足,是操作不来的,可惜没有多少奖金)。得奖以后,徐平左右开弓,一口气写了十来个"那种东东",几乎被《小小说选刊》一网打尽,直至她自己都腻味了。

1990年,我和已故的作协秘书长袁和平等人,在省作家协会那窄长的办公室里,酝酿全国"青创会"的人选,徐平的名字一经提出,即无异议通过。彼时,我们大家尚未亲睹芳容,连电话也没通过,否则,至少袁和平同志很难保证公正清明。须一瓜的声音是太特殊了,蛊惑性太强了。当她极其娇媚地把地板说成"地绑"、把南方说成"囊方",很少有男同胞的耳朵不软乎得像炉火旁的蜜蜡。那年冬天开往北京的列车上,徐平两边的座位之拥挤畅销,几乎需要投标竞选。就连平时很难欣赏同性的本省女作家,回来后也宣称:放眼看去,与会女作家中,我们徐平不算数一嘛,至少数二。

我认识徐平,并非因为她的"小荷尖尖角"。15年前,她那支崭露的头角一个猛子扎进生活的旋涡里,很快从福建文坛消失,却从厦门一个共同朋友的广告部里冒出来,就在我的眼皮子底下。唉,怎么都想不起第一次见面的场景,真叫人着急啊!也许因为名字太熟悉,一接触就粘上,竟无痕可寻。

徐平怀里揣着一张派不上用场的律师资格证书,在广告业里转了一圈,频频赠送样品给我们,让我们日新月异。两年里,她把小小厦门岛兜了个底,结识的朋友之多,让我这个土生土长的厦门人自愧不如。1995年她进入《厦门晚报》,当上法制记者,抿直短发,穿起高帮靴子咯吱咯吱满街跑,在法官与警察之间左右逢源。再后来,徐平的魅力范围迅速扩展到各行各业,愚笨的我看来,几乎没有她办不成的事。

从此,大事小事都赖上她了。1996年我在德国,丈夫和儿子要去探亲,一家子都出国在那种年头很让人生疑,几乎拿不到护照。由于有了徐大记者在公安系统的鼎力周旋,我和家人终于在柏林相聚。这算是大事。小事诸如保姆春节回乡探亲买不到长途车票,徐平也能七拐八弯打好些个电话,把车票弄到我的手(须知现代家庭里,再没有比保姆的展颜更叫人如释重负了)。由于徐平,我的应事能力越发萎缩,很觉没面子。某一天,我奋发图强自己去眼科医院,检查我的黄斑裂孔。医院里是那样拥挤嘈杂,医生护士黑着脸,我被点上药水扩瞳后,四处碰壁,只好电话求助。徐平立即赶来,巧笑倩兮,似乎不费吹灰之力就把一切摆平。徐平的电话号码是朋友们的"民间110"(羞不羞呀,人家还以为我是雷锋下凡啊)。

自以为是徐平最好的朋友,被萧春雷作家严重打击。他说:从前我也以为是徐平的好朋友,进了报社才知道,徐平的好朋友有一卡车呢。都说中国人好窝里斗,同事之间很难成为密友。而徐平却能把同事变成死党,还在我们中间扎下根,并且极其可恨的,总在饭桌上热火朝天地讨论报社工作。从首席记者到要闻部副主任,徐平现在被一纸公文美化成:终身荣誉首席记者。报纸的大头头自然也是她的哥们,这个头衔专为她设立,可谓前无古人后无来者。

我们都以为徐平是侠义豪爽的、"乐善好施"的、无私奉献的,其实不然。等到徐平蜕变成为须一瓜,我们才明白,原来她别有用心哪。这十年的生活积累,都在她的电脑里热腾腾地发酵着变异着化学反应着,五味杂陈,把读者的胃口都吊起来了。自须一瓜的《你是我公元前的熟人》在东北《作家》杂志发表后,立即引起文学杂志界的注意;2003年,她的创作被誉为年度最生动的文学景观之一;接着她的《淡绿色的月亮》《蛇宫》,使她获得2003年度华语传媒大奖;从此屡屡进入各个版本的年度小说排行榜。有关须一瓜的这些信息,都是我刚刚从朋友那里问来的。她自己不说,我又闭塞,除了"封杀"她的稿费奖金用来请饭外,我们平时不大关心她是不是一个当红女作家。

直到上个周末,专栏作家连岳(据说他现在火爆得很)请我们去酒吧,逐一介绍给老板。介绍舒婷时,老板很高兴,说:什么时候也给我们柜台供应点时尚杂志吧(宝贝,你真能忽悠啊!我怎么没听见)?他以为我是书报亭呢。轮到须一瓜闪亮登场,咳,那老板顿时晕头转向,两眼发直:"你是须一瓜?你就是须一瓜!"他一下子拎出五瓶法国葡萄酒。当然,最后还是连岳买了单。

据说易中天的粉丝们自称"乙醚"。也就是那个晚上,连那个小老板在内,大家举杯对须一瓜申请:我们都是你的瓜子儿。

2008.9.24

闻香识异乡

可以说,我是眼看着黄橙从一个敏感腼腆的纤长少年,长成眼下这个铁齿铜牙的江湖游侠。所谓铁齿铜牙,并非纪晓岚式的多谋机变与好辩善争,说的是黄橙走遍天下,啖尽中西佳肴,依然磨齿霍霍。

黄橙在朋友中间以性情温软著称,那般善解人意乃至体贴入微。奇怪,他是怎样做到既聪明练达又不失单纯开朗的?几乎没有见过他勃然大怒。偶尔他的变色眼镜猝然发黑,应当算是他最郁闷的时候了。他的灵魂被掩护着瞬间撤离,就像他热烈吹捧过的"喷雾"墨斗鱼,即刻再回来时,他仍然是那在"清澈海水中夜夜笙歌"的澎湖花枝。我们和黄橙一样,绝不肯把这等美味统称为乌贼。

20多年前的黄橙,长相有点像美国电视连续剧《犯罪心理》里的瑞德(Reid),外表羞怯彷徨内心波澜迭起,写狂热的抒情诗。如他自己所说:"具体到我,早年写诗,喜欢华丽的辞藻,到现在才明白越不雕琢的句子,越容易抵达心灵深处。"他的诗集《情人的眼泪》出版之前,给我题写书名的机会。当年的我还是比现在年轻胆大哪,不知深浅,贸然挥笔涂鸦。被我拙劣无比的字迹恶狠狠糟蹋过,这本诗集很少再被黄橙提起。我其实很无辜,当然也有点惭愧。首先怪他自己考虑不周上当受骗嘛。

福建老诗人蔡其矫先生的人生三昧是"美文、美食、美女",几乎也是黄橙的终极追求。只不过最后一项指标不好说,老婆杨平的家教太好呃。黄橙对美文信念的忠诚让他毅然脱去华丽辞藻,同时也忍痛割舍初恋的诗歌殿堂,跳槽到散文的草莽之中,逐渐专注于游记。

不知不觉中,黄橙总是忽然就不见了,忽然又冒了出来,神出鬼没得像在执行国际要案重案的007。那年国庆长假,我刚学会发短信,胡乱编几个挨个去骚扰朋友。黄橙的回答是:"谢谢舒姐姐,不过现在是墨尔本的半夜两点钟呢。"他因美梦被吵醒敢怒不敢言,我立刻心疼地计算起话费。

仅仅纵容眼睛享尽美景是不够的,黄橙的味蕾迅速发达起来,异军突起,开始领衔主演世界风光。特别的风土人情总会烹调出特别脍炙人口的美食,黄橙逐之不倦,且乐在其中。每逢异香飘来,黄橙的鼻子翕动:"我的胃虫们已经整齐地站在起跑线上,个个都以刘翔同志为榜样准备破纪录。"

我们大家的胃虫原本都是瘦瘦乖乖的顺民,现在一听到黄橙的集结号,无非哪里哪里又有一家美食店开张啰。我们那些没出息的馋虫们,不但齐刷刷立起来,还像徐平家的小狗们嗷嗷乱吠一气。

黄橙的装备日益精良不惜血本,相机的更新换代比女朋友快(他定要喊冤叫屈:我哪有女朋友啊?嘘——),又配备了吉普车、移动硬盘、卫星导航仪,以及色彩鲜艳的旅行服装。他天性中的诗情画意在旅行手记中得到充分展示,对于美食的柔情蜜意也达到独孤求败的境界,同时逐渐形成了自己的书写风格。

黄橙的语言文字经由诗歌严格训练过,本已清新干净,阅历增长之后,眼界的开阔、观念不断更新,他的文字掌控能力已经左右逢源,既颇为传神地状物写貌,还表达出一种与众不同的生活视角,而且品位不俗:"这些泛着斑斓光泽的鱼儿虽死犹生,看着令人心疼。再想想,这绝对是人的审美观念在作怪。吃漂亮的鱼万般不舍,吃不漂亮的鱼心安理得,这不是以貌取鱼吗?"

这个阶段,在很多旅游画报和时尚杂志上,可以看到黄橙拍摄的大量图片和文字。我每次出门旅行,一猫进机舱,熟门熟路地到椅子背后去掏航空画报,几乎都可以读到黄橙的作品。不但镜头故事多,行文读来更是趣味横生。再后来,目录还在,原文却不知被谁撕走了。可恶!我本也想撕的。既然自己是黄橙的朋友,应该维护其他粉丝的共同利益,这才手下留情呀。

黄橙的著作比如《吃来吃去》一书,销路都很不错,群众喜欢哪。可惜这一类休闲美文,再怎么立场坚定爱憎分明,爱国爱家乡爱生活,再怎么诙谐好玩,总是被视为旁支末流。势利的批评家和传统出版物,眼睛都斜到别处去了。黄橙渐渐淡出作家协会这一官方系统的怀抱,没有任何评奖、研讨会、笔会和文化艺术节等等名目繁多的机会来光顾他,或者帮衬他。

现在,他总是只身出发去远方。

彻底摆脱了虚荣头衔与利益的黄橙,越发快乐自信,越发怡然自得。所有的公休、长假和存款,他都用来贡献给世界四十多个国家和地区的旅游事业。在异国他乡,在熙熙攘攘的陌生人中间,在"湄公河听得见香通寺的晨钟暮鼓,听得见和尚们的早课晚祷。我相信,生命不仅仅是一棵树,而且是一条河流,因为生生不息,所以日日如新"。

在南宁山水中,黄橙的"美食风暴"来得快去得也快,只剩下一颗悠然平常心:"吃完干捞粉,再喝上一碗骨头汤。此刻,胃如湖面,映有朝晖斜阳,多少暖意尽在心头。"

黄橙热爱的东西太多。除了昂贵的山光水色、美食佳肴,还有音乐、电影、名牌鞋、名品包,包括高新科技:最新式的手电筒啦,最舒适的自动摇椅啦,最兼容的淘宝网啦。太大的高科技产品比如"嫦娥一号",就算他喜欢而且买得起,暂时也没地方放。

这就说到了黄橙的妻子杨平。有着健康红脸蛋的杨平跟黄橙一样,也是一名白领,收入颇丰罢,并非什么巨商高官,她却是黄橙成功后面那一个坚定的女人。有一条很经典的杨平语录让我们这些妻子们汗颜:"如果夫妻之间没有共同爱好,那就培养一个吧。"有公假的时候,杨平会扯着黄橙的背包带,一起幸福地闯荡江湖。更多的时候她忙于工作挣钱,毕竟这个共同爱好是很奢侈的。

黄橙对于美女的鉴赏与亲近,因此受到良心制约,只是目光忍不住左顾右盼罢,心静自然凉哎。他另有绝招,就是移情到"一箭封喉"的河豚:"我从小就知道河豚鱼很好玩,也很恐怖。或者说,好玩的东西都很恐怖。好玩是因为它会生气,而且气鼓鼓的,气到令人觉得可爱,这是一种对美的恰好把握,很难,许多人一生都没学会;恐怖是因为它会迅速地置人于死地,连一句诀别的话都来不及说就断魂而去,不像影视中死前总要有点恋恋情节。"

今天是我的生日,黄橙安排我们大家去海沧吃螃蟹。我开始热烈憧憬着"海滩上的艳福"而决定缩减午饭。黄橙调教过的胃虫们已经召开了新闻发布会,现在它们都很有文化哩:

"倘若没有了对远方美食的向往,人生岂不是多了一种缺憾;倘若没有了对闻香识异乡的渴望,旅行岂不是没有了美丽的借口。"

2008.5.25

晚菊弥香

认识郭风先生很久了。

是很久了吗？仔细想想又有些疑惑，从哪一天开始在什么地方？

我已完全不记得。先生虽踞福建作协首席已多年，性情极为淡泊宽厚，不喜排场，懒于应酬，憎恶虚饰，为众人所皆知。十五年前他已修炼得老佛爷一般祥和，十五年后看他一点儿不老，反而鹤发童颜起来。

你问那株槭树是什么时候在什么地方认识它所赖以生存的那片林子吗？

一九八〇年，郭风来鼓浪屿参加笔会，问我可识岛上花木？我那时写诗写得几近走火入魔，自然界诸君都是我拜谒的对象，虽不敢说知己遍岛，至少有一半相熟。与先生约定次晨陪他寻芳。

凉爽清静的夏天早晨，蝉已炽热得无法无天。郭风手执小笔记本，沿热带植物园漫步，一边记下"菠萝蜜""鱼尾葵""洋紫荆""扶桑"等芳名。还与我仔细比较它们的学名与爱称，他用莆田话我用闽南话。夜来香与他勾肩搭背，栀子花从他身后探头探脑偷听。风过处，"扑"地投下一颗多汁的果实，提醒他回头看一眼满枝头都是娇艳欲滴的樱唇，那是叫莲雾的本地野生水果。

海军疗养院门口，两株修长笔直的秀树高耸入云。郭老倾慕至极,追问它们的名字。小时候有人告诉我这就是伊拉克蜜枣,孩子们每天游泳路过,都低头留心脚下,从未捡过落果。两人狐疑不决,全厦门好像也只看到这一对美丽的树精,可以断定它们是从棕榈科大家族里私奔到此吧?望着它们伞状的羽叶在涛声的起伏中婆娑婀娜,我脱口而出:"就叫它们霓裳如何?"

我所熟悉的老作家除郭老外,还有蔡其矫老师,他曾连续两个春夏之交深入闽北大山梦荡洋,只为观赏谷中洋兰,而且随身笔记上,总是记满奇花异草。

也曾就着小几上插花,考问来家聊天的青年画家、诗人、歌手。除了满天星有一个犹豫答出,其他皆叫不出名字,其实它们的芳名早已千百次打动过少男少女的心。说穿了,不过一枝唐菖蒲,两苞玫瑰,数朵康乃馨,间杂几簇蓝色勿忘我而已。

在郭老的散文中,每花每草都有其香气、色彩、形态乃至个性,是因为先生不敢忘记或者从不忽略它们灵魂的真实姓名。

过了两年或者三年。

先生率福建作家数人,到深圳与闽籍香港作家会谈并联谊,一行人住在深圳水库公园宾馆。

每日里,我们三三两两,走过三角梅长裙曳地的石子路,穿一曲栏再过一拱桥,去建在水渚上的餐馆吃饭。

饭后天尚光着,我陪他不知不觉迷失在竹影之中,等候队友来救援时,我们坐在一块大石头上。

风贴地而起,掠起落叶,在晚照中金箔般翩跹。忽然一片落叶晃着我的眼睛飞来,我信手一抓,张开掌心,竟是一只小蝶,翅翼已伤,眼看再无生机。

我悔之已晚矣。

郭老感慨地说:"落叶在风中,有蝶的婉妙和生趣。蝶一捕在掌中,竟不过是死叶一片罢。"从此谨记在心。每当操觚,我祈求心头笔端哪怕是被思绪之风所扶上掠下的落叶也好,胜过那华丽僵冷的标本。

过了几年又过了几年。

这次我们同火车往北京去参加一次作协理事会。几个人合住一软卧车厢,路途漫长,我们将同车共济四十小时。

秘书长袁和平躲到通道吸烟,两瓶啤酒冷落一边;我则抓一副扑克插进插出,四处央人容我免费算命。因为郭老既不抽烟喝酒,也不会玩扑克,始终三缺一。

趁机向他讨教散文。

彼时,郭老主编《榕树丛刊》曾向我约散文稿,我翻出插队时写的日记,从后面撕了三页去。再约,搅动往事如烟,一夜无眠,急就短文《一朵洁白的小花》寄去。之后,郭老又编散文诗选,又来挤牙膏,我已技穷,勉强滥竽充数拼凑《欢乐》三章。心知我与散文诗,再无缘分。

至于散文,似乎一发不可收拾耶。之所以受蛊,乃先生鞭子所驱策。

那天谈到一位女作家的散文,郭老向来不善侃侃而谈,默然半天,淡淡说来:"散文还是避免便词好。"

我不知道"便词"二字可有出处?反正我是第一次听到,弧光一闪,领悟全看各人造化,我是受益不浅了。

不过说实话,要做到避免便词,还真难。

1994. 7. 28

诗思如海亦无声

八月晴热如火。

远行周游归来,书桌上第一时间里,拿起放不下的,却是一幅饱满酣畅的斗方:"诗思如海。"

这是香港诗人秦岭雪寄给我的新作,人们通常称为"墨宝"。既然是宝,自然欢喜不迭赶紧收好。唉,我本大俗人一个,立刻暗中盘算:若有一天途穷,不善叫价的我,至少可以委屈它换些银两,聊解燃眉之急吧?

秦岭雪,咳,平日里我更愿意称他李大洲。因为表妹舒非的缘故,我们在香港认识,并且一见如故,所以他总开玩笑地跟着叫我表姐。大概与香港人惯把大陆人叫表叔有点关系。

论大洲的朋友们,恐怕一辆大巴都拉不完。商界的朋友风闻他是个业余诗人兼墨客,宽容地欣赏他的风雅,庆幸他总是迷途知返;而我们这些文人,与他厮混得烂熟,不知不觉引为同类,反把他正当经商看作玩票。殊不知,到处都在喊生意难做的商界里,他似乎漫不经心弹弹指,馅饼就从天上掉下来了。

自以为认识十余年,相知颇深。虽然促膝密谈的机会几乎没有,大多是咖啡馆、餐桌上,转机前,过境间,见缝插针般聚散两匆匆。再有,就是电话里的问候和互相调侃,这倒是我俩比较擅长的。天上地上的胡侃神聊,就是不谈诗,有点像刻意回避。他是对的,我其实已经没有什么资格讨论写诗了。

听说他识金石,遂转着无名指上的斑驳金戒请教,他郑重其事告我,镶的是一颗天然老珠。果然厉害,这戒指还是曾祖辈传下来的。旅行在外,中囊欠丰又热收藏的文友们,请他判断玉器的伪劣,鉴定古玩和字画,他虽谦虚沉吟,却总能对症下药,不负众望。

更佩服他的古典文学造诣,包括戏剧,包括楹联和民俗风情。他生长在"满街皆圣人"的古老城市泉州,这里传统文化世代薪火相传,几乎没有他不涉足的领域。我曾经从柏林直通越洋电话,唠叨问他"雪夜访友兴尽而归"的典故,他涓涓淙淙解释清楚,还要我再查出处《世说新语》。我便央求丈夫从国内邮寄这本好书,随身带着它补了很久的课。我刚上大学的儿子又把它揣到京城,压在枕头底下。

秦岭雪的艺术鉴赏力有时表现得很时尚,给朋友送合适的衣服是他的快乐之一。某次会议上,老作家季仲因了一件粉格的灰毛衣而神采飞扬,让很多女士频频回眸,遂昂首阔视,好多天不舍得脱下。我们知道,即使季仲本人有机会走过这件衣服100次,绝无胆识给自己一个如此鲜艳的移形换影。当然,秦岭雪更擅长帮女士物色时装,乐此不疲。他自己说,只要看一眼形体,他就有信心买到合乎尺寸和气质的服装。想必作为他的太太、女儿,和情人(如果有的话),真是有福了。

日后季仲为秦岭雪的诗集《明月无声》友情出演开场重头戏(序),当然跟美丽毛衣无关。不过,正像秦岭雪略一扫描,准确为季仲量衣那样,季仲两指轻轻一按,号住了秦岭雪作品的命脉。如果说他们之间有一种气质上的交感,那么另一篇序的炮制者香港作家古剑,诗内诗外,突出了相濡以沫的江湖侠义与豪情。我所崇拜的闽南剧作大师王仁杰,一直是秦岭雪的密友死党。他的描述更具戏剧效果,将一个贪玩耍、迷花旦、精美食、能酒擅茶,时常掩嘴窃笑,有事没事常到人家后墙巡迂、梦想有手帕荔枝当头掷下的,浪漫的真性情的李大洲,活生生立在儒雅清冷如宋词、睿智透彻如绝句的秦岭雪背后。甚至像叶晓梅这般婆娑小女子,只凭同根生于泉州府,借古寺晚钟依稀辨别方向,竟从无声明月中,读出"声声断肠的绿肥红瘦"。呀呀,所谓知己,本不过如此。大洲的择友向来"飞雪漫天",却也能够"放一叶轻盈"。

  以秦岭雪的书法来诠释他的诗,或以他的诗来烛照他的人生,不过是我们的一厢情愿罢。绝顶聪明的秦岭雪,在他的作品研讨会上,陪我们大家玩这个游戏时,做出很真诚很专注的样子,确实得到友情的巨大快乐。仅此而已。

  有谁比他更清楚:

  若得明月撞满怀,浅一声也有?深一声也无?

2006.11.22

与你同行

阿西的篮子

在改革开放因而人心骚动的今天,作为一个穷写作人,我已安身立命,别无选择。然而我另有一份巨大的财富,那就是我的相濡以沫的朋友们。

在我的诗歌与散文中反复出现过朋友阿西,因为在我的生命中,有一半岁月为他的友情所扶持。

当年我是初中二年级学生,抱膝坐在海滨公园沾露的青草上,从女同学崇拜无限的叙述中,阿西的名字就像夏夜清朗的星。下乡时,我那女同学成了阿西的恋人,我顺理成章是他俩的好朋友。阿西回城之后,分配在我家邻近的一家小化工厂,下班后他总是来看我。那段时间我们几乎天天见面。

一件粗糙宽松然而洁净平整的工作服套在匀称的身架上特别有型。

我和他都不知道此时美国乃至全世界正如火如荼地流行牛仔服。自春末步入盛暑,我从高温的流水线回家,都能在院子里那棵老石榴树旁,看见一个蓝色的静静读书的背影。

我们当然无所不谈。像真正的朋友那样,我们也常沉默以对。隔着一张圆桌,他翻阅我从一个老报人的地窖考古得来的《诗刊》一九五七年合订本;我则把脸藏在他限期借来的《苹果树下》,一边小声地吸鼻子。夜用它烟色的软爪轻轻踩糊了字迹,我父亲送进来的晚饭一点一点消失了热气。我恍然抬头,正瞧见一颗汗珠啪地落在他的肩上,忍不住问他:"大热天气,为什么总见你穿同一件厚布工作服,盔甲似的?"他以清澈的大眼睛望我,平静回答:"因为我一共只有这一件衣服,还是朋友送的。"贫穷不算什么,不以贫穷为耻甚至也不够伟大。但是,每天从司炉工的煤灰里爬出,从指甲到发缝仔细洗干净,再换上唯一干净的粗衣,人就能散发出那样的洁净光彩。在贫贱的工作环境中持之以恒所维护的,正是内心与外表的高山雪冠似的自尊。

这样的人永远不会被生活所压垮。

他写诗,一遍遍地朗诵给我们听,我写的第一首诗奉他为师,却被他批点得体无完肤。他画水彩,四处张挂,不仅遮掩着潮湿的泥墙,又为他居住的无窗的地下室,开辟一块自己选择的彩色的风景区。到了香港他已近中年,在打工和不断的失业中,他居然又向室友学起钢琴来。他终于没有成为公众意义上的艺术家,他内心的艺术气质喷泉似的,令他的爱情与生活有不竭的激情水花。

就是在工厂当学徒那阵子,阿西的营养餐是每月两斤猪肉。他总是挑分量最多的猪头皮,油光酱红地卤起来,召集朋友们到万山岩去野餐。拇指大的一杯葡萄酒就够大家乐不思蜀,集体将古今中外乃至儿童歌曲拿来赛歌。等踏着月色下山,大家都用手比画,因为嗓子全喊哑了。

狂欢的周末一过,朋友们送体质孱弱的我过海去上大夜班,因为严重神经衰弱,我常伏在渡桥上眩晕且呕吐不止。阿西郑重对我说:"以后我每月分二十元给你,你不要做这个工作,在家安心写作吧!"

他的工资每月仅二十七元。

沿岸的灯链顺满潮的海面节奏起伏。

我之所以在我的生活位置上坚持下来,没有接受他的提议,正是因为,我将这提议当成一笔巨款,存进友谊银行,我从此不会受穷了。

阿西原是我们小团体最善解人意的业余导游,他对家乡的每一块奇石每一株异树的了解出自他充沛的爱情。后来他在香港当了专职导游,他把他的机智好学,他对大自然的热爱,他丰富的同情心投了进去,使他的名头越发响亮,腰也又鼓又硬起来。

老朋友阿西写了长信回来:"记住,我篮子里的东西永远是大家的。"是的,我知道,我也相信。

我的双脚将把我带去的,是我的心所指示的道路,我希望我永远不需要碰你那篮子。因为——它总是在我伸手可及的地方。

与你同行

那夜渡桥上,另一朋友聪,接着阿西的话说:"我最大的愿望就是租一套两室一厅公寓,你来和我们住,我太太操持家务。你写作,为我们这代人做证。"聪刚结婚,一间新房有三面薄板墙,夹在两个鸡飞狗跳的大家庭中。

聪的太太在小圈子民意测验中,一直获最佳配偶奖。她是那样贤良,我们这些女党人只允许丈夫做远距离观察,以免反衬之下,令自己黯然失色。

和聪结识出自对文学的共同爱好。他尚无固定工作,体质极差,和叔父同住一小房。叔父是修车工,除了一张床稍为干净外,哪儿摸上去都是一手油污。聪写作时从床底下拉出一张小凳子,伏在膝盖上写他那灼热的长诗。

他第一次参加我们的野餐时,朋友们都穷,按照惯例大家凑点钱。

他从衣袋深处努力挖出一个很小的方块来,原来是折了又折的一元钱,朋友们费尽唇舌请他收回去。也许这一件小事伤了他的自尊心。再有约会,他时来时不来,完全不取借口。无论我怎样滥施权威"逼供",他微笑着咬紧牙关不做解释。

直到十五年后的今天,他手上有一个声誉极隆的装修公司时,他才说:"那时我常常每天只吃一个馒头,我怎能每次带那个馒头来和朋友们喝酒。"贫苦多磨难的生活非但没有汲干聪情感上那一汪温泉,反而像在冰冷的雪地上,令他更加靠近人性的火炉。

正是"红灯记"时代,不少女知青都凸胸收腹,做起铁姑娘来。

我虽不致如此,但我和我所有的朋友一样,总是以牛虻形象磨砺自身,强迫自己坚强,对一切"女儿气"的举止嗤之以鼻。那一夜灯下,听完聪的遭遇,我竟拈起针,为他缝补褴褛的袖口。我感觉到了他的凝视,随着线的拉长而绵绵不绝,又随着针一次次刺深。感动于他那富于回响的情感之空虚与渴求,我所做的这一件小事,竟换来十五年有增无减的热忱和信赖。

二十世纪八十年代初,我那一再被朋友们视如圣火的诗歌引起报纸和社会上的攻击。还比较脆弱的我一时蒙了。聪陪我在海边散步,我们坐在石阶上,车灯剪刀似的在我们眼前交叉,海水黝黑而深邃。

我指着诱惑性十足的海水说:"躺在它下面是多么干净而安宁啊!"

"但是,"他紧接着回答,"又多么冰冷而寂寞啊!"

我打了个寒噤,目光从海水回到了广场,车灯的强光不再那样锋利地划过我的胸膛。

我的心还剧痛着,我已明白,为了与生俱来这份理想的热情,我将牺牲生活上的安宁。

我曾把这个夜晚写进一篇文章里,朋友们向来是我的首席检察官。

聪看完文章按兵不动,我指着那一段问他:"还记得吗?""那是和我在一起的事吗?"他若无其事。"很可能仅仅是你内心的对话,也可能是我们中任何人,我们大家陪你在海边散步的夜晚还会少吗?不过,最重要的是,我们每个人都知道你是我们中间最勇敢的。"

是的,有这样的朋友同行,我岂能不勇敢!

年年有除夕

曾援引书上的名言:朋友也是有历史阶段的。却招来朋友们蜂蜇一样的攻击,伤心之余,他们还要气我,不住地问:"那么,现在我们又是你的哪个历史阶段?"时间长了,他们不得不承认,选择朋友跟谈恋爱一样不能仅靠一厢情愿。像淘金一样,时间的激流冲去多余的分子,只留下质地纯良的金子,光泽不减地成为人心中无价之宝。

所以光常说:"友情同样需要互相倾慕。"我是在学徒生涯中认识光的。

纱厂是女工天下,我一进厂就分配去挡车,整天咬着线头练习打结。光作为稀有的男工很幸运被分配到电工房,是个清闲活儿,可惜他到后来也没有真正学会这门技术。在这女儿国里,光非但不是单足鹤立的傲慢王子,也不是风流殷勤的多情骑士,一种孤立无援的落寞像油浮在水面那样令花枝招展的时髦女郎改道,还招来同性工友的一致冷落。

说不清我们是什么时候开始熟悉起来。也许是一本书,那书和电工钳一起整日插在后口袋里。夜里我请他来修理马达,他把书忘在我的长椅上,那个夜班我一直躲在更衣室看书。

也可能因为一个唇边长颗黑痣的小姑娘。小姑娘出身穷苦,心地尤其善良温柔。等我发现姑娘怀中孜孜不倦织的是光的驼色毛衣,又发现那姑娘偎近我,是因为光已开始和我交换着书看,交换意见和目光。对于小姑娘这些都是不可破译的密码,她的文化程度还不够写完整她自己的名字。我开始撮合他们,光只好远远见了她就绕着走。

有一天,光拿几张彩照给我看。那是他青梅竹马的女友,在香港。

过了几年,这位忠诚的香港姑娘继承了一笔遗产后,立刻回大陆嫁给光,从那以后,相夫课子从无怨言。

当我邀请光参加我们每年一度的中秋饼会时,我曾交代老朋友们多多照应。不料平时极为腼腆的光一投入,就如鱼得水,再也没有离开过这个快乐的小圈子。朋友中有的才智兼备,有的迂腐呆板,光朴实无华的诚挚成了朋友之间的水和空气。登山时他背最重的东西,脚步矫健,喝酒时他兵来将挡,酒量极大但不石破天惊,待到醉者一片,或自比失意刘邦捶胸长哭,或卧在草丛里我醉欲眠,这时只有光一个一个照料过去。什么时候少了他,朋友们顿感损失,眼睛观天、望海、审度自己的脚指头,哪儿都能看到一个巨大的空缺来。

光的口袋里永远没有多余的钱。靠着穷教授爸爸义无反顾的后援,他读完大专,有了一份公务员的稳定收入。他和朋友们一起负担共同费用,总是超支。钱这个妖怪一无例外紧紧攥着他,只是他的闲淡、他的镇静、他内心的柔和掩盖了喉咙上残酷的指痕。

连续几年除夕,还是单身汉的光到我的小房间帮我擦洗窗户。因不堪家中又蒸又炸油烟四起的男孩们都躲到我这里来,他们观看光骑在窗棂上一丝不苟,我立在地面一次一次往上递抹布。我们配合默契,动作和谐,犹如进行一种必不可少的隆重仪式。

少年时代的朋友变成了青年,转眼已近中年,要云集在一起越来越困难,也已不在万石岩的湖心亭,不在相思树落花的曾厝垵海岸,总是在铺着地毯的大酒家和茶楼。但要是再需要擦窗户什么的,挂个电话给光,他绝不推却支吾,立刻过海来。

浅咖啡的眼睛依然温良如初,一张圆圆的娃娃脸仍旧圆圆的。只是不再刮胡子,为了那聪慧顽皮的圆圆脸独生女儿,做一个有权威的男子汉父亲。

1989. 10. 29

东北痴人

肇事的江

桥叫什么名字没有关注过,当是一座旧桥。

瘦身的江,在冬天紧缩开支,转让出大片滩涂,长一些蒿草芦枝挂霜,搭三两窝棚圈星兜月,有喃喃睡呓、唧唧鼠语、汩汩水响,和车灯裂夜的丝帛之声。想起重庆有条嘉陵江,或者就是了。

我坐在江心石头上,屁股嶙峋得很。左边那只高跟鞋潦倒草根旁,一只过路小鼠凑近嗅了嗅,觉得既不合脚又不能果腹,生气地白我一眼,走了。右边的那只鞋比较端庄地耸在石缝里,鞋尖留存我从家门带来的南国余温。蟾蜍冻青着脸,幸福地跳进去织梦,梦雨荷,梦撞到嘴边的蚊蚋快餐,甩尾巴的子子孙孙。

我的两个朋友,一前一后问路去了。他们都是东北人,一个大我十岁,是个铁杆诗痴,另一个小我十岁,在当年也是狂热诗痴。老痴、小痴一着急,走得没影儿。是我提议下到江边,走进这条夜色中因面目不清而更加勾魂的江蛊。我的高跟鞋在大大小小石卵石刃石蒺藜上做平衡表演,它们蹙着眉头一左一右护着。开始我还倔强地不肯碰它们伸着的手,趔趄了半个多钟头,终于呻吟一声,踢掉脚上桎梏,赖在这块石头上,做出要立地安营扎寨的样子。

江心越是空旷寥廓,两边的江岸就越显高峭,山城层叠的万家灯火直弥漫到天上去了,像是古老银河的源头。我的朋友几乎同时从夜雾中现身,见野狐还没有把我叼走,掩不住满脸的失望和沮丧。窝棚里被搅扰的沙嗓子,咳嗽两声,吱吱翻身又静了。

是有一条正确的路,如果你能坚持走到桥下。

我看桥,它是连接两道银川的小河汊,被桥灯牢牢铆在天幕上。流星湍急,那是开车的现代牛郎织女在尘世横冲直撞。不,我摇头,我如何能直接走进一幅遥远的画框里呢。

索性光着脚,涉过几道腥臭的水流(可能是下水道的出口),枯草和污泥,笔直向黑幢幢的岸影走去。我拎着鞋,卧底的蟾蜍梦醒了见有路可走,立刻背信弃义。朋友们拎着我,体现了东北汉子的臂力和耐性,我们从半陷的松软的废弃物里冒出头来,并没有人欢呼致敬。原来这是个堆场,一车一车的垃圾继续翻倒在江岸边。

拉起橡皮水管泼脸洗手濯足,互相扯去肩背的蛋壳脑后的橘子皮,蹬上蛤蟆尿湿的鞋,我说,我请你们喝酒去。

这一路旅行,哪怕买袋话梅也没有自主权,一定有两只孔武有力的手臂格着不让付账。钱在腰间烧得慌,很恶作剧地想大声喊着我要买包卫生巾。

我们喝酒去。

滑溜溜的碎石阶,比肩可及的苔檐藓砖,就近拐进江滨巷口一道门帘里,闹哄哄、热腾腾、潮乎乎,酒气人气煤炉气,熏得泪花花的仿佛先有了醉意。木头方桌油汪汪,蹭得双肘可以下锅红焖,凳子翘这头沉那头,不知是长短腿还是地不平。

来瓶好酒。答:没得,散装白酒要么?三个海碗都缺了边,斟了个七分满。闭眼不看碗沿乌黑的指印,碰碗碰碗,举碗做一饮而干状,却似有鬼捏了脖子,怎么也倾不进喉。老痴小痴酒量均是一等一的无底洞,为不使我英雄气短,齐齐扶着脑壳做出不胜的样子。那酒,在三只头碰头的碗中漾着,深似海。

1986年的一个寒夜,被记忆打磨得如此经典,其实没有重大历史事件发生。只是因为承前启后,它才凸显了那么多难忘的细节。

此夜之前,从成都到重庆的卧铺车厢里,我们四个诗人同行。夜半过一座什么高岗,我翻身起来,有两个声音问我怎么啦?冷得受不了!两条毛毯立刻堆到我身上。那时人人都有一副侠义心肠,他人能慷慨解裘挨冻,我怎可心安理得享受温暖。推却不过,我便把毯子全压在另一个四川女诗人身上,她香甜地一觉睡到站,完全不知道我们三人坐在窗边,一直聊到天亮。

小痴在车厢里跟所有不服气的人掰手腕,果然一胜再胜,赢了满抱的快熟面供应早餐。江湖高手,练几趟拳下来,就能挣了饭食养家。我那一份泡开,只挑了两筷子便没有胃口,老痴问:"真不吃啦?"然后他毫不嫌弃,端起牙缸就消灭干净。心里的感动怕都爬到脸上去了,我转脸问辛苦挣早餐的人:"小痴,那你一定也不够,要不要再拆一包?"他嘻嘻一笑:"除非你也肯吃上一口?"

不经意的一句玩笑,就像手轻轻地一拉,缘分即在一触之中贯穿血脉。

我们在重庆分手,我去好朋友兼女诗人的新家住两天,他们乘船游三峡,相约在安徽见面。那个年头,写诗的人到处都能得到一张床,一群朋友和通宵达旦的废话加豪饮。

忽然非常想家,次日就买张机票打道回府,完全不顾江湖道义。过些天,给孩子剥螃蟹时收到一份急电,是给我丈夫的。那时电话尚未普及,电文慌里慌张很长,完全失去诗人洗练风度。大致是:在安徽遍寻不见××,料已失踪,建议我丈夫或悬赏缉拿或失物招领或报警呼救云云。

好多年后,跟老痴小痴说起当年事。他们立刻否定快熟面一章,互相追究那封又臭又长电文是谁的责任。至于那条肇事的江,他们只记得它不押韵。没有说出口的是:还够麻烦。

痴人不再说梦

中国作协的头儿忽然心血来潮,要召集全国中年作家到大连开会。各省都来了人,对女作家最流行的恭维话便是:"有没有搞错?你怎么也来了?"

中年作家们被分在各部编号的中巴上,我们这部是15号,由于车上一直高潮迭起,后来有人给我寄照片,自称15号车友。15号车的快乐源泉部分来自河南郑作家,他用陕西口音讲的笑话无与伦比,连司机也乐得掌不稳方向盘,15号车便之字形地"比学赶帮超",像郑作家的经典段子那样。

笑声的间歇中,郑问我认识一个叫小痴的前青年诗人不?当然认识,十年不见了,不知漂流到什么地方啦?郑说,小痴正在他挂职的河南灵宝市导演一部很感人落泪的电视剧呢。小痴给我最后一信的联系地址,正是电影学院编剧进修班。那么,他现在当改名为痴导。

痴导是这样跟郑作家胡说八道的:他养的猫生了一窝小猫,均冠以诗人的名字,杨炼江河分别送人,留下北岛舒婷开心,叫叨拖鞋什么的。后来北岛猫也被要走了,孤零零的舒婷猫终于离家出走不知所终。

我恨得牙痒痒的,郑作家当场帮我拨通痴导的手机,我劈头就说:现在我臂上这只蚊子就叫痴导,我高兴时自然喂它一口饱,现在我不高兴了,你听着。我"啪"地一巴掌下去,那蚊子立刻溅血。后来我们又聊了很久,聊得心里热乎乎,前嫌尽弃。我们约定秋天在盛产大枣和苹果的灵宝市见面。

我比大家伙儿迟两天到灵宝,痴导和妻子小红来接我。十年来,从小诗痴到独立制片和导演,痴导是有很大变化(我其实不记得他从前的模样),至少掰手腕擂台赛时那份"力拔山兮气盖世"的武功完全散尽。以后很多共同的旅行中,他依然举重若轻地帮我拎着死沉死沉的行李箱走来走去,小红在旁寸步不离,心疼得两眼泪汪汪却不敢吱声。她说痴导得过很严重的骨结核,在小红和她的家人悉心照料下,幸亏找到民间药师才九死一生。现在,哪怕敲一根钉子,也是小红的哥哥包干到户。至于修指甲这类俏皮活儿,痴导得意扬扬:"有次我自己剪了,小红气得三天不跟我说话。"这样的婚姻整个儿是樽蜜罐,痴导在天下无数需要自己敲钉子剪指甲的男人面前,很有成就感。

我们被安排在同一层招待所里,客厅里每天有郑作家更换的新鲜水果,早晨互相招呼着出门去,痴导好意问我:"昨晚睡得好吗?"答:"不好,直到半夜两点,隔壁还响声不断。"痴导急忙搂着妻子辩护:"不是我们。"当然不是,隔壁是我自己的盥洗室。

三门峡水库、函谷关、枣园和苹果林,大家朝夕相处,很快成为好朋友还有《北京晚报》的女记者李红和某国刊的王大主编。这支队伍发展到每年都要设法集结一次,北上痴导的老巢长春,南下我的福建根据地,最经常在北京碰面。随之流动的还有一支儿童团,由各家的孩子组成,他们有事没事自个儿通起长途电话不惜血本,大人听到的都是心惊肉跳的计费声。小红看着觉得太亏,加紧努力,去年生了个胖小子。

四十岁这年,痴导终于五子登科。他在京城买的豪宅据说会有我的一个房间,他的私家车在他出门拍外景的时候,答应给我将要读大学的儿子过把瘾。如果我肯写电视剧,无论多臭他都会捏着鼻子高价收购,让我在鼓浪屿合法买座安身的蜗牛壳。这些勾人垂涎的远景目前还只画在墙上,虽然没有机会实践,我却是信的。至少我去北京,只要痴导知道,都是他开车接送。也只有对他,我可以随随便便狮子大开口:"帮我给儿子买些奶酪吧。"澳洲奶酪贼贵,小红买了几十盒,还在"西域食府"为儿子烤了两只羊腿送上飞机。儿子因此脸上青春痘爆满。

再不与痴导论诗说文。他的口才已在江湖历练得比当年掰手腕还出神入化,说不过他。甚至他拍的片子,我也并不四处搜罗来看。他曾给我一套崭新录影带,以为我会不眠不休观摩乃至高山仰止。听说我以家中早淘汰了录像机为由而束之高阁,气不过要立即买台机子寄来,被我搪塞过去。他写的几部武侠小说我倒是翻了翻,据说被盗五六版,在我看来,不盗也罢。

只有一次,仍是痴导请客。往常他总要邀上满满一桌人,基本都是摄制组里的东北哥儿们。这次请的是小客,在我住的酒店附近。小红去买单,剩下两人,四目相对,他忽然翕动嘴唇:"我现在是一具行尸走肉。"这句话的分量太重,我想挪成玩笑,可是力气不够,心里难过一阵也就释然。这种青春期后遗症的发作会越来越短暂,直至在事业成功生活美满的频谱治疗仪里彻底痊愈。

"相见时难别亦难"的古典情怀早已被"潇洒走一回"替代。相聚多半在饭桌上,开开心心喝点酒;分别时或者机场或者宾馆,轻轻松松摆摆手。如果说青年时期的友情是一首纯诗,字字珠玑;是一盅美酒,中人必醉;是一场重感冒,无来由打一个喷嚏就引发一阵高烧一阵哆嗦一阵心动过速;那么中年以后的友情便是华彩尽去的笔记,另轶散简,实实在在;是一杯闲茶,微温着,只要有时间,你总会停下来抿一口,回味余甘,也是不伤人的淡。

难得是一支书签,翻来翻去,都插在嘉陵江那一页。

痴诗痴编痴酒

老痴除了是铁杆诗人,还是东北一家先锋期刊的编辑。

20年前,他来鼓浪屿开会,反客为主,请我和老公(彼时连男朋友还不是)在厦门"新南轩"酒家吃饭。点的盘菜餐桌摆不下,直铺排到椅子上，花了17块多。他的工资不过30来块而已，却嚷嚷说钱没花完。这时他的锻炼身体已开始露出自虐倾向，比如往宾馆浴缸放满冷水，长时间泡着算是冬泳。

次年我们都到北京开会，去领一个奖，奖金只有150元。请了"今天"一帮老哥们去四川饭庄，因为恰好是我的生日。会议上的诗人谁也不知道，只有老痴长一双顺风耳，到时就来了。我可没他那么豪爽，点菜吃酒极谨小慎微，结果大大超支，心里划算着如何扳平。果然几天后，北岛夫妇邀我去家里包饺子。饺子刚开锅，就看见大杂院拥挤的通道里，施施然走来微笑的老痴。北岛家在犄角旮旯的大栅栏里极其难找，难不住老痴葵花一样寻求友情的光源。

老痴去坐牢具体是哪一年，我没有档案。在《人民文学》的地下招待所里，凑巧碰见老痴一家，他刚出狱不久。他本不善言辞，而后愈加沉默。不容我分说，立刻被他和家人承包下来。早晨老痴绕着招待所外壳跑步不息，顺便用铁锅到食堂打热粥和小菜，嫂子来叫我起床。每日三顿饭，如果我没有及时逃脱，一定被拘到他们房间里那张临时拼凑的餐桌上，而且不用洗碗。

成都星星诗歌节，老痴是去了，还带了另一个东北年轻诗人小痴。可是直到昏天胡地的活动结束，我和傅诗姐上了去重庆的列车，他们才从卧铺车厢冒出来。一路同行，嘉陵江迷夜，真正相濡以沫的友情应当从这里开始。

去内蒙古开会时，我曾特意在长春停几天探望老痴和小痴。老痴到福建开会，也会绕道厦门来看我。有时在珠海，有时在张家港，会议这么多，我们一南一北两个朋友才有机会隔段日子握握手。小痴蜕去诗人之茧，消踪匿迹。

不见面的时候，老痴源源不绝寄来东北人参，新鲜的、晒干的或连根带土的。它们在冰箱里苦挨岁月，幸运的小部分被转送掉，大部分发黑腐烂。如此暴殄天物，我自己内心觳觫，遂一再声明我的体重已达52公斤,早不是当年风吹得倒的稻草人。多次恳辞婉拒,乃至咄声发怒,都不能扑灭老痴对参的永恒热情。高温潮湿的南方,人参这种东西被视为大热大补,尔等寻常体质,岂敢冒火眼金睛的危险!

失踪的小痴重续旧谊时,皮囊是腰缠万贯的独立制片人兼导演,血质里诗的含金量不减。虽然多年没有联系,见面即像从未分手过一样天衣无缝,日月如梭的伤感却还是有的,于是几家人约好春节在长春会师。

我们一家三口一下火车即被老痴接到家里,声明绝不允许住旅馆。午饭从11点吃到2点半,4点多接着吃晚饭,直吃到11点多。痴嫂把自己关在厨房里,菜流水的上,不但有儿子一尝即上瘾的红烧驴肉,老痴屡屡推荐却被冷落的蚕蛹、蝎子和地虫,甚至北方稀罕的海蟹和虾。吃饭其实只是搭的戏台,白酒唱的才是主角。老痴平日里就两顿酒,小痴是一顿半,另外半顿陪太太喝红酒。

间歇里,痴嫂拎出一把瓷壶,老痴捧出原封的雀巢咖啡和植末,问我们怎么冲?他自己只捧着一巨瓶黄连汤,灌个不停,据说既减肥又降血压。卫生间的热水器也是特为我们安装的。老痴每天冬泳,只洗冷水澡,嫂子在单位洗,因此都不会用,打电话叫攻读博士的儿子连夜回家现场指导。收拾好厨房半夜已过,他俩寒风凛冽地横穿半个长春市去住另一套房。我们鸠占鹊巢,觉得不妥,却完全失去发表言论的自由。

第二天早上,老痴夫妇四双手两只脖子挂着大包小包,赶来做早饭,其实昨天两顿剩菜无数,偏偏又起头重写文章。酒瓶仍然虎视眈眈把守重镇,诸鱼诸肉在厨房呼之欲出。此时我已丧胆,背地向小痴求救。

终于搬到旅馆。老痴黑着脸,指头划过脱漆的桌椅,恨声感慨:"这么脏!"

旅馆是不够干净,还冷飕飕的。但孩子可以在他的房间里把电视开得震耳欲聋,舞拳弄掌,不必时时刻刻陪着大人做无趣呆瓜;我可以素面跣足,换上睡衣,半倚床枕,看书、听音乐、吃零食和胡思乱想,不必打点十二分精神说话,时刻保持笑容,想办法应付酒杯一波接一波的攻势。

嫂子来看我,探监似的带着水果。她无意中提起:"老痴在家叹气,说舒婷真不够意思,几千里大老远过来,不陪我喝酒。"

这话的打击太重,激发了我的江湖气,不就是一条命吗!第三天晚上,小痴在肥牛火锅店设宴饯行。我见酒便找老痴干杯,先喝啤酒、干红,再喝完小痴带的两瓶"酒鬼",最后喝的是酒店的青稞酒,不计其数。丈夫和儿子在一旁忧心如焚,却不敢制止。怎么坚持到席终,是一个我自己都记不得的奇迹。只记得出门下台阶很不体面地摔了一跤,醒来时躺在旅馆里,耳边"嚓嚓"声不绝。原来丈夫清洗过我和枕头床巾,正继续努力擦洗腈纶地毯。儿子从未这么孝顺,坐在床边削梨,一片一片塞到我嘴里。

挣扎着起来换下酒臭冲鼻的衣服,摇摇晃晃上了夜行列车,隔天北京音乐厅有个"诗歌朗诵会"哩。那一晚我上吐下泻,从上铺滚下来三次,来不及地往厕所跑。每次都看见小痴在他的铺位打坐,黑暗中目光闪烁。

这是我平生第一次酒后出丑,彻底解除了我以往对酒的免疫力。以致后来在泉州和张家界,酒对我的摧毁一次比一次快速直接和时效延长,现在哪怕闻到啤酒,我的胃和肝都像中了一记勾拳那样抽搐一团。

想念老痴的时候,就扩大记忆他那一记狠手。明知近几年他的诗风大变,在中年诗人这一档中有不俗的表现,令我辈望尘迷眼。心生妒忌,偏不当面夸他。

然而,只要老痴挂电话来约稿,再难的题目我都不敢推三阻四,几乎到立等可取的程度。当然,再烂的稿子寄过去,他也不好退回,就滥用编辑职权,采用最小字体,难为几个刻苦的读者肯买放大镜备用。

问老痴:诗痴编痴酒痴,三痴何为先？老痴看着媳妇呵呵一笑:"无情不痴,情痴为重。"哼,会拍马屁!

雪里送鲜花水果的是谁？

有位北京朋友 YY 去了美国,唐人街里他走得最近的是福建人,说是因为我是福建人的缘故。我在纽约的时候,YY 特意带我去福建餐厅吃饭,老板果然亲自张罗,还免费泡了一壶乌龙茶。几年以后,有关福青帮的报道震惊中外,使得福建人要获得美国签证都难。

最早的东北朋友其实是徐王诗人夫妇。一开始是所谓的以诗会友,能够亲密无间起来,更多是他们作为诗人的出类拔萃和性格观念的投合,还未深刻认识东北特色。

因为老痴小痴的缘故,我很自然地亲近东北人。

寒夜,刚下过大雪,我要从城里回偏僻的香山饭店。朋友帮我招呼出租车后,要亲自送上山,我坚辞,说:"你没听见司机是东北口音吗？"朋友拉我一边,警告:"你没听到过东北榔头党的厉害吗？""咳,我最好的几个朋友就是东北人,凭这点,榔头不会敲到我脑袋的,放心好了。"司机都听见了,感动得一路跟我拉呱,说再到东北去他家做客,就和他媳妇睡一个炕,给我烤大土豆和肥耗子吃。什么叫耗子？耗子你们南方人不懂？就是老鼠呗。

住柏林那年,认识了一些中国留学生。福建人自不待说,称我姑姑有之,称表嫂有之。碰上东北人,感觉上至少算半个老乡。有个哈尔滨青年画家,理了个光头,我常去他家借用激光打印机,他总留我吃饭。他做的东北菜中规中矩,不同品种的饺子,自己拉的粉皮,炝土豆丝啦酸菜汤啦,端的养人啊。在家他是不进厨房的

(东北的大男子主义由此可见一斑),出国留学后,馋家乡菜馋得舌头伸老长,拼命回忆妈妈做过的菜,一道一道尝试,作料加加减减,像他的装置艺术品一样,终于不同凡响。

另外一个住在特里尔的东北汉子,曾和他的德国妻子到火车站接我开会,并请我在中国餐厅吃饭。短短相处,虽说彼此印象不俗,毕竟萍水相逢而已。每年初一,在国内接到他的问候电话,感慨万分,真正是东北人!

如果一个哈尔滨歌词作家在分手时对我说:"到东北找我。"我会深信不疑地把他的电话号码仔细收好。那人写过一首《常回家看看》的歌,如果连孤陋寡闻的我都知道它,那是真的很有名。

甚至,带了一家人去哈尔滨滑雪,住马蒂尔宾馆。临行前夜,很晚才回到房间,赫然发现一篮晃眼的鲜花水果。打电话询问总台,推说不知,遂请他们里调外查。未等结果,和儿子先饱口福,也不怕人投毒下迷魂药。回话来了,说是中央电视台国际部主任,姓张。过了几年,偶尔看到徐坤文章,评述中央台大腕张子扬的一本诗集,说他喜欢过舒婷的诗云云。马蒂尔宾馆雪里送水果鲜花的或许就是这个张子扬?如果他不是东北人,我输你一百块。

朋友各式各样,有朋比为奸的,有鸡鸣狗盗的乌合之众,有"明知不是伴,时急且相随"的,有"君子之交淡如水"的,等等。如果说,男人觅友的最高境界是"管鲍之交",那么女人向往的俊友当是那个能够临终托孤的人。

还是那个纽约YY,那时他尚未立足,常常有上顿没下顿,不过,咖啡还是要喝的。我对他说,如果我出事了(那是个缺乏安全感的年头),他每天节省一杯咖啡钱,就能救我儿子。他静默了一会儿,答:"好吧,我不生儿子。"为什么?他指着咖啡馆门口,那个风雨交加中肩着孩子的求乞者:"那就可能是我的儿子背着我站在那里,求乞咖啡钱。"后来他有了各种金卡,钱包里一定还塞着几张崭新大钞使自己安心,而我儿子已经不是一杯咖啡钱就能打发的了。

把孩子托付给小痴没有问题,有他一口饭,就有我儿子一碗粥。至于老痴,即使他全家都饿肚子,去抢去偷,他也不能让我的儿子没饭吃。正因为如此,我不能放心把儿子交给他,因为,他会比我更宠孩子,以至于把孩子给惯坏了。

2000.8.9

五
我的海风我的歌

我的海风我的歌

"月光像蓝色的雾了!"我对比肩站在船舷的朋友说。

那是三十年前一个雨后初霁的春晚,我们在厦门开完一个与文学有关的会,一起乘小渡轮回鼓浪屿。夜空晴朗明净,海面微波不惊,洁白肃穆的月色禁不住海风再三地撩拨,终于溶融并弥漫成蓝色的雾霭了。

回家之后,我以此感慨发展成一首诗,而那朋友最终发展为我的家长。

只有生长在海边的人,才能目睹月色在蓝天与碧海的双重作用下,几将气化的这一美妙过程,并沐浴其中,内心蔚蓝而且湿润。

岂止海边啊,其实我是一直呼吸于海中央的,那尾攒动的蓝色鱼。

因为厦门就是一个岛,犹如在巨大的绿色琉璃盘上,托着一座精致花园,波浪是它白色的镂花边沿。自从 1957 年建造厦门海堤之后,凭那长笛似的一道通途,走了火车,厦门改变身份叫作半岛。近些年来,又陆续建了几座宏伟的跨海大桥,如今再从高空俯瞰,厦门岛就像开放的绚烂海葵,或者像伸长触手的章鱼了。

鼓浪屿是一个更小的岛,只有 1.78 平方公里,与厦门仅隔 800 米海面,是厦门的一个社区。我的爷爷奶奶在鼓浪屿终老,爸爸妈妈在鼓浪屿教会学校读书,并结婚于鼓浪屿洞天大酒楼,我的丈夫和儿子均出生在鼓浪屿上我们现今这一座老屋。

　　曾经有过多次赴国外定居的机会,我和我的家人都难以割舍这一方生根的土地。甚至,朋友们经常嘲笑我的厦门沙文主义,容不得别人说厦门半个"不"字。因为我深知:我的梦想我的感知我的趣向甚至我的性情,我的灵魂和肉体,都和这个小岛息息相关。

　　日日涌动的海潮,是见证。

　　　　红房子,老榕树,海湾上的渔灯
　　　　在我的眼睛里变成文字
　　　　文字产生了声音
　　　　波浪般向四周涌去
　　　　　　　　——《在诗歌的十字架上》

一、海的气息

　　如果说海的纯蓝是厦门永不褪色的基调,那么阳光就是烫金的排版。在行人摩肩接踵的中山路、车水马龙的湖里区、热带风情的集美大学城和高楼鳞次栉比的软件园,阳光凹凸出黑白键,强调一个现代都市的高音,并次第奏响;在骑楼庇荫的厦禾老街,在幽深逼仄的暗迷巷和八卦埕,在几位打蒲扇的老人和一只蜷曲的懒猫之间,阳光之弦颤动的是古老的南音,丝丝袅袅曲曲折折。

　　而在港仔后海滨浴场,在椰风寨,在珍珠湾,在环岛路,在木栈道与沙滩上,阳光无拘无束无遮无挡,大肆挥霍流泻成河,让兴奋奔跑的光脚丫子,絮上一层金色的茸毛。

　　30多年前,艾未未和几位北京姑娘来我家过暑假。除了尽量泡海澡呛海水(基本不会游泳嘛),就总是光着膀子在热力四射的石堤上走来走去,并嘲笑我那时时刻刻撑开的花伞。她们赞叹着:这是多么的享受啊!北京的阳光怎么都晒不黑。她们正准备去美国留学,极羡慕时尚的橄榄肤色。最终她们如愿以偿,炭化成黝黑的茨冈人,回北京敲开家门,被父母使劲往外推,都认不出来了。

我小时候,自然不打伞也未戴帽。整日里不是游泳戏水,趴在沙滩上捉螃蟹捡贝壳,就是守候在礁丛里,拗弯缝衣针挂上蚯蚓,企图勾引那从未上钩的贼鱼狡虾。有张黑白老照片,照片上的我咧着嘴傻笑,除了牙齿和眼白,从头到脚被浓烈的阳光漆了一层乌油。盛夏再酷烈无情,当一个精瘦小女孩的灿烂笑容被点燃时,阳光喜滋滋在四周喷洒,像礼花呢。

一年四季绿树鲜花的厦门,拜托上帝的慷慨赐予,"只要阳光长年有,春夏秋冬,都是你的花期"(《日光岩下的三角梅》)。

上帝也是公平的。当阳光浓得化不开时,热气旋在西北太平洋形成,旋转过菲律宾海,加强为热带风暴,再升级为台风。现在的台风都有了十分旖旎的名字"蝴蝶、康妮、伊丽莎白、飞燕"等等,听上去觉得,都是些乱世女王、魔法女巫、潇洒女侠,至少是好发宣言的女权主义者。

今年刚过境的台风就叫"电母",中国人命名的。电母走偏锋一闪一闪往日本去了,造成大面积停电和城市内涝。她之前的几个台风兄弟都直奔越南广东,眼巴巴的厦门蹭不着半点雨水,两个月来就一直热得发晕。不过公平地说,当厦门的气温达到罕见的35度时,福建其他城市比如福州龙岩,都快40度了。

有台湾岛为外围屏障,厦门是天然的避风港。每当大台风凶神恶煞怒冲冲杀来,穿过台湾中央山脉,已被开膛破肚,再虚张声势过台湾海峡抵达厦门,残兵败将罢了。于是厦门人怀着虚惊后的侥幸与无限同情,收看电视新闻里被台风一次次洗劫的台湾岛。

偶尔有会使诈的台风暴君,指挥千军万马避开台湾岛,正面袭击厦门,那就是浩劫了。1999年直击厦门的14号特大台风,造成全城断电,几十株百年老榕连根拔起。幸亏家中有一台老掉牙的两用录音机,彻夜用电池收听台风肆虐的消息(那一天,厦门电台功不可没哪)。我家是三十年代的老别墅,所有门窗都进水,我和儿子缩在楠木大床上,在新闻的间隙中,重复听《少女的祈祷》。鞋在床下漂着,风在屋外咆哮,丈夫拿着铁锤和长钉,四处走动,随机加固乒乓作响的门窗。

小型的富有爱心的台风,带来阶段性的凉爽和雨水,是大陆的变频空调,被厦门人所期盼着惦记着感激着。据说,台风还使世界各地冷热保持相对均衡。赤道地区气候炎热,若不是台风驱散这些热量,热带会更热,寒带会更冷,温带也会从地球上消失。

台风,使厦门一惊一乍而已。

> 海鸥还会归来,
> 太阳已穿过西半球的经纬。
> 明天,澄静的早潮
> 将在我们的身边开满白蔷薇。
>
> ——《礁石与灯标》

二、海的味道

农历初一、十五是大潮。潮水把无数肥美的鱼虾送到近海。

这几天,市场那些打着氧气的水箱里,养殖的鲈鱼和黄翅鱼价格直线下落,它们大概也觉得很没面子,因此无精打采。

黄翅是鲷鱼的一种,因鳍尾金黄得名,肉质鲜嫩细致,曾被厦门人视为极品。由于驯养过于成功,咸水淡水它都傻乎乎地长个,自贬身价,渐渐不招人疼了。半个世纪前,老外公无事经常到海边去逡巡,遇钓鱼人,能买到一尾二两以上的黄翅,老人便如获至宝捧回家。亲自下厨,双面煎得金黄,斟上一小盅高粱酒,幸福得两撮胡子一翘一翘的。几个绕膝的孙女儿,踮起脚跟,扒着饭桌,张着小嘴直喊外公。他就眯着老眼,小心用筷子夹一丁点儿,挨个喂哺。那样的美味,似乎还活跃在我的舌尖。现在的黄翅,怎敢同日而语!

鼓浪屿临海小街有几棵杂树,大潮的时候,树下约定俗成就是民间鱼市。尤其禁渔时节,闲着的渔民只能赶小海,当地叫他们讨海人。十来摊盆桶篮筐周围,总是密不透风围着些熟面孔,是识货懂吃的地道厦门人。外地移民一般不解此道风情。盆里桶里的暂时养着活鱼活虾,幸运捕捞到珍贵品种,就设法打氧,等着卖大价钱。篮里筐里就是蟹、虾蛄(北方人叫琵琶虾)和鱿鱼类。就连我这地道厦门老太太,也叫不全鱼们虾们的名字。因为鱼的品种各异,大小混杂;刚离水,银亮笔挺。虾和虾蛄虽被养在海水里努力维持,一两个小时也就呜呼哀哉。仅虾就有红虾、对虾、白虾、黄蜞米子等等,有物美价廉的,如不显眼的小狗虾;也有昂贵稀罕的,如华丽的斑节虾。

我贪恋海味,酷爱螃蟹,号称"无蟹不成席"。在鱼市的人缝里挤得满脸油汗,抢购一堆花脚蟹,看上去个头挺大,肚里却空空如也。旁人看不过去了,就会屈尊蹲下出手援助,回家烧熟一剥,果然个个蟹黄饱满。最有意思的是,旁观闽南方言的讨价还价:嬉笑怒骂,半真半假,声情并茂,今天愤愤然绝情而去,明天笑嘻嘻寒暄回来。喊价的似乎寸步不让,杀价的绝不手软。交易完成后,心平气和皆大欢喜,再抓一只软壳三点星(蟹)做添头。

经常听见野导领着游客胡诌,说什么鼓浪屿人口中,三分之一下海捕捞,三分之一晾晒制作干货,三分之一经营销售。把以文化艺术传统著称的鼓浪屿岛,说成个海货加工营销中心。其实经营者们包括野导,一般都是外来户,进货来源也是五花八门,和鼓浪屿点滴无关。梅雨季节过后,街边总是晾满返潮发霉的干货,常见的就是婴儿拳头大的螺肉,野导们便说是鲍鱼。两位陕西的文友来家,手上拎着就是两袋这种非黄非绿的东东。我只好转送清洁工,回说腥臭不可闻,是蜗牛肉。连自己的朋友都上当受骗,岂不叫人义愤填膺,可又能怎样!

鼓浪屿游客天天爆满,餐馆做的菜都是一次性消费,粗糙快捷,且价格可疑,不能代表厦门风味。真正的私房菜都在厦门岛内,规模不大,装潢一般,往往一桌难求。有家小饭店名字简单好记,即该饭店电话号码的尾数:313。有一道招牌菜,是闽南最通俗的海蛎煎,却能哄得一帮回头客交口称赞。据说,店老板每天清晨亲自到码头采购,专选九个耳朵的海蛎。我挎菜篮子三四十年,从来没有算清楚海蛎究竟有几个耳朵哩。

走过不少海滨城市,品尝过这样那样的海产品。唯有厦门本港海鲜及其烹调秘技,能叫我阔别两三天,一闻酱油水氽野生小杂鱼的香味,几乎落泪了。

咦,厦门沙文主义大发作啦!

  小岛兜售紫砂茶壶
  滴水观音和生猛海鲜
  无偿附赠绿色植物新鲜空气
  可清肝明目
  可洗心涤肺
  诗人滞销
  罗曼蒂克缺货
——《旅游广告》

三、海边人

地处亚热带海洋气候的厦门,海风浩荡,阳光如炙,海产丰美叫人垂涎欲滴。

现在都知道海鲜养人,养得厦门人眉目如漆,健骨瘦身,厦门胖人的比例确实比较少哟。早年大家不知防晒,也不敢化妆,外人都说厦门人黝黑。其实福建沿海开放很早,商船通航、海盗上岸,以及无数青壮漂洋过海,不少欧亚混血哩。而今在街上,肤色如雪的美人比比皆是,尤其盛夏穿着吊带裙的时候。仔细观察,厦门人的五官比较崎岖,时髦的话叫骨感,不像北方脸庞的一马平川。此外,厦门人的牙齿通常不会太平整,从小啃咬螃蟹,吸嗍锥螺,使用过度嘛,于是牙齿便错落着。

曾经传说,厦门本地人浑身皮肤透明,眼睛潮红,须发雪白。我就有这样一个小学同学,性情与他的皮肤一样薄软,终于退学不知去向。后来从医学上知道,其实是一种白化病,并非厦门真正土著。

厦门城市历史不长,一直以来都有移民加入。中华人民共和国成立前,多数来自福建沿海其他城市,比较多的是泉州一带的华侨。他们在海外打拼,发迹后投资到厦门起厝(盖房子)开商铺建工厂,成为本地大户。

我家已有三代人生长在厦门,履历表上籍贯一栏,仍然要填写泉州。

早期厦门人的一部分缩影,可以在高云览的小说《小城春秋》里触摸到,可惜电影改编没有成功。厦门还有一位深藏高人,姑且存其姓隐其名吧。庄先生是美术教师,自娱自乐写些小散文,关注厦门底层平民,如《大脚婆》《阿娇姐》《孤线弦》等等。这些小品究竟发表在哪里,不得而知。反正我是从庄先生的邮箱里直接贩过来,如假包换,常常边读边偷着乐。老厦门过气的民间明星、街头巷尾趣闻,乃至稀奇古怪的俚俗百态……闽南口语中的华彩,经庄先生驾轻就熟,遂发扬光大,让我们这些土著老作家汗颜。

中华人民共和国成立初期,厦门的管理者均为南下干部,几乎清一色山东口音。我所就读的实验小学和厦门一中,同学中有市长的女儿、宣传部部长的儿子、妇联主任的女儿等等,还有一些始终没有暴露的干部子弟。他们一样在体育课打赤脚,欠交作业被老师点名严厉批评,更淘气顽劣的,甚至罚站或者罚抄 20 遍之类。做值日生时,他们该扛桌子该冲厕所,一点不显特殊。语言天分强的孩子很快掌握闽南话,邀约、游戏、上树、打架,晒得黑不溜秋,深谙沙茶面和土笋冻(均为厦门小吃)的真谛,彻底变成厦门人。

厦门人不排外,有时候表现得太过分。情愿让自家的闽南话萎缩,连卖菜的大妈都操一口半生不熟的普通话,新移民完全没有语言障碍,如鱼得水,不像广东和四川。我儿子那一辈受学校教育影响,闽南话说得期期艾艾,词不达意。我悔之不及,往北京学生宿舍打电话,故意用方言,被他不耐烦喝止:"哎呀,别来这一套啦!"

改革开放之前,受户籍和工作制约,一个萝卜一个坑嘛,厦门的人口变动不大。最近这三十年,厦门以她的美丽宜居和特区开放政策,吸引了各路文化、科技、商贾精英。若有心盘点一下,其上升指数,应当远远超过 GDP 增长。

前不久,厦门实行岛内外一体化,都算经济特区,特殊的地方法规惠及的范围加大好几倍。现在的大厦门,人口大概有两百多万,其中一半是新移民。无论是洋博士还是打工仔,他们都在为厦门做巨大贡献,融入本地社会,甚至悄悄影响着厦门和厦门人。

几年前,当一家大型石化企业申请落户厦门时,遭到市民的抵制。那次著名的自发性"散步"中,很多是厦门新移民中的白领。

他们秩序良好,目标明确,态度平和,人群过后,无任何废纸饮料瓶遗落。时至今日,当各地化工原料泄漏事件陆续曝光,可以证明厦门人的民心体现是多么及时顽强,而政府的支持和认可又是多么明智。

那天"散步"毕,有位移居厦门15年的朋友说:是我自己选择了厦门,所以更热爱厦门。

是的,既然出生的地方是上帝的旨意不容选择,我们却可以选择一个心仪的城市来定居终老。

我很幸运,上帝的旨意和我的心愿重合。那就是:做一个海边人,在亲爱的故乡厦门。

> 我的诗行是
> 沙沙作响的相思树林
> 日夜向土地倾诉着
> 永不变质的爱情
>
> ——《土地情诗》

2010.8.15

我们生活中的动物演员(节选)

猫有九条命

　　用商业术语来说,狗在目前具有投资价值,因为它可以转让,可以作为有闲阶级的礼品。在合适的时候给合适的人,送一只系着红蝴蝶结的小狗,所得到的回应比较起从前一条烟两瓶酒,要优雅而且有效得多,不必我细细教你吧?

　　猫就没有这么荣幸,贵族波斯猫除外。波斯猫原应依偎在华裘贵妇的怀里,可是因等级的不同寻常,居然作为观赏动物被隔离在动物园里。我见过一个小女生把手伸进栅栏里,摩挲抚慰一只舒服得直哼哼的波斯猫。当然这不是一头美洲豹,美洲豹不像猫那样,老是有皮肤饥饿。

　　小时候,家中发现鼠迹,祖母会说,跟邻居借一只猫吧。借来的猫拴在饭桌下,喵喵叫唤两三个晚上(用猫的语言,其实是"我要回家"),偶尔入境的老鼠立刻改道。据说烈猫只要发威两声,诸如"大胆鼠尔,拿命来!"老鼠即闻声丧胆,吓得簌簌掉下横梁。闽南好猫的优良品种名曰麒麟猫,这种猫的尾巴又秃又短,简洁得像兔子(奇怪呀,没有人见过真麒麟,凭什么认定它的尾巴是短的)。麒麟猫怀孕时,周边的亲朋好友都来预定,下一窝,只有一两头仔猫的尾巴保持注册商标,跟波斯猫一样,绝无批量生产。讨到麒麟猫崽的人欢天喜地,按本地风俗回赠一两个红蛋或一小札红丝线细面即可,不知礼者倒也无妨。

　　猫既是可以讨到的,身价自然比狗贱多了。当家庭发生变故需要裁员,猫的下岗首当其冲。鼓浪屿是个环海小岛,这些年来,不少家庭陆续迁往对岸的厦门去。从宽敞、破落、幽深的独院,搬到局促、崭新、豪华装修的公寓,原先的糠糟之猫显得不合时宜,就和旧家具一起被精简了。

　　猫最著名的弱点是不会游泳,连童话里也无亲自横渡海峡的先例。也许有高智商的猫,能不买票就混到渡船上,夹着尾巴过海去寻找旧主?但既然有这样的智慧,必会考虑到新环境的种种不如意,以及不值得重新信赖的负心主人。

　　被遗弃的猫不能叫作流浪猫,更像释囚,叫自由猫。它们有家可归,一般都留恋老巢,出没于风雨飘摇的罗马式廊柱和镶花玻璃门窗。其中有些老房子被出售拆迁,它们也很容易找到其他合乎门第的地方生儿育女。自由猫不屑于大街求乞,最多蟠在人家墙头晒太阳,一副与世无争的模样。有时做梦,回味当年主人从集市上买来的新鲜小猫鱼,打着惬意的呼噜并且垂涎三尺。

　　自由猫在城市的觅食能力比狗强,尤其在废墟众多、荒园僻林比比皆是的鼓浪屿。据说世界上有两个种族的生物永远灭绝不了,那就是老鼠和蟑螂。自谋生路以后逼出一双电眼和利爪的猫,蛋白质是不会缺乏的,如果学会嚼草啃花,维生素也是没有问题。至于鱼,可遇不可求呀,如果哪家的厨房窗门没关好……

　　左邻的女主人心地善良,养一大斑点狗一小哈巴狗,丰盛的狗盆招引来一条自由猫。那猫慢慢就有了从良的意思。常常见到女主人在阳台上,轮流给它们洗澡。洗完就放在栏杆上搓干,洗得香喷喷,雪般蓬松。阳光融融,花影熏熏,人和猫和狗,都有了一种幸福的心情。只是这猫对人类的背信弃义之认识已经根深蒂固，每逢怀孕生育，一定把儿女窝藏在隐秘的地方。让那女主人捏着手电筒，到草窝里，墙根下，楼梯间，四处去呼唤寻找。

猫会择良枝而栖之，不像狗，被歌颂得只会在一棵树下吊死。记得有一种理论，说猫比狗更具尊严。我们都见过狗扑到主人脚下时，那种急切那种依恋，那种高兴得不知如何是好的狂喜样儿。猫却不会，即使饿得厉害，走进食品时，犹能从容保持身份，轻巧、柔韧、警醒，虎族的微缩版王者风范。

我家右邻放弃半坍的祖屋搬走之后，泥墙那边几亩园林，包括两座四层白楼，成了群猫的部落。初春，这里是猫的伊甸园，追逐奔跃中一路情歌竞唱。有时就在我的窗下穿梭，如啼婴般歌吟，通宵达旦，让我恨不得淋一锅滚水下去。夏天常见迷路的小猫崽饿死在水沟边，如果带回家，米汤牛奶也养不活。民间说法必须由母猫舔屁眼，才能排便，否则就活活憋死。从不主动计划生育的猫界里，也算是一种自然淘汰。冬天，赋闲的老猫耐不住空屋冷寂，流窜到我的长廊上打盹，屡屡驱之不去。其实，太阳照到哪里都是一样温暖，它们只是渴望闻到人味。

朋友来访，都以为是我的宠物。脏兮兮而且瘦巴巴！他们仁慈地在心里为穷猫打抱不平。每次解释后，又问我给不给它们赈粮？不，我不想与它们保持亲密关系。

自由猫的团伙中，时常有些自愿客串的美丽家猫，养尊处优如雪干净。但它在团伙中的位置反而卑微，曲意奉迎毛皮褴褛的老猫王，做出千娇百媚的妖娆风情。

老猫王原先也是雪白无一根杂毛，而今污秽纠结，仍掩不住壮硕英雄气概。有时我放下手中的书，与不即不离的它对视良久，彼此心照不宣。

没有九条命，猫如何能修炼到看破人世红尘，自成气定神闲的养生之道。

鱼在天上飞

清晨还在做梦,听见长廊上阿姨锐叫不迭,以为打劫,匆匆披衣倒屐开门营救。不料,见青花大鱼缸旁,一地扑扑乱跳的鱼儿,大多已鳞伤鳍残肚破,惨不忍睹。

肇事的流窜犯们是西墙废墟里一帮自由猫,早已翻栏越垣,凯旋而去。

两年来的惨淡经营,我饲养金鱼初见成效,强盗猫就来洗劫。它们经常团团围坐缸沿,开作品讨论会似的逐条点拨。并不是见鱼就下嘴,而是疾挑出一批,满地蹦跶,然后戏弄扑跃。最后还挺奢侈,留下一个个死不瞑目的大鱼头,让人恨得牙痒痒。

前年春节,看到菜市场有缤纷大金鱼便宜出售,心血来潮买了四条,养在脸盆里。不料过几天,忽然连续产下许多卵。生怕它们自食其籽,遂专门买了一个酒瓶式玻璃鱼缸,赶紧把亲鱼捞走另过。一周后,孵出了不计其数的发丝一样纤细的鱼苗。

这些计划外的超生鱼苗,顿时成了我们一家的援救中心。丈夫当天出海到厦门新华书店,买《金鱼养殖》《中国金鱼》等好几本杂志,好像不久将要开个水族馆。儿子根据书中指南,到学校的生物实验室商讨螺旋藻,据说把鱼苗养在这种绿泱泱的水里,就像把羊羔放在草场上一样。可是藻汤有限,母本仅一小杯,即使投进小苏打加紧晒太阳生产,仍然僧多粥少。依书上教案,煮蛋黄,纱布捏洗,很快发现沉淀成渣,恐怕水质腐坏又频频换水。鱼苗太小,搬迁不易,每天总要连水倒掉一批,不知余将剩勇能否在下水道里茁壮成长?除了四处送人之外,留存尚有几百条,居然比它们的父母亲们活得更长。

第三天热点过后,丈夫已不闻不问。儿子偶尔探访,不见其逐日斑斓,兴致萧瑟。我劳心劳力独立抚养,折腾一个多月,不见鱼长大。狠心悉数倒进天台上的大水缸,任它自生自灭。到后来,水缸里鱼苗都不见,代之活泼弓伸的孑孓。奇怪,究竟该谁把谁吃了?

小时候,父亲在天台的废蓄水池里(旧时鼓浪屿无自来水,每户人家均有水井和水泵,天台上筑蓄水池),随意投了几条小金鱼,再无关照。来年发现绿油油的水中,有半尺长的彩鱼出没。接着大旱,池水干涸,不见鱼的踪影,似乎水遁了。幼小的我,曾经闹着要跟堂兄弟到海边钓鱼,他们为了安抚我,在井边设几根饵线让我揪着。忽然饵线大动,我在狂喜与惊骇之下,几乎翻落井中。大人们闻声而来,联手拉上一条大鲫鱼,肥硕无比,头尾都露在了脸盆外。原来是哥哥淘气时把几条小鲫鱼扔到井水里,他自己都忘了。

因此以为,养鱼我应该有家族遗传。既然鱼缸、捞网、饲料都现成,还有几本教科书辅佐,我决定重开旗鼓。

人都以为金鱼生活简朴,只需清水和颗粒饲料;性格温良恭俭让,不扰民不缠人,也不传染狂鱼病什么的。等到登门入户,才知道金鱼的娇慵,委实一样难伺候。

开始那一年,我见鱼贩子比见朋友还勤。每进新货,我都要蹲在那里挑几条新品。一边不惜血本狂买,一边前仆后继夭折,几本经典都快翻烂了。仅鱼药就集一小篮,各类抗生素、高锰酸钾、甲基蓝、小苏打和盐。春秋季节,隔离住院的病鱼分放好几个小盆,常规药液泡洗20分钟左右,有时一忙,怕把鱼腌坏了,只差捏个秒表守在边上。死鱼捐躯在花盆里,芍药、海棠与荷氏凤仙,遂开得风花雪月,宛若金鱼浮上枝头。

等到鱼们逐渐安家乐业(它们有什么"业"?整日游手好闲!),我上朋友家去做客,所带礼品都是精品金鱼。一再骄傲地宣称,是驯服(不必输氧)并且消毒过的。附送冰冻红虫与鱼病防治复印件。时时打电话探问并遥控,骚扰得人家既收养不起,又弃之有愧。后来听到我提起金鱼,都掩耳而逃。

早起喂鱼是我的必修课,龙睛、水泡、珍珠鳞,摇头摆尾点名报到。那鱼又傻,只要有影子映在水面,即以为亲人来了,都浮上水面来嗷嗷待哺,遂被群猫所利用。为抵挡猫嘴日夜觊觎,缸口交叉架了几根木棍。

那天和鱼相亲相爱后,忘了把木棍一一架回去,转身就听见"泼喇喇"一声,一只大鸟从我头顶掠过,长长的喙正叼着我最心爱的鹤顶红。都说鱼有苦难言,那一瞬间,我却深信我听见了它无助的哭喊。

请工匠设计铁丝网盖以后,我平心静气,邀猫、邀鸟,一起隔网观鱼。

鸟的另一种捕鱼方式

鸟在鼓浪屿是荣誉公民,即使它的长喙直接伸到我的金鱼缸,也不像猫那样被人啐骂成强盗。其实,猫偷吃鱼也是本性使然,就像人垂涎美色一样。

居家周围是鸟的快活林。左邻荒地的几株高大木棉藤萝弥漫,宛若帐幔缨络重重,正可以隐秘做窝。另有杂树密密生花(谅也累累长虫),草深蚊蚋蚱蜢乱飞,再加上右邻花园里那些精心料理过的杧果树和杨桃树。荤素具备,端的伙食供应不错,比我儿子的北师大学生食堂强。

我家院子也有枇杷七八棵、龙眼两三树,和一株只怀孕不坐胎的木瓜。这些果树都不是我勤心勤力栽种的,是鸟们无心播的籽,便该是它收的租。向阳的果子刚涂了点胭脂,鸟就名正言顺来亲嘴,一亲一个甜。被鸟嘴吻过的果子酥软地堕下,迫不及待要回到泥土里去生儿育女。人只能勉强收获那些鸟不看待的皱瘪瘪小酸果。

鼓浪屿建了一座供游客观赏的百鸟园,我从未进去参观过。门票当然很贵,却不是原因。傍晚,我沿着环海路跑步,听见小山坳那铺天盖地的网架里,中气最足的是鹧鸪,一声声啼唤,悠远、浓烈,悲不可遏。民间故事里说它叫的是哥哥,我听起来却是:"苦啊苦啊!"那么多鸟被无辜强制拘留,竟无意成为饵媒,招惹不明真相者,或倾慕或探亲或借宿,纷纷自投罗网。市民在阳台上、厨房里频频发现迷路、饥饿乃至受伤的猫头鹰、斑鸠等呆瓜,不算稀罕事。

还是我那阿姨,手里拎着晾了一半的衣服奔进来扰我早餐,说是晒台上,有只鸟伏着,身下一摊红红的血。我立刻指挥丈夫上晒台看望,自己拨打电话求助。电话尚未拨通,丈夫笑着阻止我。原来,地上遗留的是红烂熟糜的桑葚,大受惊扰被迫放弃早餐的鸟,很生气地站在桑枝上大声抗议。

我家那小小鸟语林里,可能是几种野鸟受蒙骗后,将错就错定居下来。以我的高度近视眼,难以一一辨认它们,耳朵又没有足够的经验,能够只凭叫声识别族谱。我仅认识一只热情好客的长尾巴喜鹊,每当我走近树下,就要大声寒暄。有时也许是它的妻子?反正它们长的都是夫妻相。还有一只小鹭鸶,刚学习捕猎,求功心切,从我的金鱼大缸里噙走一条鹤顶红,居然不道歉。其余诸君,从不自报家门,"但闻流水声,不见青山面",它们高来高去,屋前白描的天,尽是鸟翼的拖痕,不亦乐乎。

父亲在世时,养好几对黄莺歌王,仿世界十大高音起名,它们论资排辈住在精雕皇宫、红漆木屋和简编小竹笼里。还有一架多格鸟橱,是育婴房兼托儿所。培养了几笼八哥、虎皮鹦鹉等杂家。专宠一头名贵红嘴大鹦鹉,会学父亲咳嗽,以假乱真使唤侄女,害得她每次都要跑到父亲跟前,才发现上当。那鹦鹉便很得意地伸出爪子和侄女握手言和,表示不好意思啦。父亲去世后,上班的上班,上学的上学,家中冷清。鹦鹉不耐寂寞,尖喙磕开脚环,出窗遨游,迷路到别人阳台去了。时逢高考在即,侄女为鹦鹉哭哭啼啼,无心读书吃饭。嫂子只好请我帮忙,幸亏小小鼓浪屿,鹦鹉的去处立刻水落石出。我求丈夫去说情,收容之人是丈夫的同学兼队友。且不说在花鸟市场上,一只这样驯熟的鹦鹉价值两千元以上,人家还有一个9岁的儿子,天上掉下一只会说话的大鸟来,正不知有多开心呢。于是便问有什么证据?鸟是没有户口更不会有身份证的。费了很多周折,鹦鹉终于回家。侄女也如愿考上了大学。

父亲曾送我一对少年黄莺,说是血统高贵,唱腔必定不俗。谁知我耐心奉承并察言观色半年多,小两口只顾恩爱,金口难开。偶尔想起尽职责,也只是像麻雀那样叽喳两声敷衍。父亲指点我拆散小夫妻,置它们于咫尺天涯。果然,那公鸟每日绵绵诉说衷肠,高亢婉转,中人欲醉。于是祸从天降。有一天睡午觉,辗转不宁,好像空气中被抽掉了什么。忽然醒悟是太安静了,翻身查看,果然是小偷蹑进,把鸟提走。这是个雅偷,嫌我的竹笼不够品位,弃之门外。剩下形单影子的母鸟,郁悒不欢,几天后,头一歪,香消玉殒。

遂不再养鸟。

要听鸟鸣,并非一定要制造离别失恋,乃至殉情惨案。我家四周那些户口齐全鸟丁兴旺的披毛家庭,不乏快乐的啁啾之声。清晨与黄昏,众树喧哗,天空布满各种花样翔技。白天里,不时有浅吟短唱如雨打窗;外出夜归,惊动树上的美梦,喁喁嘀咕,带着浓浓的睡意。

出差到内陆,朋友陪我去洗头。电视里有个环保节目,提道:人在都市里,再没有机会听到鸟鸣,云云。我顺口对朋友说,我在家起得很早,因为鸟太多了,一定要把我吵醒。洗头的小妹遂一脸同情:"瞧你住的地方多落后呀!"

家贼难防

住家是丈夫祖传的旧宅院,有许多隐秘的角落。如隔离层的四间地下室,阴暗的楼梯间,和一套套笨重得几乎从不移动的红木家具。这些地方向来是滋生老鼠和蟑螂的地方。多年以前我从国外引进的经验即是:所有食物都严密藏紧,垃圾桶加盖,尽量不把饼屑饭粒掉地上过夜。先断其粮草再专项整治,每年下不同的新药毒杀。由于我们住在二楼,比较容易肃清疆域。蟑螂与日俱减,几乎绝迹,偶尔留一两点黑屎,表示不屈不挠,遂招来更严厉打击。老鼠识相,见无利可图,立刻另择良屋而去。

2000年,14级台风袭击厦门,鼓浪屿损失惨重。古树连根拔起,危房倒塌,海面上到处是浮鱼漂木。惊涛骇浪同样倒灌进所有下水道,原先的老鼠王国立刻摧毁,幸存者被逼上梁山。"越高越安全啊!"刻骨铭心的空前之灾,把一只惊魂甫定的小老鼠,从地下直赶到我们的二楼。也许它的外婆或老祖母,曾描述过我们家的地形,这个偷渡者不带地图册,竟轻车熟路地潜伏下来。

先是发现塑料包装撕破,新鲜面包从中把馅掏空。接着发现柜子里的饼干破损不堪,小家伙并不是求果腹,而是每样都打开,浅尝辄止。很快染上我们家的习惯,饭后必水果伺候。有桃啃桃,有苹果嚼苹果,退而求之,西红柿也肯马虎将就。就是不学上厕所,尿骚屎臭烦人。有天晚上,我去蹲厕,眼睁睁看它顺着我的视线,一路睥睨阔步走去,扭腰摆臀,颇有大家风度呢。

才没过多久,鼠少爷已如此肥硕刚健,说不定将论及婚嫁了。

时机紧迫,我迅速开展剿灭行动,把居委会发放的鼠药分布在交通要道,次日查看,药末一路洋洋洒洒,泼洒向楼梯间。于是举家合力搬移杂物,发现拌在药中的谷粒只剩空壳,原来被它当瓜子嗑光,然后消踪匿迹。又去药店买新科技产品,撒在它最迷恋的椰丝蛋糕上。好家伙,它竟然把蛋糕一点一点噬掉,药末却纹丝不动,我甚至怀疑它用了我的刮刀。再后来,它干脆连药带烤肉香喷喷饕餮得痛快淋漓,不见中毒也不见憔悴。

晚餐时分,听见它在隐秘掩体里,翟翟歌唱:"生活多么美好啊!"真真被它气死。

除了更加彻底坚壁清野,我已丧失信心。

乡下亲戚说,这是一只钱鼠,因此聪明绝顶,一般的鼠药只当是它的开胃点心罢了。外婆(是我自己的外婆。不过,鼠外婆一定也熟知这个故事)曾经讲过一则漳州地区的民间传说:有一穷儒,手不释卷读书到深夜,见梁上两只灿烂黄鼠,率一群白鼠追逐嬉戏,扰得不能静心,向老娘诉苦。老娘大惊,着人梁上搜索,果然掏出一对金锭和十来个银锞子。书生遂得以衣食无忧,完成学业,最后自然做官去了。

我家的"伪钱鼠"是灰的,不金不银。在它作秀期间,并不见财源滚滚,甚至连正当稿费,也被屡屡拖欠。也许我应当买彩票试试?我本不相信天上掉下来的好运气,即使有不少大商场的摸彩单,我也懒得兑奖。

对于我们的软弱无力,家鼠了如指掌,光天化日公然出来惹是生非。当它示威般从我们眼皮底下,踱进儿子的空房间时(儿子上京城求学去了),丈夫一跃而起,眼明手快把门锁上。然后拌好上等鼠药放进门内,就等饿昏了头的家鼠上钩。

屈指数过一周有余,想那鼠盗若不被药死,当也渴得奄奄一息。开门进去,翻箱倒柜,生不见影死不见尸啊。终于发现墙上空调机的管道口,被刨开一条生路,宛然远走高飞矣。所谓"狗急跳墙",鼠被逼急了,会长出翅膀吗?竟然飞檐走壁!

因为鼠疫牵连,鼠族臭名昭著;鼠的模样委琐,鼠目獐头嘛;鼠的生活方式阴暗,栖身于垃圾堆和臭水沟;鼠的职业道德不良,以偷窃为生,连戏剧里《十五贯》的人偷都名叫娄阿鼠;唉,所谓鼠目寸光,鼠的祖先真没有先见之明,在生物进化的链条上,一失足成千古恨哪。几世纪来,人类殚精竭虑,无法将小小鼠辈赶尽杀绝。人类在灭绝大象和老虎时,可是不必花太长时间的。因为,象牙和虎皮虎骨多值钱呐。

壮鼠一去不复返。有时怀旧来走动,亦偃旗息鼓不露痕迹。现在它大概已经儿孙满堂。它与我们斗智斗勇的惊险连续剧,正在下水道里热播哩。

小样儿

有人说宠物不能算动物。如此说来,人的寓所里还有一些卑微小生命,比如蟑螂和蚂蚁,算不算动物呢?

蟑螂不算野生的,但我们却不能承认是家养的呀。老房子通常都会有无数的蟑螂夜间游走。我的外婆曾经利用小口玻璃瓶,内置香炸细鱼若干,引得蟑螂前仆后继跌入瓶中,次日活生生捏给鸡吃。鸡们扑食之际惊喜连连,屙蛋却屙得口吐白沫脖子梗僵双足痉挛,因为蛋太大了。暑夏里,成年的蟑螂穿上斯文长衫,飞来飞去广告招亲。外婆就说,暴风雨快来了。这时打死一只,等于消灭一窝呢。消灭蟑螂是全人类的共同心愿,动物保护协会是不干涉的。问题是无论采取什么手段,蟑螂的种族仍然野火烧不尽呀。前几年,居委会发给一种新药,据说对人体无毒,只破坏蟑螂的免疫系统,尤其神奇的是能够在种群里迅速蔓延,类似人为的艾滋病。我家用了之后,果然蟑螂尸横遍地,连续几天,扫了一畚斗又一畚斗,从此几乎绝迹。现在每年5月我都要用一次药,再无死虫现身。偶尔看见一只仓皇路过,懒得理它。周围有不少老房子,住着孤独老人,我曾到其中一家去要水洗手,揭开木盖,看见缸底浅浅一圈水,缸壁却伏着密密麻麻几十只肥嘟嘟大蟑螂呢。

　　蚂蚁对人伤害表面不大,而且据说红蚂蚁泡酒,还能治风湿病,真有人敢人喉吗？卖价还挺贵的。就算是良药,可当蚂蚁们不经许可,爬在面包等食物上,你不能不讨厌它们。二十世纪六七十年代,白糖很珍贵的,按人定量供给,偏偏蚂蚁总能跟踪而来。舍不得连糖一起扔掉,就得不断晃动糖盒,驱赶它们。再把糖倒在一张白纸上,挑出那几个顽固不走的黑字抹掉。外婆家的食柜和饭桌的四只脚,都有特制的小瓷碗垫着,外圈盛了水,蚂蚁是不会泅渡的。一旦桌面发现蚁迹,绝对是瓷碗的水干了,于是再添水。不知是连续几年用了灭蚁药,还是现在白糖太贱了,反正我们的食柜和调味盒附近,蚂蚁懒得再问津。只有在我的露台上,小小黑蚂蚁在花盆之间倏忽移动,好像很忙。想来是正当谋生,或是蚁群之间的宗族战争,不再为难它们了。

　　家居是一座二十世纪三十年代建成的老别墅,木质的门窗被风雨剥蚀出许多缝隙来,常有一些不请自来的短期房客,虽不付房租,但也不大惹是生非。

　　有一对壁虎就栖身在我的结婚纪念照后边。白天它们在镜框后面做什么营生我们不管,尊重他们的隐私权。晚上,灯光明晃晃的,它们一前一后溜出来猎食,我亲眼见一只顾影自怜的蠢肥螟蛾,被壁虎蹑身咬住,"扑啦啦"地边挣扎边进了虎口。这只壁虎宁肯撑坏肚子,也不招呼爱侣分享,可见在家庭经济方面,实行的是AA制。也许它们和人类厮混得熟了,沾染了一点先锋意识嘛。过些日子,老两口不见了,出来一只怯生生的小壁虎。小家伙好奇,滑到我的电视机上左瞧右看,估计找不到开关吧？我拿起电蚊拍咄声猛赶,吓得它好几天不敢露面。周围草木太密,蚊子凶猛,家里只好装上纱窗。壁虎知道将要断炊,悄悄搬到什么地方去了。夜灯亮时,总听见撞到纱窗上的声响不断,都是些趋光的蛾子、臭蜻和蚱蜢。不由自主多看几眼,希望见到老朋友攀附在窗纱外,大快朵颐之余,也打个招呼啊。

过年清扫卫生,在顶楼的梯间发现一只臃肿黑蜘蛛,很狰狞地蹲在巨网之中。惊骇至极,不由得一笤帚拍下去,蜘蛛顿时魂销魄散。从碎裂的腹部冲锋陷阵般飞奔出千百只幼仔来。等我惊魂甫定,抓来一罐"必扑",众小妖均逃得一干二净,半点蛛丝马迹也无。这些小东西刚出娘胎不但能跑能躲,还能自谋生路,都返回野外去安居乐业,楼梯间至今不再有悲剧重演。

其他种族的温和小蜘蛛,常常在我的盆花之间玩高空织锦,被我屡屡坏其好事,屡教不改。另有蝴蝶、蜻蜓、玫瑰蚜和蜗牛,是我家露台上的域外游客。甚至黄蜂,逢到它心情不好,也曾叮肿儿子的嘴唇和我无辜的后颈。这是因为我们需要到露台上纳凉、养花、喂金鱼,被认为侵犯到它们的疆域。有次我从园子里装了一盆腐殖土上来移栽,水灵灵的太阳花换上去几天根就没了,又换新株,依然无根。如此再三,以为是土壤太肥,把根沤烂了,遂把土倒出来拌旧土,才发现盆里睡了拇指长一只白白胖胖的蛴螬。东北诗人曲有源曾经把这种东西焙得焦黄,当美味佳肴请我喝酒,当时我是连看都不敢的。不知老曲懂不懂得这种取之不尽的花盆养殖法?想到它是好朋友的下酒菜,我便轻轻铲起它,扔到隔壁荒园里去。那里才是它待的地方。

隔壁一个偌大的花园荒了好几年,杂木花树藤蔓纠集,生生息息,繁衍了多少小生物,不得而知。如果许多年后,从灌木阴影里爬出一条小恐龙来,我也不奇怪,只要把恐龙蛋放进去就行。我丈夫希望是一只美丽的红狐狸,当我远行在外,会有俏皮的莲步移动,有香喷喷的红酥手,敲在他的电脑键盘上,打出"婴宁美眉在线"的字样……

——可惜,有好事者研究结果,说"红酥手"并非女孩的纤纤玉手,而是江南一种点心的名称。真是太煞风景了。

鼓浪屿这样的孤悬小岛,自产的野物是从来没有过的。小鱼小虾很难修行成精,从前在海滨浴场游泳会碰到白海豚,它们大概和美人鱼没有亲戚关系。老祖母年代,曾有一头异想天开的鲁莽老虎,学哥伦布探险,从大陆岬角的南太武山,横渡海峡,上了鼓浪屿岛,不幸被岛民堵在深巷里打死。这条逼仄的小巷因之十分有名,就叫虎巷。唉,假使那只老虎动点心思,拖延些时日,比方在游人如过江之鲫的国庆长假里,堂而皇之上岛,不知有多风光。仅是一张华南虎的玉照,已悬赏到5万美金。

人与动物做朋友的理论不但很难实践,还有点可笑。鸟飞南北,鹿走鹿道,人铺路修桥。文明发展到今天,人类才意识到要为濒临灭绝的动物做点什么,怀着赎罪的心情。但首先要尊重自然,对造物怀有敬畏之心,各守自己的疆界,互不侵犯,然后才是其他的补救手段。

正像美国普利策奖获得者纳塔莉·安吉尔在她的《野兽之美》里写的那样:"人类之所以生存得如此美好,是因为地球上还有许多鸟兽虫鱼始终伴随着我们。芸芸众生自有其存在的理由和生命的秘密,同样也有其兴衰的悲欢和灭绝的宿命。"

阿门!

2002.10.12

生命年轮里的绿肥红瘦(节选)

一茎一叶总关情

常常想,最与我们呼吸与共的,其实是从不聒扰人的植物。

从小就懂得"光合作用",后来又知道了"负离子"。武夷山有个溪边林地,取名"天然氧吧",人在那里如鱼得水,脑袋再不灵光也能写诗。而在备受污染的都市颗粒尘烟里,人们呼吸道红肿肺部淤积,喘息在时代文明的浅辙里。

鼓浪屿原本天生丽质,一年四季都有碧波绿树鲜花。只有本岛居民才能深切感受到,植物的拥抱和依偎是如何的与我们息息相关。今年秋天,我外出多日回来,沿鼓浪屿环岛路散步,发现花圃、草地、篱笆、行树不但更为葳蕤,像多日不见的孩子长高变漂亮了,而且还有不少新移民正在进驻。第二天,我兴致勃勃手持《园林花卉手册》,一一去对号入座。最为钟情的当是一种属于菊科的花卉,在香格里拉,在大兴安岭,都曾相识过,却查不出学名来。她的茎叶纤细修长袅袅婷婷,花瓣洗练缤纷略带三分天真,而且性情极为随和。林边、田埂、路旁、屋前,风沙与霜寒里,不经意地开得那样纯洁姣美。北方把她叫作"扫帚花",在鼓浪屿她是模样招人心疼的"豌豆公主"。

将动物当朋友的呼吁,经过多年努力,已深入人心。但有关植物研究,往往等同于农业增产或园林优选。植物不仅仅是人的一种生活状态,对人的环境、饮食、疾病和情感具有潜在影响。植物的语言方式和情感个性,往往被忽略了。这是因为当你回到家里,扑进怀中摩挲邀宠的是猫咪,欢快地叫着跳着缠在脚边的是小狗,而门廊里的冷水花、书桌上的天门冬,客厅的龟背竹、橡皮树,和阳台上的仙客来、朱顶红等,默默伺立一边。它们不会撒娇,不会客套,不会嘘寒问暖,不会渴望地叫唤着:看我一眼吧,抚摸我一下吧,亲亲我!

有关植物情感的很多研究报道,不可思议得近似于荒谬,但却很美很接近梦想,像科普童话。比如有一种论调说植物不但有喜怒哀乐,而且会记仇。最典型的报告据说来自美国的一个情报官员,他把测谎器的电极接到植株上,用火烫烧叶子,描述器上立刻出现剧烈的振幅,仿佛锐声惨叫"痛啊痛啊"。当火移开,振幅即平静下来(不像人类的创伤,一般要痛很久呢)。而试验者再走近时,那保存经验的植株,又会恐惧地颤抖起来。据说由于植物的这种记忆,将来可以利用来破案。因此我警告你,杀人越货时,目击证人可能就是那棵不动声色的金色合欢。

我情愿相信,植物不但懂得而且渴望抚爱。我的父亲培植玫瑰在本地小有名气,同时也不排斥石榴和海棠等小家碧玉。每当有变异新品的玫瑰在他呵护下,吐出独一无二的鼓胀大花苞,白天就要搬进室内,父亲烹茶与之相对,晚间再移到天台"呷露水"(父亲的话),延长花期。父亲去世后,不但玫瑰日见萎靡乃至伤殒,连那些平常茶花、蔷薇和杜鹃,也不再振作精神,为伊消得花憔悴。

我的孩子两三岁时,特别恐惧暴力。我只要握着一根小竹篾,指着他喜欢当马骑的小木凳说:"你再不张口吃饭,我就打痛它。"孩子紧张大叫:"别打别打它!"然后乖乖张开口,当然只是一小口。

竹篾下次再指的是玩具狗,甚至地砖。

  人类在童年时期,相信万物都具有与自己一样的感受,极富同情心。等我们的心脏强壮到足以承受大悲大喜直至麻木,皮肤增厚到油盐不进刀枪不入,龟缩在世故的茧壳里,我们不相信了万物通灵,或者不再关心。

  多年以前我还年轻,朋友带我去广州植物园。茸茸草坡从我们脚下,一直铺向湖边,一棵接一棵华冠水杉,半边身子浸在水中,有如莽象渴饮;又像村姑俯身掬洗那飘逸浓密的长发。我们伫立在绿色蓊郁之中,语言飘忽而去,另一类词汇随着白亮的秘密在瞬间击穿我。凉凉的水意,缘脚跟进入,布满全身。

> 你把我叫作栀子花,且
> 不知道
> 你曾有一个水杉的名字
> 在一个逆光逝去的季节
>
> 我不说
> 我再不必说我曾是你的同类
> 当我叹息着
> 借你的手凋谢

  我的前生,我们的前生可能是一株栀子花或水杉么?并非故意矫情或耸人听闻,我很清楚,这只是一厢情愿的幻觉。

  如今我已又老又硬,虽然喜欢接触植物世界的秘密,心里其实不能信以为真。就像阅读民间传说或者希腊神话一样,它带给人们神秘的想象、无尽的空间和深度,带给人们真、善、美的情感启迪。一旦真的相信植物有感觉,那我们在厨房里,怎能够对战栗的胡萝卜下刀呢?

抬头是你低头是你

　　三角梅又叫叶子花，还有一个更牛的名字叫九重葛。如果任其恣意生长，说不定真会攀上九重云霄。

　　二十世纪七十年代在日光岩见到的三角梅颇具野性，未经雕琢不被扭曲。门廊、石缝、墙根和路旁，爬高跃低，繁花如晕染腮，如钗斜簪，如织锦如挂瀑，如歌如诉如痴如醉，极其动心动情。

　　1979年8月写《日光岩下的三角梅》。

　　该诗发表不久，我陪军旅作家王中才游览鼓浪屿，介绍三角梅与之认识。他回去后写的短篇小说《三角梅》获全国奖，又改成剧本。为拍电影，大学刚毕业的张子扬曾和演员丛珊来过我家。20年后若非现任职中央台国际部的张子扬提起，我自己毫无印象，可见我不具追星素质，虽然我曾那么喜欢丛珊演的角色。

　　记得当年其矫老师说过，三角梅引种于东南亚，在中国算是年轻的移民。几天前，我才从花卉杂志上读知，三角梅的国际试验中心设在新德里，每年向全世界发布三角梅的有关研究报告和最新品种。

　　三角梅被厦门人民评为"市花"，我虽不是评委，但也算以诗投过一票。父亲便把三角梅列为"家花"悉心伺候。单瓣、复瓣，红黄紫白粉，均收罗齐全。只要看到新品种，不但自己买，还要送一盆到我这里。又怕无端夭折，继续扦插新苗做备份，若是出现短缺，我就到父亲那里搬救兵。父亲去世之后，哥哥迁往厦门住公寓，三角梅们移居我家。我原以为它们比较粗放，不像玫瑰娇弱。换过主人以后都不大开花，只是伸长脖子和胳膊，仿佛谛听并呼唤一个不再返回的背影。

　　随着城市建设的日新月异，厦门园林花卉引进了许多新宠，鼓浪屿自然跟进,三角梅的中心地位逐渐旁落。有人在本地报纸著文提醒市民,替三角梅喊屈。我觉得有一定道理。造就一个城市的花容月貌,仅三角梅当然不够,后宫三千亦不算多。但是,既然隆重推为"市花",理应形成传统,给予相对标志性的醒目的位置。

不能失信于民,不能失信于花呀。

我经常在花摊走动,三角梅仍然很热销,可见老百姓心中有数。尤其在鼓浪屿,神采飞扬的拱门,喧闹锦簇的墙头,以及盆栽参差的阳台上,最红火最抢眼最出尽风头的,依然是宠辱不惊的三角梅。

多年前,厦门举办一个大型文艺晚会,《日光岩下的三角梅》选为歌词送批。有人提出结尾两句太低沉,于是有位领导便问:"谁写的?呵,是舒婷。容易,拿回去让她改改。"幸亏另有一位曾经写诗的领导在场,他了解我,插了一句话"恐怕不行吧,这首诗已成名篇了"。于是,他们换了更合适的人,写更合适的歌词。

我也觉得,这样更合适些。

当然,我不敢自以为是什么"名篇",但确实是一首20多年前的旧诗,从前是这样现在应当还是这样。我更不以为"三角梅"情调低沉,我年轻时代的诗句都高昂得十分幼稚哩,看看最末这一段:

啊,抬头是你

低头是你

闭上眼睛还是你

即使身在异乡他水

只要想起

日光岩下的三角梅

眼光便柔和如梦

心,不知是悲是喜

真要修改的话,我会删掉那个"啊"字,但是,那已经和是否"低沉"无关了。

都是木棉惹的祸

十多年来写了不少散文随笔,总量已经远远超过诗歌,可是大多数读者只记得我写诗,常常把我的名字等同于《致橡树》。

木棉在南方是旺族,分布很广,不记得是哪个城市还选了她做"市树"。用"她"字称呼,是我的感觉,仿佛木棉花有几分女性化吧？木棉树换装之神速令摩登女子也自叹弗如。黄叶刚刚学会沧桑,有如风中翻动的脸,饱满肥硕的花苞不知何时已缀满枝头。忽然"扑"的一声,凌空落下香魂一缕,自绝于跟前。抬头发现无数嫣红飞禽,翕翼扑动,似要冲天而起。它们远扬的渴望最终遗下猩红遍地。来年仍是拼尽一腔热血前仆后继绝无反悔。

木棉的身躯笔直伟岸,花开灼灼,让人联想到热血沸腾的戍兵征将。从前有篇课文里,赞美她是"英雄树"。我的语文老师在讲解时,不合时宜地发挥个人观点,说木棉外强中干,风必摧之;又说其资质毫无实用价值,既做不了好木料,甚至不能当柴火。老师不知道的是,鼓浪屿的老人们爱收集新鲜花瓣,据说烹茶可以降血糖。

评论家习惯说东道西,木棉兀自嫣红。

我与橡树一见钟情,是在日本电影《狐狸的故事》里。这部纪录片是"文革"后允许公映的为数不多的几部外国片之一。另有一部朝鲜片《卖花姑娘》,赚了不少观众眼泪哩。在这部对狐狸追踪十年的纪录片里,背景有棵老橡树,独立旷野高坡,沧桑于蓝天白云之下。夏天绿荫匝地,冬日风雪之中枝杈刚阿,盛衰均是铁一样的沉默。

1979年才在杭州植物园亲睹橡树,病歪歪的,与想象相去甚远。

德国洪堡大学就在柏林市区著名的橡树大街上,我经常在那里散步。作为行道树,树冠确实美丽,然而总不如在荒野里,那样惊心动魄。前年在美茵滋州的一个野餐会上,我与女主人一起朗诵《致橡树》。女主人环视周围,对我说:"这片山林全都是你的橡树。"山上的橡树都太细,胳膊粗罢。因此我回答:"不,它们是橡树的儿子们。"

1977年3月,我陪蔡其矫先生在鼓浪屿散步,话题散漫。爱情题材不仅是其矫老师诗歌作品的瑰宝,也是他生活中的一笔重彩,对此,他襟怀坦白从不讳言。那天他感叹着:他邂逅过的美女多数头脑简单,而才女往往长得不尽如人意,纵然有那既美丽又聪明的女性,必定是泼辣精明的女强人,望而生畏。年轻的我气盛,与他争执不休。天下男人(不是乌鸦)都一样,要求着女人外貌、智慧和性格的完美,以为自己有取舍受用的权利。其实女人也有自己的选择标准和更深切的失望。

当天夜里两点,一口气写完《橡树》,次日送行,将匆就的草稿给了其矫老师。他带到北京,给艾青看。北岛那时经常去陪艾青,读到了这首诗,经其矫老师的介绍,1977年8月我和北岛开始通信。前些日子,因为王柄根要写蔡其矫的传记,我特意翻找旧信,重新读到北岛1978年5月20日信中这句话:"橡树最好改成《致橡树》……这也是艾青的意思。"

这首诗流传开来,不断碰到那些才貌双全的女孩子,向我投诉没有橡树。因此又写《神女峰》作为补充:"与其在悬崖上展览千年,不如在爱人的肩头痛哭一晚。"年轻人却不予理会。至今,只要有人老话重提,说起当年的爱情史与《致橡树》有关,我赶紧追问:"婚姻还美满吧?"好像我要承担媒人职责那么紧张。

《致橡树》收进中学语文课本已有十来年了。每年有多少语文老师,跟孩子们讨论橡树和木棉。有没有人意识到木棉很南方,橡树却生长在朔雪之乡?事实上,它们永远不可能终身相依。

不久前,厦门市思明区宣传部部长挂电话来,问可以不可以在鼓浪屿择块风水宝地,种一棵橡树,再矗一块《致橡树》的诗碑。我回答他:橡树在南方不容易成活,假使能生根,一定没精打采百无聊赖。橡树要长到可以托付终身的模样,需要好多年,至少我和部长都看不到了。又提,那么找一棵像样的木棉如何?这几年兴旅游热,凡是游人茂密的地方,都清场给棕榈、蒲葵和槟榔类热带植物。木棉在鼓浪屿倒是四处可见,护在人家院里屋外。谁愿意让游客整天在自家门内门外进进出出?

趁机向部长告状,鼓浪屿导游图上标着我家地址,侵犯我的隐私权。平日里,尤其国庆长假,按图索骥公然闯进院子拍照者有之,大清早叩门扰人清梦者有之,称:"要赶飞机,因此起早打扰,想见《致橡树》的……"

部长诺诺。诗碑作罢。过些日子,我家果然从鼓浪屿地图上消失了。

老屋西墙那边原有三株高大木棉,前年台风,拦腰折断两株,紧挨院墙一株,肩膀以上被掀掉了。老师说得对呀,木棉树确实不堪暴风袭击。两年过去,木棉们生命不息冲锋不止,新枝花貌齐全,倾斜挂在墙头,却有些龙钟了。今年忽然到处飘起轻絮,每一阵风过,洋洋洒洒,跟鹅毛大雪似的。美则美矣,但白色的绒球累累挂在墙头、树梢和花圃上,春雨一浇都污了。扯掉它时,再仔细都会伤了嫩芽和花蕾。更糟糕的是落在青花大缸里,被金鱼当美味吞吃,抢救无效。

多年来,我家木棉也开花也飞絮,轻描淡写而已,并不如此鞠躬尽瘁广为告之。竹子开花意味着竹林的死亡,我还以为也许是木棉一种告别仪式哩,遂不忍苛责。看看邻街其他木棉,也都像顽童吹肥皂泡那样,漫天抛撒白色风球。老人们都拎了塑料袋,满街追着拣。这才恍然,木棉原是上等天然填充物。既然要清除掉,不如顺手收集。我在院子的各个角落都挂了塑料袋,丈夫搬梯子上墙,保姆扫落叶频频弯腰,92岁的婆婆看了眼馋,几次欲下楼参与全民皆兵,被我们坚决禁止。

到后来我收集棉絮成瘾,一有时间就猫在长廊上盯梢,目击成团白絮坠落即飞奔下楼。读书写作魂不守舍,听到风声和爆荚声遂弃书掷笔而去。再后来,我打着喷嚏,弯腰曲背上医院。路上遇到朋友,听说我的过敏性鼻炎和腰肌劳损又犯了,好意劝我悠着点,挣稿费嘛不要太辛苦。

咳,木棉惹的祸还少吗?

古榕不知日月长

来了外地朋友,在厦门那边打电话,要到鼓浪屿看望我。我便约他们在轮渡这边的大榕树下碰头。炎夏这里树影婆娑,海风习习,给焦躁的客人擦汗;雨季它是一把巨伞,护我伫立等待朋友不湿衣衫。其实,这才是鼓浪屿最醒目最优美最具沧桑的象征。

榕树在闽南是世居大望族。福州自古以来称"榕城",显示了省城的历史地位和文化,"市树"的桂冠当之无愧,他城他地无法竞争。福州人崇拜古榕,供为神树。有疑难病症,到神树下烧香许愿挂红布条;孩子难养,拜一棵神树认干妈,挂红布条;高考、失恋、祈子、求财,都向神树磕拜,也挂红布条;因此,挂满红布条的那棵古榕,即是那一方风水的保护神。

印象深刻的两棵古榕都在上杭县城。1971年春天,我从插队的院田(现在的院田乡),上县城看一位年长的朋友,他在上杭一中教书。他带我到大桥下榕树旁,坐在被山洪冲刷得雪白的错叠怪石上。朋友警告我写诗要注意安全,多读历史、哲学、补充古典文学等等。他的苦口婆心对我影响很大。回到知青宿舍,我写了《寄杭城》答谢朋友。它是我写作年头最早的一首(并非发表最早),因此收在诗集《双桅船》的开篇。在它之前虽也写诗,自己觉得没什么意思,就不拿出来见人了。今年夏天我回乡探望老房东,岁月流逝,这棵大榕树依然倾斜在江面上,分出一半树冠,荫庇着著名的临江楼。另一棵巨榕在县政府大院里,五六个人环抱那么粗,气根林立,把它自己支撑得宽展伟硕。巨榕下的三层楼县政府,犹是二十世纪六十年代旧建筑。现在看起来,特别有一种素朴的简约的亲切的味道。上杭人民已经耗资耗力建成风光旖旎的江滨大道,县政府还能在旧楼办公,真是难能可贵呀。如果我要挂红布条,我一定祈求老榕树保佑这座小小的白色建筑,存留下来,作为一个时代的纪念。

榕树在鼓浪屿,亲切得就像我的世伯辈。渡口那一棵可以叫"迎客榕",每天笑眯眯迎来送往,圣诞老人一般慈祥。鹭海宾馆门口斜坡顶上那几棵,树龄不等四世同堂,营造一方绿荫匝地的驿站,气喘吁吁的游人在那里歇把脚,振作精神下坡往港仔后浴场。亚热带植物园路口,面向美华沙坡的高台上,是榕家三兄弟,肩挨着肩手拉着手,圈出半遮半掩的绿色屏风;夏天时,店家在中间放了一张白色小茶几,休闲的人清凉无汗,只听到潮声一波一波的吟哦。街心公园那一棵比较年轻,已呈现家族遗传基因,胡子须须绺绺。一年四季,庇荫着老人们在那里下棋、聊天、打扑克、听收音机,行动不便的老太太被轮椅推到树下停着,闻闻人气,流着口涎打盹。它们都很入世,是红尘中人。另有不少榕树自甘寂寞生长在山坡僻角,收容爱聒噪的鸟儿,清风一树,便荡漾欢乐一树。沿环岛路有几棵运气不佳,脚下置了射灯,夜间被装点成梦幻布景。榕树肯定不情愿,只是无法拒绝或搬迁而已。可不!日夜灯照不眠不休,铁打的汉子说招就招了。

榕树因为生命力极强，耐刀斧经拗折，闽南人利用这点，创造出榕根盆景。丈夫曾经属意它，喜欢它不押韵的瘦硬的艺术风格。别看榕根墙角石缝都能栖身，一成为盆景立即身价百倍，与其配套的非紫砂也得细陶，投资极其烫手。不像我花六毛钱买那棵万寿菊，给它一个破铁罐照样奋发图强，把花开得让人不忍它如此挥霍。不料有一天早晨起来，发现最优秀的盆景不翼而飞，数数竟损失十八盆。唏嘘半天，束手无策，劝丈夫将余数搬到屋平台，丈夫以不能随时随地约见而拒绝。过一星期，小偷熟门熟路又来光临，将所有盆景及几盆珍贵的仙人掌囊括而去。我和丈夫趴在阳台往下望，只见邻院的墙根扔着两个最没品位的瓦盆。丈夫绕道去取，我用竹篮将两个仅值四角钱的瓦盆接应上来。和丈夫商量在阳台贴一布告："若有中意之株请君拔去，不可将盆如此乱弃，彼此费事。"

土生土长的古榕，在鼓浪屿可算世界爷，安详、稳重、慈爱而宽容。有哪一个鼓浪屿的孩子，没有在它的照料下奔跑过、攀缘过、梦过、爱过、哭泣过！鹭江水滔滔，日起日落，月转星移，愿长胡子古榕依旧。

2007.8

老房子的前世今生

……每座幽深阴凉的老房子,既可以是一个家族盘根错节的宏大叙事,也可以缩写为攀缘在雕花窗台上,那几茎破碎的缠枝蔷薇……

失语的石头

鼓浪屿最负盛名的是各种风格的建筑。号称"万国建筑博览会",未免有些自夸,至少十几国领事馆,却是不争的历史事实。

鸦片战争后,厦门辟为通商口岸,西方列强纷纷拥进鼓浪屿,除了领事馆,还有商行、公馆、别墅、教堂和学校,甚至有一个小小足球场。洋人记载:岛民穿人字拖鞋踢球,往往拖鞋先破门,球却飞了。因此得出中国足球不可惧的结论。姑且不论中国人是不是踢足球的料,起码这里的足球意识开发得比较早。岛上的中学生足球队十分骁勇,转战全省无敌手。现在的足球场,大铁门日夜紧锁,不准孩子们入内奔跑和操练。透过铁栅,可以看到茵茵绿地,像橱窗里摆设的绣花缎面,被自动洒水机精心熨烫着。据说正规的球场本来需要如此保养着。

福建沿海历史上，多有漂洋过海谋生求发展的传统。出于根深蒂固的乡土观念，二十世纪二三十年代，不少华侨回来鼓浪屿投资兴业，筑巢而居。他们既想保留闽南古风，又吸纳侨居国的建筑风采和技术。直接从国外自带设计图纸，进口高级建筑材料和家具，经中国风水先生的严格测试，因地制宜，依山望海，竟建成了一千多栋私人楼房。

有纯欧陆式别墅。牵藤攀薜的廊柱和拱门，虽斑驳残缺，犹见考究的百合浮雕和古希腊宏伟气势。风轻摇松动的百叶窗，似乎可以窥见当年的壁炉、枝形烛光、细瓷银刀叉，以及踮在留声机上如痴如醉的白缎舞鞋。

有庭院深深的大夫第和四落大厝。铜门环凹凸剥蚀，击一声绵长再击一声悠远，声声清亮如磬。红砖铺砌的天井里，桂香一树，兰花数盆，月季两三朵。檐前滴水青石，长年累月，几被岁月滴穿。中堂的长轴山水，檀香案上的青瓷描金古瓶，甚至洒扫庭院的布衣老人的肩头，似蒙着薄薄一层百年浮尘。

更有"穿西装戴斗笠"中西合璧的别墅。建筑主体是西洋式的，有地下隔潮层，卫生设施十分先进完备，但屋顶却是飞檐翘角，门楣装饰挂落、斗拱、垂柱花篮等，花园里既建喷水池，又造假山、八角亭等等。甚至有集"清真寺、希腊神庙、罗马教堂和中国古典"为一体的建筑，如"八卦楼"，即现在的厦门博物馆。

最耐人寻味的是那些别墅的名字：杨家园、番婆楼、春草堂、观海别墅、西欧小筑、亦足山庄等等，听起来已出彩得很。名如其楼呀！在或富丽奢华或沧桑古朴的外貌下，掩藏着一部部真实的南洋华侨家族史，不知有多少"大宅门"锁锈路埋，讳莫如深鲜有人知。

它们成为许多电影和电视连续剧的场景。扛摄影机的人进进出出，名演员不戴墨镜随便徒步上街，讨价还价买烤鱼片和桂圆肉，见惯不惊的小店老板一样"放血"，绝不手软。

有一本书我百看不厌,胜过任何畅销小说,它是《鼓浪屿建筑丛谈》,作者是龚洁。我曾经很热切地要去认本家,因为在厦门,只要姓龚,大致都会有些瓜葛。不料龚洁虽在厦门工作多年,却是江西移民,连闽南话也不会的。显然我是高攀不上了。

我的朋友,博物馆馆长何丙仲送我两本精美画册:《鼓浪屿建筑概览》和《鼓浪屿建筑艺术》。何先生出身名门,热衷本地风俗人情,遂时常出入深宅大院,收集大量资料。他告诉我,春雨潇潇的一个黄昏里,他应约拜访巨富黄奕柱的女儿黄萱。89岁的黄老太太正襟危坐于幽暗大客厅,奋指叩击一架德国老钢琴。琴声遒劲激越,倾吐满腹沧海桑田,庭前茶树愈加落寞,竟泣红一地。

每座幽深阴凉的老房子,既可以是一个家族盘根错节的宏大叙事,也可以缩写为攀缘在雕花窗台上,那几茎破碎的缠枝蔷薇。

这个画面扯动了拴在家乡老藤上我的这颗跃跃欲试的蠢瓜,同时又惊退了笔力贫弱的我。虽然有几家出版社约我写老房子旧别墅的书,几本杂志约我同题专栏,但我不敢答应。我想我还没有准备好。即使通过家族渊源去恳求,去争取友情出演,去纠缠磨蹭,也许老人们愿意接纳我引领我?但是深入一座巨宅的内部,就像翻搅一个人的五脏六腑,那种伤筋动骨的痛,他们何以承受?想到我若是投身进去,必将日日煎熬其中,感同身受不能自拔,就不寒而栗。

遂悲伤失语。

在梦想中抚摸这些尘封的故事。

"水饺婶婆伊家"

鼓浪屿的历史风貌建筑众多,几乎每天都在眼皮底下。最重要的几十栋都被编号挂牌,由导游领着,云里雾里信口开河地介绍着。有关它们的研究和描述,包括新老照片的出版物和展览,已有不少。

我的祖父、我的父亲和我,搬迁过好几座房子。它们不是什么建筑经典范本,不是名人故居,没有惊心动魄的事迹,但却是我所关心、怀念、熟悉和栖身的家。在它们的屋盖下所发生的庸常曲折,不全是我的亲力亲为,经过长辈的言传身教,习旧如新,终于化成我生命中的情结和瘢痕。

我的祖宅在泉州西街旧馆驿,著名的东西塔对面,不久前被清华大学定为一级保护的老建筑。据称当年官驿从这里过,通往衢州府,是诸举子赴京赶考必由之路。父亲说我家又称"旗杆院",因为家族里几代人都有功名,门口竖了旗杆。前面属于同族名下的几大进,因经济状况优越,修缮有方,更显宽敞轩昂。其实归在我祖父这一房头名下的,只有最后边的一小落,一天井一花厅和几个小房间,面积都很局促,破损苍凉,不复当年大户人家门庭。

家族的荣光不能均匀分配和继承,祖父读毕上海法律学堂,说水土不服其实可能是染上肺结核,遂回来受聘于堂姐(即本岛"淑庄花园"原主人的正房太太)做账柜先生。不是掌柜,大概等于现在的会计吧? 就此携家在鼓浪屿定居。堂姑婆很年轻就病逝,因是明媒正娶,葬在"淑庄花园"高丘上,俯瞰这一私家园林终于变成对外开放的旅游景点。从那以后祖父教私塾养家而已,学生中据说有叶飞和方毅(真不可思议呀,祖父一向文弱,居然教出军事家和政治家)。本岛著名书法家九十多岁的高怀老先生,曾客气自称是祖父的学生。

我认识的祖父已闲居多年,挂名省文史馆员。留山羊胡子,弯腰曲背,指甲长如鸟喙。话很少痰很多,1957年死于肺病。

一生清贫的祖父没有买过房子,在鼓浪屿一直是借房和租房过日。

我所知道最先借居的是水饺婶婆的侧楼。水饺婶婆是堂姑婆的手帕之交,原是南洋富商,早年守寡,有两女儿及众多丫头妈子,不喜男人走动,连堂表兄弟也不给好脸色看。她能无偿借一座小楼容祖父居住多年,盖因祖父出身书香门第,一家又"古意"的缘故。

哥哥在这里出生,可见父亲的新房一定也设在这里。哥哥是我家长房长孙,由于水饺婶婆家中向无男丁,幼年的他,遂成为众姑姨婶妗、姐姐怀里手心里的香饽饽,比贾宝玉还风光。轮流抱他的女眷们竭力讨好他,尽塞吃的,尤其一些敬佛的供品。哥哥总是闹肚子,受洋教育的母亲悻悻然,敢怒不敢言。

祖母是续弦,连前祖母留下的两个女儿,父亲共有五兄弟三姊妹呢。如此人丁兴旺,必然嘈杂喧闹,太扰水饺婶婆吃斋念佛的清静。还因为水饺婶婆的家境表面维持着,其实已将坐食山空。祖父不忍加其负担,我出生之前,已经另租中华路上一层楼,搬出去住了。

小的时候,每年春节,祖母都要早早叮嘱父亲带我和哥哥去"水饺婶婆伊家"拜年。记忆中开始的那几年,照例是要在那里留饭的。高大的座钟发声洪亮,渍黄的字画有霉迹,被仔细擦拭得乌光油亮的红木家具陈列着描金细瓷。孩子们跑上同样光可鉴人的赤楠楼梯,再从雕花扶栏上滑溜下来。因为是春节,餐桌设在堂皇正厅,我总跪在笨重的花梨木凳才够得着。厨房另有副楼,年菜由用人们流水地上,大鱼大肉且口味比较重,饭后我总渴得发晕,因此难忘。水饺婶婆领我们到她阴凉拥挤的大卧室,从四柱巨床的踩板底下,摸出两个散发樟脑丸味的大红柑给我们。

仿佛听家人说过,水饺婶婆许多年来,一直靠变卖家产撑足门面,却能敷衍得滴水不漏,可见原先财产多么殷实。作为故人,父亲心中有数,遂不再扰饭。但是"水饺婶婆伊家",仍然是我童年的美好去处。长长的胡同细沙铺就,几乎就是私家路,留一所攀着绿藤的小门楼为平常出入。两边是高墙,墙头探出龙眼、枇杷和芭蕉枝叶。墙里是水饺婶婆占地甚广的业产,红砖外墙的主楼三层高,层层均以宽大的拱形走廊环绕,百叶窗和双层楠木门。其他附属建筑印象不深,童年只觉得园林干燥而幽深,捉起迷藏简直连自己都找不着了。尤其一株枝条疯狂的老石榴,结稀稀三两硕大甜美的果。我公然垂涎,每次自然能够得逞。哥哥大我两三岁,不及我无耻,却也分得半个。晶莹多汁白里透红的颗粒儿,其神秘的排列方式让我迷恋至今。

2002年冬天,为了这篇文章,我又请我的姑姑带去这所老房子寻觅故人。我姑姑叫淑环,巧合的是水饺婶婆的两个女儿也是淑字排辈,从小亲如姐妹。三人都已年过七旬,交情有增无减。

胡同还是那样长长弯弯,因为没有其他住户共同使用,市政建设部门放任沙土流失,路面遂遍体鳞伤。园内原先绿浓花繁的林木,只留三两断桩。几盆白色塑料盆杜鹃,萎残一团。主楼外观更加沧桑衰败,犹固执顽强不让岁月。我家借住过的侧楼被族人拆了,重盖了一座刺目的瓷砖贴面的小楼。

长廊设小几和老藤椅,主人请我们喝功夫茶。

冬天的夕阳莞然墙头,像一枚多年不曾孵化的巨卵,被乱蓬蓬蒿草极尽抚爱着,仍是半点热量也无。

大厅的正门锁死,我不敢扰主人太多,只站在楼梯间的边门往里望了望。沉重的老家具几乎见不到,楼上卧室大概还有几件:水饺婶婆的大床之宽大幽暗,简直可以在床上演一台木偶戏;床头搁一把沉甸甸的沉香木如意,手温依稀,闽南话叫"不求人"。

我带了相机,但是没有勇气请求主人允许我拍照。慈祥而慷慨的梳髻老人,像一尊老家神,始终端坐在无所不至的阴影里。

一杯热茶酹地。水饺婶婆,我来看您了。

木棉树下的红房子

我现在栖身的蜗牛壳,是丈夫家传祖业,也在中华路。它曾经标志在鼓浪屿旅游地图上,带来诸多干扰。被我一再抗议,虽从地图上消失,却穿梭在导游的解说词里。

这座二十世纪三十年代建造的红楼,比较起鼓浪屿那些风格迥异的广厦名屋,在建筑艺术上没有什么创新。红砖外墙,屋顶楼层皆是钢筋水泥。一楼正厅门前是宽廊,廊柱饰以水泥花雕。二楼正厅前有大阳台,两边是露台,也都是花岗岩压条和钢花勾栏。门窗均是彩镶玻璃,多年来台风打破过几块,以普通玻璃巧妙修复。室内红砖地面,除了釉层有些磨耗之外,无一碎裂。楼前的"之"字形长楼梯常有不知情的游客来拍照,以为有什么特别。其实却是1985年维修时,由大伯设计,为方便二楼独立门户出入而派生的,并非原装。

每年秋深风起,楼前的砖坪便落叶飒飒,春雨连绵则草长苔滑,但砖色依旧嫣红。砖坪上一口深水井,水质清洌甘甜。当年用水泵将水抽至平台蓄水池,通过水管再输送到宽敞的厨房、豪华的大浴缸和抽水马桶。

由于邻园荒废已久,几棵高大的木棉藤萝缠身,几乎完全遮蔽了我家砖坪外那近百平方米的园子,种什么瓜果花卉都不太景气。但是它像隔离带,阻挡其他建筑的蚕食,坚定不移保持楼前的视野清朗,阳光充足。丈夫说,他的奶奶在勘察风水时,花五千烫手美金将这块园子买下,当时别人都觉不值,现在看来正是老太太的英明之处。

正厅的中堂上,悬着老太太的画像。双目深凹,两颊夹紧,下颌倔强。按传统审美而言,年轻时应当不算太美丽,但一定聪慧而且坚毅。

老太太死于1957年。丈夫儿时给她捶过腿,得过零花钱。而我自然来不及见到她。结婚以后,丈夫曾指着厅旁一张楠木摇椅说,他印象中的奶奶白天无事一般都半躺着。我便经常梦见那张摇椅的嘎吱声。

老太太的一生是鼓浪屿华侨家庭里留守主妇的缩影。她18岁嫁入陈家,次年,丈夫在菲律宾家族公司学做生意,年终出门收取货款准备回家,惨遭抢劫被害于道上。19岁的年轻寡妇执意不肯改嫁,抱养一儿,纺纱供他读书,为他娶亲,送到南洋继承父业;再抱养二儿,长大成亲后,还是送到南洋;我的公公是第三个养儿,18岁成亲后依然去南洋。

二十世纪三十年代中期,大伯父二伯父羽翼丰满,家族事业蓬勃,遂开始汇钱回鼓浪屿,让老太太张罗着起大厝,于是就有了这一座两层红砖楼。原先准备盖三层,屋顶平台上的钢筋还露着头。但,一是当时人心不稳;二是南洋开始"排华",生意难做,遂后继无力。

楼落成于1936年。厅堂上悬挂的玻璃长镜,是老太太娘家的贺礼,镜沿两边老舅公的镌字清晰可辨。可从来不知她娘家还有什么人,在什么地方。

老太太孑然一身,却繁衍抚育出一个庞大发达的家族来,像是根深叶茂的老树,令众多儿孙敬畏感恩如至高无上的神。据说,她在世时,每做生日,儿孙们纷纷回国为她祝寿,孝顺的都是金饰和玉镯,十分风光。

家境即便如此富裕,楼里仍有几只大缸,长年腌渍着酸菜、酱瓜和豆豉面酱。一有闲暇,老太太亲自举着一双长筷,掀开木盖,往外挑出雪白肥胖的蛆虫。这些翻滚弓张在酱料之中的无害游民,还不知防腐剂的厉害呢。

沦陷那几年,物资紧张。南洋航路不通,公公滞留在家,每日下园子去种红薯和包菜,施的是自家化粪池里的有机肥,收获相当丰盛。也就那几年,是他们夫妻俩相聚最长的时光。期间二哥出生,丈夫尚在娘腹六个月,抗战结束,公公再次远行。直到1989年退休回国,丈夫才第一次见到他。

我曾问公公,为何这么多年都不回来。他说,这一家子,回来怎么养活?是啊,因为有定期的侨汇,我婆婆从未参加过社会工作,活跃在侨委和街道,妈妈排球队啦、乒乓球比赛啦,全省侨联代表会议啦,出了不少闲风头。三个儿子既没有挨过饥寒,也没受过劳苦,读书和工作都顺理成章。

婆婆抱养在公公之先,原来准备当女儿养的,年长公公六岁。上了几年幼师,教过几个月的幼儿园,读点书识点字。人不但长得眉目俊俏,身材窈窕,而且聪明伶俐,能说会道,深得老太太欢心。家里几个丫头老妈子,指挥若定。按她自己的说法,是"拎菜篮子的人",也就是办公室主任,管钱的。老太太留她到24岁,当时已是"大女"了。"肥水不流外人田",灵机一动,把她嫁给刚成年的三儿子,这两位就成了我的公婆。

曾经问过婆婆,嫁给一个岁数这么小的丈夫,是什么感觉?婆婆回答:出生刚满月,就被抱进了这家门;挺依恋老太太的,嫁出去还不定什么人家呢。

公公憨实寡言,讲信义,重责任,可惜不善创业。一直帮人打理生意,个人未有发展。40余年来独身在外,供养家庭如一日。对我婆婆忠诚不二,不敢有任何出轨。他回国后与我们生活整五年,按照多年在外的习惯坚持自己洗衣。衬衫背心已经雪白,还要浸泡着晒日头,揉搓过了还要撑在阳光下透着影,检查是否淘净。晨起他即到露台做自编健身操,早餐后拿了扫帚,从他的卧室到大厅到楼梯,扫得纤尘不染。那一天早上,我起床后走到饭厅,见家中里外已扫干净,公公端坐在他的老位子上,脸色凝重说:"清晨三点半,不知怎的,咳出好几口血。"慌忙送了去医院。公公一直有冠心病,住院17天,我和丈夫轮值,目不交睫。看看病情已经稳定,正想雇个帮手护夜,老人却在丈夫的手臂上,轻咳两声,去了。

现在婆婆已经95岁,食欲旺盛,头脑却完全糊涂了。常在半醒之中进出不同时空:"奶奶叫我去买米,怎的不拿钱给我?"这是13岁的小女孩。"咦,我身边这个爱哭的幼儿是谁家的?"把迷信的保姆吓个半死,她知道婆婆的第一个孩子两岁时死于腹泻。婆婆还经常呼喊几个亲戚朋友的名字,和他们聊天,忘了他们其实已经作古多年。老人既不辨晨昏,也不认得身边的儿孙,眼蒙白翳,便溺失禁。经常半夜三更摸出卧室,在楼里四处溜达,脑子里像有一张线路图,安全地避开门框或家具。

我婆婆的一生,和她的婆婆一样,是典型的华侨女眷。婚后丈夫漂洋过海去谋生,妻子在家敬奉长辈抚养儿女,能熬到去南洋和丈夫朝夕厮守的,只是幸运的少数几个。大部分做妻子的,只能翘首等待男人几年回来探一次亲。闯荡江湖的男人不会太委屈自己,另娶一个或几个洋妾贴身偎着,是公论允许的。

在鼓浪屿的深宅大院里,有多少这样的妇女:清纯的、柔弱的、如花似玉的,悄然无声被惨淡岁月啃噬着,内心千疮百孔,外表富丽堂皇。

红楼无言,却已见证两代妇女的命运。如果我儿子肯结婚生子,那么,我便是第三代婆婆。儿子在北京读书已经好几年,我若是有了儿媳,想必她也不会愿意定居在这座老楼里。

而我,不可能是那伸长脖子苦熬时光的囚妇。我有一份热爱不渝的工作,有独立的精神空间,有一个我与丈夫共同创造和护卫的完整家庭。这是我自己的选择,我生命的终极意义,我绝不会因为任何东西放弃他们,哪怕一座宫殿。

所以,开玩笑地说,我已寄人篱下 24 年。

无论我喜欢或者不喜欢,木棉树下的红房子,是我丈夫与儿子的精神家园,因而,也是我生命的一部分。

2005. 10. 11

渐行渐远的背影

一、感伤与缅怀

今年以来,我流了好几回眼泪。

"悲伤"两字在现代词典中等同于煽情,尤其偌大年纪的我,本该又冷又硬,如此伤感,至少要被视为矫揉造作,说起来真是难为情啊(据说,有一种叫"枯眼症"的疾病正在流行。将来,人类的泪腺会不会彻底萎缩,以致变成青蛙眼,圆睁着睡觉)。

今年元旦期间,蔡其矫诗人在北京去世。亲睹老师遗容,我痛哭失声。而他那巨大脑颅里汹涌澎湃的"波浪啊"(蔡其矫名诗),终于止息。

2月,寒风料峭。厦门书法界元老,94岁的高怀老先生去世。这位二十世纪四十年代就驰名厦门、饮誉八闽、蜚声海内外的书法名家,曾谦虚地自称是我祖父的学生,与父亲交往笃厚,因而是我的世伯。

经常在鼓浪屿街市上,遇见和风细雨的高老先生,手里拎了一点点豆腐青菜,厚镜片只闪烁前方,绝不东张西望。老人家虽德高望重,每天仍要早早起来为太太熬粥。我认识的鼓浪屿老爷子们都高寿,且不发胖,到了高老先生这一辈,简直有点鹤发童颜的意思。

每逢艺术家聚会,他总是踽踽独行而来,会散席终,仍是独自悄然离去。既不傲物也不骄人,不妄信闲言碎语,更不说三道四。炉火纯青的不仅是他那支神来之笔,在他的个人修为里,已经没有半点烟火味。

我父亲的葬礼上,高老独自来与故人道别,流着眼泪握着我的手。他的手很软很凉,羽毛一样轻柔。我为高怀老世伯流的眼泪,也是悄悄的,在落叶打旋的旧居门口。

7月下旬,高温大旱。惊悉90岁的国画家林英仪永远离开鼓浪屿了。21年前,我赴美国参加诗歌节之前,丈夫陪我去求两幅画做礼品。在那简陋而幽暗的寓所里,林英仪展开几轴作品让我挑选,最后由他做主,送我一春一冬两幅墨梅。那时节,除了一声由衷的谢谢,并无润笔费之说。

我来不及为林英仪送行。因为他离去的第二天,我98岁的婆婆在卧床10年后的这个酷暑里,应天父的召唤,无声无息走了。婆婆的葬礼遵照基督教形式,简单克制,到场的除了亲属们,只有婆婆生前老友的儿女辈,他们也都是两鬓斑白的老人了。婆婆只是一个家庭妇女,由于积极参加侨联、妇联及街道活动,在鼓浪屿也算抛头露面,因而有几个联袂进出的热闹知己。婆婆几乎是她们中间活得最长的。

婆婆的死,对我而言,标志着鼓浪屿一个旧时代的终结。

二、庭院深深深如许

婆婆姓李,与鼓浪屿李家庄的李甘总、厦门局口街的李彩鸾,号称"三李",是最亲密的闺友。

后辈们称李甘总为云琴姨。云琴姨的丈夫原是银行行长,中华人民共和国成立前就去世了。我的四姨是这家的长媳,云琴姨最宠爱长孙,也就是我的表妹舒非(舒非与生俱来有大家闺秀气质,写诗和散文,有点名气。她在香港三联书店工作多年,接待过国内许多大腕作家,几乎人人喜欢她)。云琴姨二十世纪七十年代末移居香港,与婆婆一样,频繁来往于两地,我经常能吃到她送的香港"利是糖"。每逢李家庄大院的龙眼熟了,云琴姨会遣女佣送一大竹篮带叶子的鲜果来。我要是心血来潮洗手做一回春卷,婆婆会亲自端过去分享。两家之间,也就是三分钟的路程。

漳州路48号的李家庄,是豪富李清泉先生的又一处别墅。云琴姨住在紧挨李家庄的联体别墅里,婆婆习惯统称李家庄。在娘家人的这座深宅大院里,云琴姨带着两儿三女(个个大学毕业),守寡多年,是典型的闽南侨眷。每年春节,我去李家庄拜年。尽量提着脚跟,踩在咔吱咔吱作响的木地板上,心里羞愧不已(云琴姨是怎样做到浅步轻移,有如舞台上的青衣)。接过云琴姨手中的桂圆糖水,进入我四姨那奢华古典的阔大卧室里闲话。我的四姨美丽慵懒,不善理家,房间遂有些凌乱。平日里,等她教书去,云琴姨必进屋叠被铺床,抖直睡袍挂起来,抱出换洗衣服交给女佣。孙女舒非有些贴身小衣物,还是云琴姨亲自手洗。婆媳妯娌姑嫂之间,也许有过互相看不惯的小矛盾,都悄悄化解了,从未大声喧闹。这是云琴姨不怒自威的治家方式,也是鼓浪屿许多大家族的传统家风。

云琴姨眉弯目长,唇薄齿密,衣着非绢即绸,走路风吹草动;说话轻声细语,抑扬顿挫的泉州口音动听至极。即使她已过70岁,风韵不减,我仍倾慕于她那薄瓷一般的纤丽精巧。

这些年,一座座原本大门紧锁、庭院深深的鼓浪屿老别墅,被标志性展览成旅游景点,剥露出一个个错综交融的家族肌理,被世人道听途说着。历史烟雾里隐没的场景、人物及脉络,正被许多电视剧制造商所虎视眈眈呢。我相信云琴姨和她那渐渐隐去的同代人,眷恋回首之际,绝不愿看到自己被复制、割裂、篡改和出卖。

　　云琴姨去世将近 20 年了。一个如此柔弱而又好强的女人,一个深谙生活趣味,却不得不孤枕冷寝漫长度日的女人,她的内心曾经有过怎样的孤独、煎熬与憧憬?她的经历里有没有发生过强烈地震或者隐秘逃逸?我不愿触动也不敢深入。该平复的波澜,就让岁月的海潮带走吧,重归众生的浩瀚大洋。

三、瞧这一家子

　　婆婆另一位密友陈锦彩,年岁小一些,婆婆因此总叫她"少年也",今年也 90 岁了,仍然活跃得很,四处走动,爱吃香脆核桃仁。她出身杏林世家,父亲陈天宠是名医,陈锦彩与林语堂的旧情人陈锦端(陈天恩之女)是堂姐妹。

　　仅提陈锦彩,知道的人也许不多,要是说起廖先生娘(俗称廖娘),那真是无人不晓。廖娘一辈子热心参与本岛大大小小事件:官方的、民间的、教会的、家族的、邻里的,廖娘总是有求必应,有应必不吝使力。

　　"文革"期间的一个早晨,隔墙那边人声鼎沸,原来邻家的女主人跳井自杀了。公安人员放下铁钩去捞尸,廖娘一旁心有不忍,上前阻止:"你们这样乱耙,不但衣裤破烂不堪,恐怕还会皮开肉绽,那死者就更可怜了!"可是井深口小,腰粗膀圆的警察下不去,除非叫孩子下井。让孩子去接触死人,大家更不忍心。于是廖娘自告奋勇,在自己腰间挽了根麻绳,坠到井底,怜惜地为比邻而居的老朋友,把衣服整理好,捆牢绳子,以便公安人员拉上地面。

　　廖娘的古道热肠略见一斑矣。

　　廖娘的丈夫廖永廉,更是鼓浪屿世家子弟。他是廖氏望族的后裔,称呼林语堂的妻子廖翠凤为堂姑。廖永廉这一系都是名医,大姐夫是中科院医学院士,二姐的儿子就是那个大名鼎鼎的钟南山。1932年,廖永廉从鼓浪屿英华中学毕业后,赴上海圣约翰大学攻读医科,8年后获博士学位。

当我们看到廖先生打起黑领结,扛着扬名二十世纪四十年代的大提琴,便知道今晚哪里该有家庭音乐会了(他所收藏的录音带之丰富完整,连央视都来做过专题。顺便说一句,年轻时的廖娘在基督青年会合唱团里,也有一副让人怀念的女高音)。当廖先生身着一身乳白运动服,背一副球拍,那一定是往美国领事馆去,馆内的网球场最为标准(他曾获福建省网球双打冠军);当廖先生戴上折扁的鸭舌帽,穿上宽衣布裤,不必看他手里的钓鱼竿,也知道海边礁石中,那一个固定的位置今夜有人守望了;他还是摄影家协会会员,作品经常发表在报纸杂志上。在彩照尚未普及的时候,他在相机里装上进口彩色胶卷,兴致勃勃来为我的婚礼导演、拍摄,然后关在廖家的卫生间里,拉起黑布帘冲洗。翻看这些20多年前的旧照片,似乎还留着他那诙谐的推波助澜的画外音。

廖家人大多通英语,儿子孙子尤为专业,我那些国外来函都是请他们翻译的。每逢外宾来岛,廖家便成为接待的一部分。那天早晨,廖家人刚洗漱完毕,忽然,外办主任领了泰国总理来叩门,一时间众人手忙脚乱。外办主任说,就这样吧,挺好。于是廖先生穿着睡衣,用英语介绍墙上的摄影作品,廖娘趿着拖鞋端出美好咖啡。廖娘煮的咖啡真是滴滴香浓,味道好极了。

说廖永廉先生才情并茂、倜傥风趣真是一点不过分。本想说风流倜傥的,怕廖娘不高兴。他俩一向伉俪情深,人前总是互相斗嘴调侃,廖娘的口舌伶俐与廖先生的机智敏捷相得益彰。廖先生跟岛上那些士大夫风范的男人们一样,洁身自好,一丁点绯闻都很难捕风捉影。这样的鼓浪屿男人要多帅有多帅是不是?

当廖先生戴起口罩,披上白外套,严谨沉着,恢复著名的内科医生身份,再亲密无间的老朋友即刻都俯首帖耳。解放初,来鼓浪屿寻访廖先生的疑难病患中,多有内地贫苦农民,不但能获得悉心治疗,还经常把付不出住院费的病人移到家中将息,廖娘亲自熬鸡汤。廖永廉1976年退休,一直到去世,鼓浪屿人仍然叫他廖主任。

廖家曾经失窃,警察进屋认真记录:廖娘大致检查后发现没有损失,教授儿子与医生儿媳的抽屉都被撬开过,可是他们完全不记得有过什么东西。小偷很快捉拿归案,一看,原来是故人之后。因赌输钱逼急了,从后厨房翻窗进来,熟门熟路楼上楼下翻找一遍。经过廖永廉的大遗像前,偷儿还晓得立正鞠躬:"廖主任,对不起啊!"依廖先生幽默的性格,倘若能开口,必笑呵呵回应:"没有好东西,让你空手而归,那才是不好意思呢!"

廖先生过世后,廖先生娘和儿子们搬到厦门,住进安全环保的高尚社区。岛上这一座花木葳蕤的独立小楼,现已转手他人。

四、一小片瓦蓝的天空

鼓浪屿女人。鼓浪屿男人。

鼓浪屿人拥有一种与世无争和平共处的心境,因为近一个世纪左邻右舍都是知根知底的世交;他们不敢过于放浪过于造次,因为到处都是低头不见抬头见的眼睛和耳朵;他们自觉维护内心的安宁和秩序,因为一百多年来头顶上总是一直响着经久不息的教堂钟声;他们过着恬适自足的生活,既不奢华也不吝啬。据说,岛上百分之七十的家庭,都有着来自海外的蔚蓝色汇款。

当然,也不全是这样。

从前的豪宅里,不但住着养尊处优、张琴鼓瑟的公子哥儿,还活动着众多悄然无声的服务者,除了住家丫头以外,他们一般集中住在岛上比较边远荒凉的区域。"文革"时期似乎很少有当年的丫鬟与下人,站出来揭发批判,痛诉血泪史,乃至报复肆虐于当年的主子。人心惶惶是有的,大家都是如此。从前的老丫头们会在夜间摸进老宅,探望旧主,陪着落泪,同样为他们担惊受怕,顺手帮他们挑满一大缸水,或者拖拖地板。嫁到外乡去的丫头,甚至提出来接老主人到乡下避避风头。

无论怎样启发,都不能分清阶级立场的这些穷苦人,到底是怎么啦?一个厦门大学的红卫兵,忿忿对我这样抱怨着。

这样的平民百姓,对白纸黑字有着先天的敬畏与回避。我不愿使他们惴惴不安,所以在文章里从不提他们的名字。女记者徐芳菲大学毕业不久,来到鼓浪屿采访时,写过一篇激情文字。其中提到的程姐,住在原先市场路的一个黑乎乎门洞里,幽暗的竹节式房屋,被板壁隔成好几家住宅。所以啊,鼓浪屿人并非个个住在仙境里。

1942年出生的程姐是个弃婴,被年过半百的孤寡老太收养,祖孙相称。奶奶虽勉强只供程姐到小学毕业,程姐仍然感恩不尽,伺奉奶奶到天年。结婚不久,程姐就被丈夫离弃了。留下一个儿子,小学二年级时发现得了隔代遗传的血友病,逐渐失去行动能力。体重不足50公斤的程姐,每天数次背儿子上下狭窄的楼梯,然后推着轮椅,接送儿子上学。直到儿子上了高中,体重增加许多,还是趴在妈妈的背上完成学业。

越加干瘪的程姐,背负的还不只这些。再婚的丈夫不幸患癌症逝世,留下90多岁的婆婆和婚前收养的儿子。对于在一家效益不好的企业上班,每月只有三四百元收入的程姐,岂非雪上加霜?

这一家四口,与程姐有血缘的只有残疾儿子,可是程姐并不怨天尤人,以瘦弱的肩膀支撑了这片倾斜的屋盖。程姐本分地劳碌着,纯朴地微笑着,亲切地呼叫两个儿子吃饭,耐心地给老人洗脸抹身梳头。她是怎样分配有限的24小时乃至漫长而又短暂的一生?怎样精心计算安排每一分钱,确保一家老小的温饱,以致自己只是剩饭冲开水当一餐过?她是家里的天空,总是瓦蓝明净。

现在,程姐已经离开鼓浪屿了。当年,并没有"感动中国""时代之星"等社会新闻栏目,也没有慈善机构得以救助。程姐的真实处境只在邻里街坊间传闻,有能力援手的,自然都会悄悄地送了温暖。

在鼓浪屿,这样的平民百姓举不胜举。多年前,厦门作家唐敏因小说里引用真人真姓名受到起诉。我本以为有文化的鼓浪屿人会替唐敏打抱不平。不料,在菜市场,我认识的卖鱼胖婶愤然声讨着:"你们这些作家,如果动辄把乡邻的事弄到报纸去,以后谁愿接近你们!"

我霍然惊醒。她说的真是有道理。鼓浪屿人太热爱太珍惜清静无嚣的生活了,就算我自己,不也是从不接受媒体采访吗?己所不欲,勿施于人啊。

对不起了程姐,你的故事我用了化名。

五、变迁与流失

反思小岛100年来,那些现代社区管理(工部局、会审公堂)、现代通信(大北电报公司)、现代海关税收(理船厅公所、呫吐庐)、现代贸易(德记洋行)、现代教育(养元、福民小学、浔源、毓德、怀德、英华中学)、现代医疗(博爱医院、救世医院)、宗教传播(福音堂、三一堂、天主堂)……在弹丸之地上四处盛开,就会深感经由中西文化激剧碰撞、顺应,从缓慢的农耕节奏中,一下子就弹奏成"人杰地灵"的韵律。

特殊境遇、特殊交汇点,鼓浪屿的天幕,一时间群星荟萃。有音乐家(从周淑安延续到许兴艾,整整一个梯队)、医学家(林巧稚、黄桢祥)、文学家(林语堂)、科学家(卢嘉锡)、画家(林克恭、周廷旭)、教育家(马约翰、卢赣章)、爱国仁人志士(林祖密、许卓然、许春草、张圣才)……

这些人中,有的是生于斯、长于斯的本地人,鼓浪屿的风水人情成为其胎教之一,如林巧稚和颜宝玲等;有些人是从小移植过来的,受鼓浪屿开智,如张圣才、黄萱和林语堂等。按照西方心理学说,人类在青少年时期所接受的影响,决定其一生的行为方式。还有些人虽然只是短暂过境,却也留下不可磨灭的痕迹,如辜鸿铭、蔡其矫。

我熟悉并经常怀念的这些鼓浪屿老人,当然不是完人。在他们优雅光鲜的生活方式背后,隐藏着相当突出的性格弱点:比如清高自赏,拒绝融入时代大潮,多数家族因此式微衰败,很难再创辉煌;比如脆弱纤细,经不起风吹雨打,小事忍耐大事逃避,对宗教的绝对虔诚,导致对现实的无奈顺从;又比如往往过于谨小慎微,显得自闭和落伍,常常有拿不起放不下的优柔寡断。慢慢的,连我都有些惶惑,似乎老祖宗吃苦耐劳的拼搏精神,都被鼓浪屿这座千雕万琢的大盆景给消耗殆尽了?

老宅改建的民营怀旧博物馆里,有一张图片说明,到过鼓浪屿的名人可真多:鲁迅、郭沫若、秋瑾、弘一法师、尼克松、邓小平、蒋介石……各行各业,五花八门,大名鼎鼎,参差不齐。若绘成长轴画卷,不是有点熙熙攘攘的味道吗?想当年鼓浪屿还不是国家级5A级风景区呢。

成为拥挤的旅游区后,鼓浪屿不可避免地正在消耗人文色彩与古典魅力。谁来管这事?怎样管?争议很多。于是不断开会、研究、听证。不堪其扰且生息不便的原住民渐渐迁走,因无力修缮被迫放弃的老别墅更加颓败,把一个世纪的精美绝伦,密码一般,破碎在苍凉的断垣上。

六、生命天使

台风"蝴蝶"只用翼尾轻轻挑逗台湾海峡,敏感的厦门立刻打起喷嚏,雷声够大,雨粒儿也不小。骤雨初歇,我和先生收了雨伞,在花岗岩石阶上,蹭去鞋底在大德记沙滩沾上的涛沫,缓缓走进林巧稚纪念馆——毓园。

毓园的面积不大,平常游客罕至。在寸土寸金的小岛上,显得格外葱茏、静谧,只有蝉在慢声吟诵着一位"鼓浪屿女儿"的名字。林巧稚全身石像以及纪念堂内的半身铜像,不约而同都强调了一双灵巧的、温柔的、安详的纤手。林巧稚大夫行医五十多年,亲手接生五万多个呱呱小生命,也就是说这双不知疲倦的手,几乎每天要拍在三个小天使的屁股上,欢迎他们平安降临人间。

林巧稚于1901年12月23日,出生在鼓浪屿一个基督教家庭里。她的出生地在晃岩路47号,优雅的白色三层小楼正对日光岩正门,背后是波光潋滟的海面。2003年我曾提议在此建立厦门文学院,获得有关部门核准,进入2004年厦门政府工作报告。但是,三年过去了,由于种种原因,这座破败的白色小楼至今空置着,一棚老葡萄等不及迟迟未至的滋养,焦灼枯死。

林巧稚5岁时,母亲患子宫癌去世,其惨状对她日后选择妇科专业有重大影响。丧母之后,父亲再娶,林巧稚由大哥大嫂抚养。经济状况下滑的大哥大嫂为供林巧稚读书,竟不得不让自己的孩子中途辍学(就像我父亲经常强调的闽南风俗:长兄如父,长嫂如母)。天赋优异的林巧稚,更加珍惜这一得之不易的读书机会,刻苦勤奋,成绩遥遥领先。

1921年夏,林巧稚离开鼓浪屿,考进北京协和医学院,1929年获博士学位,被留在北京协和医院当妇产科医生。她是第一位毕业留院的中国女医生。1932年,林巧稚到英国伦敦医学院和曼彻斯特医学院进修深造。1933年,又到奥地利首都维也纳进行医学考察。1939年,她再次远渡重洋,到美国芝加哥医学院读研究生。1940年回国,不久升任妇产科主任,成为协和医院第一位中国籍女主任。

1983年4月22日,在走完了82年医家生涯之后,林巧稚病逝于北京。

林巧稚是中国现代妇产科学的主要奠基人之一。厦门女作家赖妙宽花了四年时间,把她的故事写成长篇传记文学《天堂没有路标》。该书史料翔实,以女性的视角,生动地抒写了这位生命天使圣洁的一生。

关于林巧稚的独身,有过种种猜测,都无法证实。读书期间,协和医院有"愿做实习女医师,住院女医师者,请勿结婚"的明文规定,也许林巧稚为了学业不愿轻触雷区?后来她的地位已不受婚姻限制时,为何没有成家呀?有人便说她怕家庭、孩子拖累自己,从而影响把精力放在病人身上。

此外,也有"终身未嫁源自一句戏言"的说法。鼓浪屿女子师范毕业后的林巧稚,坚持报考协和医学院,家人为昂贵的学费发愁,劝说:你再读八年书,成老太婆就嫁不出去了。倔强的林巧稚抹着眼泪回答:那我就不结婚,一辈子不嫁人,行了吧?一句戏言未必就如此定终身,真实原因是什么,恐怕林巧稚自己也很难理断。还是那一句老话,所谓"种种原因"吧。

鼓浪屿的"单身贵族"真还不少。他们区别于其他邋遢、萎靡、枯寂的单身汉,便是一种更加凸显的"贵族"味。居家收拾得井井有条,衣领袖口纤尘不染,举手投足间气定神闲,待人更加诚恳礼貌。我认识的知名人士虽然有好几位,由于纯属个人隐私不便深究,具体原因各不相同吧。或者宁缺毋滥?或者曾经沧海?或者志不在此?或者自觉不够优秀,难以承担责任?无论这些人持的是哪种心理状态,不肯随波逐流,不愿勉强自己为难他人,糊涂成就一桩世俗婚姻,是他们冷静执着的人生观。

这样的人走在鼓浪屿街上,自尊自重,熟人们颔首微笑,表示敬意。

七、漳州路上的"洞房"

二十世纪,林语堂是一位颇具争议的人物。有的赞誉是"幽默大师",也有恶评是不能登大雅之堂的"小品文作者";有人褒他是"一代哲人",也有人贬他是个饶舌的"世故老人";有人崇拜他是蜚声世界文坛的"中国大文豪",也有人将他斥之为"反动文人"……二十一世纪改变了过去"对抗与斗争"的主题,更强调对话、和谐与健康的发展新理念,更重视人类面临的共同困境,更注重人生和人性的题旨。因此,林语堂的文化思想也就更引人关注。

林语堂出生在距离厦门百里外,漳州平和县一个牧师家庭里,其母语是地道闽南话,我认为这对于一个作家非常重要。林语堂10岁被送到鼓浪屿养元小学接受启蒙,中学继续就读岛上的寻源书院,直到1912年考进圣约翰大学。林语堂所接受的基础教育及成长过程均在鼓浪屿,又是岛上大户廖家的女婿,可以说是半个鼓浪屿人。

"漳州路44号"的廖宅如今藤蔓褴褛,苔生藓长,为很多寻觅文化遗迹的访客们驻足唏嘘。老人们告诉我,林语堂并非入赘廖宅,所以新房和书房其实均在偏屋,表示小两口另起炉灶的意思。

林语堂原本热恋的是大学同学陈希庆的妹妹陈锦端。陈锦端也是鼓浪屿人,就读上海圣玛丽女校,与圣约翰大学仅一墙之隔。父亲陈天恩医生坚决反对两人交往。"我由上海回家后,正和那同学的妹妹相恋,她生得确是其美无比,但是我俩的相爱终归无用,因为我这位女友的父亲正打算从一个有名望之家为他女儿物色一个金龟婿,而且当时即将成功了。"(林语堂《八十自叙·第五章"我的婚姻"》)

陈天恩为阻止这一对青年的恋情,移花接木,替邻居廖悦发的二小姐做媒,获得两家长辈首肯。林语堂得此消息,脸色凄苦百般无奈回到家里。母亲等到深夜,手提灯笼走进他卧房,柔声慰问,他终于克制不住痛哭起来,上气不接下气,瘫成一团。

廖家在鼓浪屿是富商,拥有自家的码头、仓库、房产,其名下的豫丰钱庄在马来西亚设有分号,堪称钟鸣鼎食之家。廖翠凤在鼓浪屿毓德女校毕业后,也赴圣玛丽女校深造,是陈锦端的同学。廖母有些担忧:"语堂是个牧师的儿子,家里没有钱。"女儿坚定不移:"穷有什么关系?没有钱不要紧。"

万念俱灰的林语堂最终服从"父母之命,媒妁之言",与廖翠凤订婚。心有不甘,提出必须先念完大学。毕业后还拖延着,继续留在清华大学任教。廖翠凤矢志不移,苦守鼓浪屿,感动了浪子林语堂,两人于1919年1月9日步入教堂。婚后,林语堂和妻子商量,将结婚证书烧掉了。他说"结婚证书只有离婚才用得上",表示了两人相依相守的决心。

同年,林语堂赴美国哈佛大学读硕士。1926年,林语堂任厦门文学院院长。

林语堂出身于一个知足常乐的牧师家庭,崇尚个性自由。廖翠凤生长于鼓浪屿旧式大家族,一言一行严守礼教,包括基督教的清规戒律。林语堂讨厌一切形式上的束缚,如领带、皮带、鞋带。翠凤每次出门,非得胸针、手表、耳环,打扮整齐,连衣服边角也得烫平。林语堂有着文化人多愁善感,情绪化的时候,廖翠凤见惯不怪,但是对丈夫以外的一切艺术家,邋遢的画家、长发诗人、街头卖唱的流浪艺人,一概嗤之以鼻。

当年,抛弃旧式发妻,另找时髦知识女性的文化名人比比皆是

（现在不也一样）。林语堂成名后，廖翠凤有过担心。林语堂安慰她："你放心，我才不要什么才女为妻，我要的是贤妻良母，你就是。"与他来往的新潮女性中，不乏才貌双全、光彩照人者，到后来都成了廖翠凤的知己。

廖翠凤是尘世的、精明的、一丝不苟的。按照鼓浪屿人说法：有良好家教的。林语堂注重精神世界，懒散而不知生计艰辛，正需要这样的妻子。林语堂曾经感慨着："才华过人的诗人和一个平实精明的女人在一起生活，显然，富有智慧的，往往不是那个诗人丈夫，而是那个平实精明的妻子。"

廖翠凤另有心得，也精辟得很，可为天下妻子先。她说："不要在朋友面前，诉说丈夫的不是；不要养成当面骂丈夫的坏习惯；不要自己以为聪明；不要平时说大话，临到困难时，又袖手旁观。"

婚后六十余年，就像在上帝面前，他俩诚心诚意回答牧师所问：无论富有与贫穷，无论生病与健康，均不离不弃，白头偕老，至死不渝。

另说陈锦端。她拒绝父亲千挑万选的金龟婿，孑然一身，远渡重洋赴美留学。回国后在上海中西女校教美术，直到 32 岁时，才与一位厦门大学教授结婚，终老于厦门，没有子嗣。

1966 年林语堂定居台湾阳明山白屋。1976 年初，听人说起陈锦端还住厦门，隔水相望。80 岁老情种，竟像青年人一样霍地从座椅上站起来，脱口说："你告诉她，我要去看她！"同年 3 月 26 日，林语堂在香港去世，4 月移灵回台，葬于阳明山故居后院。

在水一方的陈锦端，有没有忽然一阵心悸疼痛，为那异乎寻常的潮汛？

八、鼓浪屿老歌

2006年11月,我赴京城参加作代会,在饭店见蔡其矫老师面前,满满一大盘花色菜肴。我不禁笑了笑。他也乐了,得意地晃晃脑袋,对我竖起大拇指,示意饭菜不错,同时夸耀自己有个好胃口。不料,回福建后不久,听说他患了脑瘤。今年元旦期间,蔡其矫老师在北京去世。我在厦有必须主持的重要活动,不能参加追悼会,只好提前一天,大清早飞北京前往吊唁,当天下午飞回厦门。

悲恸之余,虽多方约稿,不能成文。直至师兄陶然为《香港文学》纪念专辑火急约稿,箭在弦上,不得不发。遂回忆起蔡其矫老师的《鼓浪屿之歌》。

蔡其矫先生并非鼓浪屿人,却对鼓浪屿充满爱恋。号称海洋诗人的他,来过厦门无数次,尤其二十世纪八十年代之后,经常短期旅居鼓浪屿。他创作的优秀诗歌作品,对厦门有特殊贡献。

蔡其矫先生是印尼华侨,祖籍泉州,11岁归国求学,拟报考厦门集美中学。但当时交通不便,船期的延误和车路曲折,11月才抵厦门。集美中学以开学已两个多月的理由拒收,当时可没有什么侨生照顾政策,只好插班鼓浪屿的福民小学(后改名笔山小学)高小二年,即现在的六年级。小学不设寄宿,幸好亲戚帮他搞到闽南职业中学一张铺位。

二十世纪七十年代中期,蔡老师指着黄家渡临崖一所破旧的白房子,告诉我那就是闽南职业中学,他曾经度过一段少年时光。现在的黄家渡已改建成绿地、花圃和豪华别墅,比较起来,应是当年击鼓涛声、渔舟桅灯、清冷的月光和退潮后的粗砾藻石,更能打动少年一颗敏感的心吧?

1956年,集美海堤建成,蔡老来厦创作《海峡长堤》(此诗在厦门特区十五周年庆典上朗诵过片段),海政文工团一位舞蹈女演员陪他夜间隔海眺望鼓浪屿。姑娘赞叹着:鼓浪屿真是个美人儿!蔡老怦然心动,遂写成诗篇《鼓浪屿之歌》,脍炙人口的名句就有"月下的鼓浪屿,睡中的美人"等。

  同年中秋节,蔡老又来厦门,恰逢文艺界的"月光晚会",与鼓浪屿女高音颜宝玲同舞绿茵之上。歌唱家送给蔡老一本两指宽的精致记事本。蔡老随身带着它,即时即地录下零句短思,再捶打成章。之后完成的组诗《鼓浪屿的晚秋》,其中一章就是《月光舞会》。同类长形小笔记本,至今蔡老已存了三四十本,用以纪念故友。

  《鼓浪屿之歌》由江吼、杨扬等三人谱成曲,全曲曾经发表在《厦门日报》。作曲者因此获奖(究竟什么奖,连杨扬都不记得。如果现在的人,一定把它印在名片上永志不忘),其歌词却以"虽然优美但缺乏时代气息"而榜上无名。

  新版的《鼓浪屿之歌》征集多年后,忽然无声无息,不了了之。蔡其矫先生半世纪前的名篇,像岛上矗立的鼓浪石,每一击天风海涛,都有深厚弘扬的回声。

2007.8.21

书　祭

以"兄弟藏书"著称的曾志学,人称"曾先"(闽南语即先生的意思),是个神秘的传奇人物。

"文革"期间红卫兵从他家抄出六大麻袋禁书付之一炬,他蹲在一边,主动拿根拨火棍,仔细把每一页纸片烧得干干净净,像闽南妇女烧冥纸那样虔诚认真。风闻事发之前,他已将部分珍品转移疏散,他自然矢口否认。

被饥荒逼急的我,说服一位曾先生的世交带我引见。这位长辈后来成了我的婆婆。

穿过几条短街僻巷,曾先生家的院墙形同虚设,猫狗顽童均能自由进出。院门却森严壁垒。推开蚀痕纵横的木门,是占地宽广的砖坪,砖缝里这里一蓬那里几簇,是不甘菲薄的蒿草,苍青色的草籽儿被风拷得四下低扬。远处的海湾一目了然,蓝湛湛的,被老石榴树的虬枝拂拭得格外明净。

应声从半坍的小红楼里,走出一名矮小干瘦的男人。浓簇的长眉,乌漆的眼,牙根和指尖焦黄油黑,烟熏茶浸的道行很深了。当时他大概四十五岁左右,在我看来已经很老了,更甚于我的父亲。

在他尚称完整的底层卧室里,环壁都是书橱,陈列的却是形态各异的茶壶,从拇指般玲珑到椰壳般粗拙。一张老式的湘妃榻,靠内半榻是书,是中华人民共和国成立以后新版的古典历史书籍。留下窄窄一条卧位,铺一单旧毡。

探究地注视:你想要什么书?

能够的话,最好把托尔斯泰读完。

《复活》?《安娜·卡列尼娜》?《战争与和平》?

轻轻一笑:都看过几遍了,我想要《哈泽·姆拉特》。

明天来拿。

我目瞪口呆,没想到手续如此简单,比到居委会打一张外出证明更顺利。他却衔着烟卷张罗泡茶。我已得老父多年训练,拿起小小紫砂杯,不过浅浅抿了一口,舌尖立刻被酽得麻木半天,犹如蛇毒一般。

次日我拿到的不是一本书,而是整包书。在他从衣柜深处拖出的旧报纸扎紧的书堆里,除了托翁的《塞瓦斯托波尔的故事》和《哈泽·姆拉特》外,还有波特莱尔的《恶之华掇英》和《洛尔迦诗选》。

部分书已蛀坏,布满黄色水渍。南方的潮湿与地窖的阴暗,正同谋于红卫兵未竟之事业。凡有缺损的地方,均用薄棉纸粘好,蝇头小楷一笔一画地补齐。扉页上均有"兄弟藏书"的红色印章。我小心翼翼翻动这些脆弱的纸页,生怕大一点的风把它们分崩离析成蝶翅。

夜来香在窗下艳闻四播,一夜又一夜,我在不同的人生恣情泅渡,一层层蜕壳。有时遍体生凉,有时五腑俱焚,有时竟伏案痛哭。

正看得入港,朋友叩门,慌忙把书往抽屉一塞。与人敷衍双目无神,语焉不详,人以为热恋之中。有时家人喊去吃饭,书摊于桌上,朋友来了,照例推门就进,见桌上有好书,坐下就读。我饭后回房,跌足不及,又扳他不动,只好另取一本,斜倚床头,各自为政。唯书页翻动,有如蚕食之沙沙声。

久而久之,是朋友死皮赖脸加情真词切,想自己也曾为书丢魂失魄,遂网开一面。再三叮嘱:不许转借,不许外泄,不许损坏,三大纪律八项注意。继而更加变本加厉,居然把朋友带到他的小屋。他与我的朋友渐渐熟稔,也有书出借,虽然不是有求必应,起码也算和颜悦色。

试探着邀他周末和我们共去郊外野餐。不料他竟一口答应。

我们在万石岩水库的巨石上看书,折枯枝生火,舀石下清泉,泡他带来的"一枝春"。他主动赦免,将浓汁降低为茶汤。我卤的猪耳朵,朋友带的月饼水果,介于他的白酒和我们的啤酒之间,能被我们共同接受的是长城干白。于是皆大欢喜。

我们知道了他出生于印尼华侨家庭,毕业于鼓浪屿英华中学,曾在一家早年垄断厦门,而今闻名于东南亚的《星岛日报》主编副刊。中华人民共和国成立之初,曾先生积极参加工作,当过第一任街长。很快因为家庭成分不好兼思想品质不合潮流而免职。也拉过板车当过短期的搬运工人,因体力不支,最终放弃了思想改造。"文革"期间被粗暴地揪到郊区农场劳动改造。一直失业,凭老父从海外定期接济,老父去世后是舅舅接替,每月定时侨汇100元,日常生活由姐姐照料,幸亏外甥个个恭顺体贴,如此等等。

秋天的阳光干燥铿锵,疏疏落落从相思树枝叶筛下,即兴挪动他紧蹙一起的五官,时而沧桑萧瑟,时而冷酷阴郁,时而弓腰舔爪,如一只伺机而动的黑豹。

我们不知疲倦地唱歌,从《苏武牧羊》到《红河谷》,又随心所欲跳到《共产主义接班人》。凡是我们会的他几乎全会,他所提的很多歌曲我们面面相觑,那个时代,像《教我如何不想他》这种歌曲,简直有干民族存亡之大计。他绝对不让自己的声音落单,藏首匿尾,只在我们中间搅和。那天大家一无例外地在脸上晒出了日斑,嗓子全嘶哑了。有位叫阿西的朋友三分醉意地感慨:"独身生活多惬意,就像曾先生!"

"下山。"曾先生面无表情。

下山之后,朋友们在岔路分手,一个一个消失在单调的家门后,我和曾先生同船坐渡轮回鼓浪屿。

月色过分严肃,那么精雕细琢夜景,让人连心事也凹凸出来了。

他吸了一口气,忽然对我急促地说:"别信他的话,没有人自愿过独身生活。那是个多么无助多么孤寂的地狱呵!"我眨眨眼睛,许久才回过神来,原来他一直记着阿西那句无心的感慨。又过了那么多年,我才真正体会到他的伤痛,可是他已像蚌壳一样,紧紧合上了那道血缝。

是什么时候因为什么事情?和一只纤手有关吗?永远了他的自我放逐。

——我曾经就此采访过曾先生的姐夫庄,他说:志学呢,思想深奥复杂,相当自尊内向。总说自己都养不活,如何养妻儿!

每逢星期六,他都要过海到一位老朋友家吃晚饭,喝几杯,这是他唯一的社会活动。偶尔在晚归的渡轮上遇见他,我会邀他到我临街的房间里喝杯咖啡。有时碰到父亲,父亲感激他在学问造诣上对女儿的济贫,搬出海外寄来的丹麦饼干、瑞士糖待客。不知是嫌俗礼太多,他又是不善虚应故事的人;还是老单身汉的警觉与崖岸自高,令他敛步。再邀请他,总是双手直摆,落荒而逃似的。

再有来家,也是白天,绝不闲坐。给我一本手抄书目,逐栏以作者、国籍、译者、出版部门、出版年月分门别类。正色告我,这是一个大学中文本科生必修课目。我这个不知天高地厚的初中毕业生嘻嘻一笑,提起红笔一一勾去:"这些我都已读完。"居然忘记其中有些书正是来自他冒险抢救出来的秘藏。书目上唯有一本书《九十九朵番瓜花》,至今没能读到。

唉,我还是没有修完大学中文课程。

我那时太年轻、太任性,丝毫没有注意到他脸色的晴霾雨霁。只记得不久后,有亲戚朋友从台湾、香港带回《美国当代诗选》《英国当代诗选》,我总是在第一时间里和他分享。等他将书还回来时,多了一个硬壳笔记本,他把它们全抄下来了,我保存着他手抄的诗集,有米列的,有普拉斯的,字迹一丝不苟,有如他本人。

想到一向懒散的他,如何置热茶冷于壶,任烟卷灭于指间,为了赶在朋友限定的时间里,留给我一份反复咀嚼的精神食粮,我就心如刀割。

我工作的那家小厂就在他住的附近。每逢停电断水、检修或原料接不上那些短时间的空闲,我就从车间边门一溜烟顺小路去他家。他屋里总有两三个记不清面孔叫不出名字的年轻人,与书无缘,他们抽很凶的永定土烟叶,啜酱油似的酽茶,操最简单的字眼。这是个男性世界,我冒冒失失闯入,一定使他们尴尬,我自己浑然不觉,笔直走向那张唯一的已让出来的破红木太师椅,坐下就看书。他们并排挪到湘妃榻,继续抽烟。

我的小城本就封建闭塞,在那个特定的时代尤为滴水不漏。一个年轻女子独自出入老单身汉家中,无异惊世骇俗之举。凭直觉我想他对我的我行我素持一种欣赏姑息的旁观态度,因此更加肆无忌惮,想来就来想走就走。

是什么时候他的书库突然对我全面封锁,是我调到省城当那个劳什子专业作家之后么?还是我那些青年朋友,日久生怠,纪律松懈,没有及时还书,且有转借的蛛丝马迹。更糟的是有几个朋友已背弃文学小打小闹先小富起来,然后大红大发直追大款。难道这些都该由我负责吗?

忽然每个人都忙起来,除了他。

大年初一,我邀不到合适的朋友同往,独自去拜年。小楼更加破败,楼上已不能住人,但这片地产已像金矿一样露了头。闲坐的面孔换了新人,还是叫不出名字。书橱得以名正言顺,多是新书。我只敢远远瞄一眼,不敢逡巡,以免彼此为难。他依然卷烟丝,泡茶燎伤我的口腔黏膜,话极少,似乎没有什么两样。

但是,无缘由的疏远命定地落在我们中间,稀薄然而沉重。我和他不无悲哀地盯着这层撩不开的帷幕,很默契地退后。

他曾经说过:做朋友也是讲缘分的,有季节性的,谁也勉强不来。

1991年,在风雨来临之前的夜里,有人沿着小巷来我家,一路气急败坏地哑声大呼:"曾先生在郊镇住院,请你明天去看他。"

深知非到迫不得已,他绝不会请人叫我去。次日我偕丈夫在道路翻修的泥沙飞扬中,找到他栖身的那家小医院。

他充满歉意解释说,取消我的借书资格是因为应当刺激我们为自己买书。仿佛不说明这点,他不能心安。我再三解释我从未介意过还深为感激,因为他的断粮措施,我发奋购了数千册书等等。

他的头发当已斑白,脸上必有皱纹累累。将近二十年过去,无论我多么努力,我仍不能忆起那天他的面容他的声音,在告别的对视中,我和他说了什么话。或许,根本就没说过话?

却记得怔忡之间,由于丈夫的提醒,我取出我刚出版的一本诗集和一本散文集,轻轻放在他的枕边。

我们走后刚过午,他大咯血,无语而去了。

狂风接踵而至。送他上山那天大雨倾盆。

2004.6

大美者无言（删节）

小时候起,就不断听厦门人说,鼓浪屿的女人越老越美丽。

盼来盼去,盼了半个多世纪,我都老成这个样子,却一点也没有要美丽起来的迹象。这才明白,鼓浪屿的女前辈们都是些性情女子,经天时、地利、人和的共同打造,那样的美人真正已经绝代!

渐行渐远隐入鼓浪屿岁月深处的窈窕背影中,黄萱的名字因了许多人自发的忆念和怀想,逐渐被关注。尤其《陈寅恪的最后二十年》一书出版后,人们在大师背后,影绰看见了一位端庄雅致的知识女性。从黑白老照片看,黄萱的容貌应当不算太沉鱼落雁吧？无论在她养尊处优的豆蔻年华抑或是艰难困苦的抗战时期,她都绽放着最纯朴最率真的笑容,一览无遗地袒露洁白无垢的心地、恬淡内敛的聪慧,以及荣辱不惊的阅世方寸。

漳州路在天风海涛之畔。沿着路边岔出去的是一条设计独特的护廊小斜坡。坡上那一座古朴小别墅,是鼓浪屿首富黄奕住连亘的业产之一。黄奕住的女儿黄萱住在这里。

我不认识黄萱,不等于没有见过其人。也许有哪一个黄昏,我慢跑经过临海的漳州路,曾经与一位手执红色非洲菊的清香婆婆擦肩而过。为她慈祥温暖的微笑、睿智坦白的目光和淡雅体面的衣着所吸引,我回首再三,心中一阵阵感慨:鼓浪屿的随便哪一个角落,常常能与这样的老人不期而遇啊。

我倒是经常在路上遇见黄萱的女儿周菡。周菡总是两条辫子盘起,不染头发不事脂粉,素面朝天,清爽干净。步子很欢,声音很亮,兴致勃勃,一门心思追随着家族里热衷教育的百年传统。周菡曾经是副区长,弃官就教做了少年宫主任,躲进小学做了数学教师、班主任,顺便当了两年副校长,又自告奋勇当上教研室、社区教育办主任……还兼任过区政协副主席。她的角色变换太快,让人不知怎么称呼才好,于是就直呼其名,正合周菡心意。

鼓浪屿女儿,说好懂也不好懂。

黄萱的童年是在闽南农村度过的。她的不慕虚荣,平实低调的性格,与其自幼亲近土地有关。黄萱的善待保姆"沙妈"并为其养老善终,在家族里有口皆碑;暮年黄萱以照料小花园自娱,她手植的茶花、石蒜、非洲菊,把幼年的一角田野风光带到浪花眷恋的百叶木窗前。

黄萱比我尚健在的婆婆大一岁,同样上过女子师范学校。而由于家境极为优越,黄奕住更注重文化修养的缘故,黄萱继续接受闺阁教育,鼎盛之时竟有四名家教分别设课国文、英文、音乐等。很多人不明白,像黄奕住这样的开明士绅,屡投巨款于公众教育,却不让女儿上大学,有点奇怪吧?其实黄奕住虽然头脑敏锐、性格坚韧,能筹谋、善经营,毕竟出身乡间"剃头担",文化程度不高,使他决心要让女儿成为真正的名媛淑女。为此,黄奕住特别为英文已经很不错的女儿,重金延请一批像鄢耀枢、贺仙舫这样的名儒硕彦,施教经书格律,一习就是整整五年,为黄萱的古典文学打下深厚基础。

可惜,因为生活曾经一再颠沛流离,原本自家里的古籍收藏早就损失殆尽。黄萱遗物里的那许多线装书,都是后来为陈寅恪工作时购下的。

已出落成大家闺秀的黄萱,若是被父亲指定一桩门当户对的婚姻嫁出,很难保证后半生会不会像岛上深宅大院里的那些孤独侨眷,以模糊的面孔,怀着不为人知的悲欢,默默无闻地老下去,直至寂静。旧时婚姻对女性的命运真是至关重要哪。据说,黄奕住的择婿标准民主开明,完全尊重女儿的选择。而黄萱自己也很坚定,必须是有学识有见地的正派青年,绝不考虑有钱人家的少爷公子。

经亲戚们推介,厦门周宝巷周殿薰的儿子周寿恺进入黄家视野。黄萱几乎不假思索地芳心暗许,黄奕住推波助澜,两人见面后鱼燕往返,终于缔结婚约。

周寿恺1925年考入福州协和大学,次年转进北京燕京大学;1928年医学预科毕业,获理学士学位;1933年获北京协和医学院医学博士,很年轻就成了国内知名的内科专家。夸他是出身名门、青年才俊都很贴切。这样的乘龙快婿,黄奕住自然好生欢喜。

经过多次迟疑和动摇,周寿恺终于在1935年9月与黄萱结婚。时年周寿恺29岁,黄萱25岁,在当年,可真是大男大女了。

爱才如命的黄奕住喜出望外,亲自赶往上海主婚。婚礼上黄奕住公开邀请爱婿到他创建的中南银行任副总经理,被周寿恺一口回绝。次日,夫妻俩联袂北上,开始相濡以沫的共同人生。

只有黄萱这样一个女子,才能无怨无悔伴随周寿恺浪迹天涯,倾力支持他的一个又一个重大选择:为丈夫全心投入抗战而带着幼儿借住香港娘家,随即又举家在贫瘠的贵州山区辗转,过简朴艰苦的日子,婚后十年竟搬了九次家!临中华人民共和国成立,已是国民党少将医官的周寿恺拒绝留台,回到大陆追寻祖国医学事业,夫妻俩必须承担前途未卜的风险,黄萱均义无反顾。

多年后,当了中山医学院副院长的周寿恺,终于发自肺腑对贤妻说:"如果在众多的教授夫人中重新选择,我还是会选择你。"

1950年下半年,听说陈寅恪在家里给研究生上课,黄萱很想去旁听,邀了侄女秀鸾同去。感谢这位侄女生动的描摹文字:"陈先生的课堂设在他家的阳台上,阳台一头支起一块小黑板。先生坐在黑板前的藤椅上,穿一袭长袍,因少晒太阳,肤色很白,长脸、高额,可惜本应闪烁智慧之光的双目,没有表情,似乎是迷茫一片。"黄萱静静坐在边上,没有引起注意。

1951年11月间,身为岭南大学医学院院长夫人的黄萱,经同院教授陈国桢夫人关颂珊的正式推荐,来到陈寅恪家里,试任助手。

此时,陈寅恪已经失明好些年,因而感觉更加敏锐。赫赫家门的翅翼下孵化出来的陈寅恪,天生具有名士气质,内心犹保持"物以类聚,人以群分"的传统见解。这样情操高度洁癖的人,怎可能长时间忍受身边的凡夫俗子!虽然他至死都没亲眼见过黄萱的模样,仅凭短暂的接触,从自己丰富的阅历中,分厘不差捕捉到他一向心仪、竭力赞赏过的"门风家学之优美",立刻请揎进门。

这一份工作,包括陈寅恪个人才学的巨大磁场,对于勤读不辍的黄萱,自觉或不自觉,未尝不是一个走出家庭,参与社会的有力推动;一次奉献热能,学有所用的生命大转折;同时更是一种可遇而不可求的缘分。于是黄萱,这一颗看起来十分平凡的小星星,一经纳入陈寅恪的轨道,立刻和谐地旋转起来,发出微弱不熄的淡蓝之光。

1952年11月22日,因学校经费不够,中山大学聘任黄萱为陈寅恪的兼任助教,只付一部分工资。

可以断定,黄萱全力投入工作,与付酬多少无关。中华人民共和国成立初,周寿恺的工资已经爬上"385高坡",即月薪385元,以当时的生活水准,维持家庭开支绰绰有余,黄萱到此时才无须贴补家用。这使得她特别轻松舒畅,不是因为金钱本身,而是她非常体谅丈夫自尊的心情。

1953年夏天,陈寅恪一家搬到周家楼上,与周家一道楼梯相通。

想象黄萱轻步上楼去工作,顺便端着亲手焙制的美味西式糕点,送到陈家的餐桌上;想象那傍晚时分,黄萱在自己家中,手指灵巧地织着毛衣(这也是她最擅长的啊),耳闻楼上传来陈先生的吟哦之声,不觉露出会心的微笑;想象陈先生卧病在床,黄萱为他诵读《再生缘》,略带福建乡音,愈加悦耳(至少我听起来是这样啊);想象在东南区一号的草坪上,黄萱与陈先生的夫人唐晓莹一起,主持教授夫人们的义卖冷餐会。唐晓莹是清代台湾巡抚唐景崧的孙女,能诗工画。她俩挽臂相依亭亭并立,相映得彰,周围的粉黛是否都一齐无颜色了?

1954年夏天,任职华南医学院副院长的周寿恺,必须把家迁至市区竹丝村的宿舍,距陈家10公里,来回得倒两路公交车,要耗去三四个小时。这样一来,对彼此都是大难题。也是担心影响工作,柔弱的黄萱只好向陈寅恪请辞。直到今天,黄萱依然记得当时陈寅恪说的话:"你去了,我要再找一位合适的助教也不容易,你一走我就无法工作了。"态度如此诚恳语气如此落寞,深受打动的黄萱遂又留了下来。

于是,黄萱每天早上七时起,快步赶去车站,挤两个小时汽车,九时整坐在陈先生面前开始工作。工作结束后已过中午一点钟,再挤两个小时的汽车回家。早餐是来不及吃的,就在陈家订了一份牛奶。午餐有时也会在陈家留用。虽然黄萱比陈寅恪小20岁,陈寅恪还是要求家中的孩子们都称她伯母。这样的礼仪周到与尊重体贴,也让黄萱铭谢在心。

刚开始工作那一年,对两人都很不容易。大师精通十几国文字,包括突厥文等艰深语种。他治学严谨,涉猎渊博,其思路如瀑布如奔马如神龙入云如流星四泻,黄萱一时如何跟得上?黄萱好几次想打退堂鼓,话到嘴边又咽下。因为本来脾气很大很怪的陈寅恪,却不厌其烦地放慢语速配合新助手,甚至一字一字写在黑板上,让黄萱一字一字地记录。这以后漫长的13年,陈寅恪也从未对黄萱发过脾气。

谈到陈寅恪这位旷世奇才的学问,黄萱充满敬仰之情。陈先生的记忆力惊人,能清楚地记得哪段史料出自哪本书哪一页。偶尔记不太清楚了,就让黄萱帮忙查阅,可黄萱只要读上前后几句,陈老就能批出所需资料的具体出处。

黄萱为陈寅恪工作13年。在这13年间,陈先生完成了《论再生缘》《元白诗笺证稿》《柳如是别传》等重要著作,累计近百万字。

1955年9月15日,由陈寅恪提出,中山大学正式聘黄萱为专任助教,一直到退休。她真是永远的助教,工资只有74元。

"文革"风暴初起,黄萱立即把存在自己名下一大笔存款,全数交到中大历史系,并在尚未大乱之时换得一纸收条,以至于这些大部为国外亲人寄存的金钱,最后得以完璧归赵。至于大户人家女眷们视之如命的首饰珠宝,中华人民共和国成立之初,黄萱就主动将它们全部低价卖给国家支援建设去了,日后冲进门来抄家的野蛮家伙们一无所获。

都以为金钱对于黄萱,从来不是问题,其实不然。周寿恺受难之时,一位厦门老友在广州结婚,黄萱因囊中羞涩未能买个小礼物而怏怏不乐,遂翻箱倒柜找出一条全新的桌布,居然喜形于色!周寿恺去世,老保姆不肯再留,为了补发欠她的工资,筹足她返乡的路费,黄萱忍痛卖掉名牌钢琴,仅得三两百元。晚年她在鼓浪屿自娱的只是一台珠江牌的普通旧琴。黄萱为人的慷慨善良,同情弱小,正是深记着老父黄奕住的教导:"信誉重于生命。"

正如陈寅恪在《关于黄萱先生工作鉴定意见》里所书:"总而言之,我之尚能补正旧稿,撰著新文,均由黄先生之助力。若非她帮助我便为完全废人,一事无成矣。"

"文革"中,饱受惊吓与折磨的陈寅恪,自知来日无多。对来探望他的黄萱说:"我治学之方法与经历,汝熟之最稔,我死之后,望能为文,以告世人。"黄萱恳辞相对:"陈先生,真对不起,你的东西我实在没学到手。"陈寅恪黯然:"没学到,那就好了,免得中我的毒。"二十年后,黄萱不无感伤地说:"我的回话陈先生自是感到失望。但我做不到的东西又怎忍欺骗先生?先生的学识恐怕没有人能学,我更不敢说懂得其中的一成。"

周菡曾经问过妈妈,那段与陈先生的对话,让她一生如此不安,说话时还有谁在场?黄萱的回答是:只有她和陈先生二人,陈夫人正出去拿什么东西了。黄萱后来把这事告诉了上海复旦大学蒋天枢先生,此人是陈寅恪的学生,也是托命之人。蒋先生将这段事公布于众,又引起了好多人的注意。他生前与黄萱经常通信,鼓励她写回忆录,但终于未能成文。

周菡认为母亲将此事说出来,可能是,想让蒋先生和其他人了解陈先生的遗愿,希望他们能替自己为陈先生实现这个嘱托?

正如陈寅恪对黄萱有过的定语:"拿得起,放得下。"黄萱深谙孰可为孰不可为的处世准则。"花如解笑还多事,石不能言最可人",大美者无言,或者说,面对大美者无言?这也是一种境界,并非所有人都能坚持。

但是,当上海古籍出版社要出版陈的遗著时,黄萱不辞劳疾,两次抱病赴沪,为遗文补充材料,并与其他校勘人员书信来往,达十几封。这是她认为自己能为陈先生所做的,而且必须全力做到的。

其实,论黄萱的文字造诣,不但能配合大师,擦出灵感的火花,她自身也有深厚的积累和相当的才气。据说每天四五个小时在公交车上,黄萱总是饶有兴致观察身边的人和事,回家后即时记下一些杂感随笔,却从未示以外人。"文革"期间,这本子连她的多数藏书一起被毁,连女儿也不知道黄萱有过怎样的思绪和文采。在周菡收集的资料中,翻阅一部分黄萱写给亲朋好友的信,款款娓娓,又自然又亲切,文字功力略见一斑矣。

1973年,63岁的黄萱在广州从中山大学退休。1980年迁回故土鼓浪屿,落叶归根,悄然住进父亲留下的老房子里。从此,以书为抱,与琴互诉,不事声张,淡泊自甘;2001年5月,91岁的黄萱在儿女的怀抱之中合眼睡去,再没有醒来。

  黄萱的最后二十年比陈寅恪幸运多了。晨昏起居有爱女陪伴,隔墙是老友旧亲常来常往;推窗目送云帆鸥鸟翻卷白浪,开门即是亲手照料的花木,不喧哗不耀眼,安安静静地依偎在她身边,铺展在她脚下。

  一架老钢琴,在女主人甩一甩衣袖如杳鸿飘远之后,袅袅犹有余音。

2006

真水无香

女性的素养决定一个民族的素养。这是英国作家缪塞尔·斯迈尔斯在他的《品格的力量》一书中所提出的惊人见解。该书自1871年出版后,便在全世界畅销至今,被誉为人格修炼的经典手册。

乔治·郝伯特比较克制,他说:一个好的母亲抵得上一百个学校的老师。

近三十五年来,在我对妈妈的千百次追忆中,音容笑貌也好,举手投足也好,皆栩栩如生;最琐碎最庸常的枝节细末也都历历在目。我却回想不起妈妈有过什么英雄壮举,演示过什么微言大义,或者创建出什么可以流传给后世的精神物质。作为一个女人,一个鼓浪屿生养的知识女性,我的妈妈再平常不过。但对我个人而言,她足够伟大、足够宽厚,足够我一生频频回首,再三呼唤。

"呵,再没有一条小路,能悄悄走近你吗,妈妈!"(《读给妈妈听的诗》)

一、妈妈的味道

(儿子两三岁时,每逢我外出开会,他会抱着我的枕头,眼泪汪汪嘟囔:妈妈的味道!)

我相信人类在幼年期,最先启动鼻子功能的应当是母亲的气息,就像母兽的气味之于幼兽,那是准确无误的坐标,意味着安全、温饱和抚爱。

1975年8月那个盛夏,我在鼓浪屿45号的"闺房"里晾晒整理衣物,拽出妈妈留下的红丝巾,心疼地看到它有些褪色了。把鼻子埋进去闻了闻,只剩下樟脑木箱的霸道气味。怅怅然回到书桌前,我断断续续写下:"我依旧珍藏着那鲜红的围巾,生怕浣洗使它失去你特有的温馨。"

(三年后,《呵,母亲》与《致橡树》同时发表在民间杂志《今天》的创刊号上。)

笔放下了,可心中悲伤仍是挥之不去,直到暮色的淡墨晕染诗笺,爸爸招呼我上楼去吃饭。我回望一眼妈妈的遗照,她的额发有一小撮是翘的,我总是习惯性地伸出手去,想代她抚平。

都说照片不及妈妈生前的美丽,但那忧郁的微笑、温柔的嘴角,和若有所思的凝视,正是妈妈留给我最后定格的印象。

记忆中最动人的笑容莫过于妈妈的嫣然一笑,这就是童年时代的最高奖赏。仿佛我在普通话比赛中的侥幸获奖,我在校际歌咏大会的昂然领唱,成绩通知单上的"红通通"(当然,如果不是"全优"的话,我会千方百计藏起来),仅仅为了获得妈妈那短暂的展颜莞尔。

妈妈的牙齿细密整齐,只是牙龈偏低,偶尔忘怀大笑,就虚握拳头放在嘴边遮羞,像歌星扶着麦克风,那姿势有些可笑,却又令我向往。因为,当时在我们的生活里,能让妈妈如此忘情的开心事总是鲜于遇见。

每个亲情笃至的儿女都能在自己母亲的脸上汲取这种光辉,因而身心透亮,豁然开朗。

妈妈的皮肤极好,雪白粉嫩,脖子细腻,臂膀光鲜。受妈妈的影响,我一直以为,好皮肤是女性美的先决条件之一。除了一瓶珍惜使用的雅霜,妈妈有时会从蛋壳里蘸一点点蛋清,涂在眼角。鸡蛋是外公专享的下酒菜,妈妈在革命年代自创的护肤用品是最低成本的下脚料。

我和妹妹两人的衣着鞋袜已经使妈妈殚精竭虑,她便很少给自己添新衣。舅舅的婚礼上,妈妈用旧旗袍改制了一件高领掐腰、对襟盘扣的蓝底红花夹袄,穿在略显丰腴的身上,满座宾客讶然注目,回头率要多高有多高。妈妈心里不无得意,回家路上,带着我和妹妹拐进照相馆,合影一张4寸大相片。对这次心血来潮的奢侈,妈妈解释说:我们很久没有给爸爸寄照片了。

其实也是给她自己的犒赏。妈妈刚过三十岁生日,有三个孩子,哥哥都十岁了。而我们的爸爸正光着脊梁,只系一条半截裤,在三明山区露天煤矿挥舞铁锹。

36岁那年,妈妈要在工作单位的国庆晚会上演唱民歌《十送红军》。她为自己设计裁剪了一件紧袖斜襟圆裾的藕荷色薄衫。我和妹妹坐台下捧场,却张大嘴巴忘记鼓掌。之后,不断有同事、邻居来借这件短衫去赴宴或演出,但是她们后来都沮丧地承认:谁也穿不出妈妈的味道。

有谁能说清楚母亲的味道是什么?如果一定要形容,用个不太贴切的比喻吧,我的妈妈类似薄荷,淡绿、清凉,还有一丝中药的苦涩。

二、妈妈的羽衣被爸爸藏起来了

基因的发现是科技时代的重大事件。无数次在反省中,我都可以从自己身上印证父母的影响,甚至外公外婆的痕迹。

儿子经常抱怨说,由于他的第二根脚趾比脚拇指长出将近一个指节,踢足球时总是先受伤,常年因淤血而疼痛难忍。我记起妈妈曾经看着我伸出凉鞋老远的第二根脚趾叹息:"你的脚趾长得和我一样。民间有个说法:妈妈的寿命会比爸爸短。"我当然不介意是否比孩子他爸先死,却惊讶于遗传信号的顽强,尽管有时显得很微弱。

外婆生了十一个孩子,存活八个,男女各半,妈妈在女儿中排行第三。从外婆那里,妈妈秉承了中国女子典型的杏眼樱口,还有一副瘦削的美人肩。她的兄弟姐妹大多获取了外公基因里那稀薄的白人血统:凹眼、高鼻、溜额、宽嘴。尤其一双双大眼睛,滚圆乌亮,双眼皮巴眨巴眨。当年巩俐、章子怡还未引领审美时尚,整容手术更未普及,妈妈便因单眼皮而自惭形秽,一生都耿耿于怀。

家中丫头老妈子欺负妈妈,骗她是庶出,说她的生母原是家养丫头,被外婆盛怒之下远远卖到深山去了。妈妈无由地,常常悲不自抑。

外婆治家甚严,疾恶如仇,且性烈如火。几个淘气的儿子都曾被她捆在木瓜树下痛打过,扔下竹篦以后再亲自敷药。多年以后,老舅们从国外回来,外婆的事迹里只留下慈爱与慷慨,她的民谚与格言被传颂成金科玉律,老舅们受益匪浅,都不记得皮肉之痛了。外公生意亨通时,家中除了老妈子几个,还养四个丫鬟。但女儿们每天早上仍要自己开窗、叠被、扫地后,才能上学。妈妈总是神情恍惚,经常已经走出大门外,仍要被外婆厉叱回来返工。我从小在外婆身边长大,享受优惠政策,但是起床后那三件事也是雷打不动的。

外公潇洒倜傥,不理家务。虽商场多年,从不拈花惹草也不敢蓄妾藏娇。外婆精明利索,家大孩子多,又事必躬亲,对身边这个罕见笑容的乖巧儿渐渐忽略起来。妈妈越发相信自家出生的暧昧。小小年纪就失眠。黑夜辗转中,不可知的生之困惑凄绝,死之凌厉渊深,使富于幻想的天性四处漏光,草木皆兵。每于半夜,她悄悄摸出独居的闺房,缩在外婆的门槛外无声饮泣。

日军空袭厦门那夜,是无眠的妈妈哭叫着,把搂着刚满周岁的四舅舅酣睡的外婆摇醒,一家二十余口得于免去一场罹难。

性情方面,妈妈更接近外公。可惜是个女儿身,就算有些天分也不被看好。四姨出生之后,外公的生意忽然左右逢源,遂以四姨的名字开连锁布庄,都叫"惠记"。四姨既是福星,又是幺女,长得明眸皓齿,极受溺爱。外公特为她买一架钢琴,延名师授之。可惜的是,四姨的琴技一直差强人意。年关将至,有外乡乞丐在大门口唱《莲花落》,十三岁的妈妈无师自通,顺手扣着琴键配器。一时门内门外站满了人,妈妈硕圆的眼泪滴在黑键上,乞丐离去之后,妈妈不绝手地弹奏到掌灯时分,家人都不敢惊扰。当夜琴师辞职,说:"四小姐的功课由三小姐胜任有余。"

妈妈的音乐天赋也许来自鼓浪屿的季风海潮?随生随息,怡然无求。

单眼皮的妈妈长到十五六岁,就脱颖而出,原本雪肤,忽然花貌起来,身材拔高,苗条轻盈。失眠和忧郁使妈妈平添一番楚楚动人的优雅。每逢全家回漳州老家赶庙会凑热闹,大家都来请妈妈去扮观音,点上绛唇、描弯柳眉的妈妈真是美不胜收。

鼓浪屿毓德女中是教会学校,所设均是淑女必修课程,可惜不实用。正上高中二年级的妈妈,书法比赛总是第一名。烹调、缝纫、插花成绩名列前茅,就是棋道不入门。中华人民共和国成立以后妈妈能找到的唯一"高尚职业"是会计,而她天生没有数字逻辑,一直都在赔钱。

那一天,妈妈放学回家把书包搁下,走到天井舀水洗去手上的墨迹。端坐花厅准备向二姨提亲的爸爸,一见白衣黑裙的妈妈,失手将一杯热茶全洒在借来的西装上,竟改弦易张,转求三姑娘。等比妈妈长六岁的二姨定妥亲事,由外婆做主,终于大功告成。

他们的婚礼在鼓浪屿的洞天大酒楼举行。披着婚纱的妈妈在老照片上纤柔娴静,并不巧笑倩兮,仍然是抿嘴凝视而已。

对于爸爸,妈妈是天上掉下来的月亮,是传说中的七仙女。妈妈童年时代所缺乏的关怀与钟爱,自此以后,由爸爸数倍地补偿。

三、星星和月亮在一起

古人把婚姻定义为终身大事,是有一定道理的,尤其对女性而言。

是不是爱情令未满十八岁的妈妈抛弃学业匆匆嫁人?现在追溯起来有些迷茫。生长在大家族里,性情格格不入的妈妈,肯定希望有一个完全属于自己的小天地。已在财经学校毕业且就职于大银行的爸爸,处世老练成熟,有独立的经济能力,使妈妈在婚后的日子里即使说不上完全的幸福,却一定安宁快乐。

新婚的快乐时光里,他们的第三者是巴尔扎克与莫泊桑的长篇小说,夹持在两个枕头之间。爸爸说,他更喜欢《蜀山剑侠传》,可是为了翻越书山抵达妈妈的趣味,他背念那些长长的外国姓名真是把舌头练劈叉了。良好的家庭教育,使得妈妈能对照外国画报裁剪时髦裙装,却不耐烦锁扣眼和缝边。妈妈会做几样拿手好菜,厦门炒米粉、菠萝鸡和罗宋汤,却不喜欢剖鱼洗碗刷锅。热衷烹调的爸爸不但全面进驻厨房,连拖地板与绗被套这些活儿也自觉自愿包揽。

封建礼数周全的奶奶对此十分不悦,但也无可奈何。因为表面上,体弱多病的爷爷是一家之主,但是大家庭的主要经济来源却是作为长子的爸爸。孝顺父母供养弟妹读书的爸爸,在家族中具有决定性影响,去世多年后仍有余威。为避免矛盾,阅历丰富的爸爸明白,只有保证两人世界的独立,才是对娇妻的最好保护。因此婚后爸爸设法调离厦门,到百把里路外的漳州银行供职。

解除家法管制后,妈妈在银行宿舍的小平屋里,日高三竿才起床,越发无限度地手不释卷与贪恋酸梅,因为哥哥很快就要出生了。

长子长孙的出生使爷爷奶奶欢喜不迭,立刻设香案谢天谢地谢老祖宗。难产把不足19岁的妈妈撕裂得死去活来,产后长期住院,没有能力哺乳。哥哥名正言顺被接管,从此由奶奶抚养至成人。

生育的大苦大难,让妈妈打掉了第二胎。我是第三胎,在爸爸的恳求下得以保全。大约我的出生比较瓜熟蒂落,妹妹趁机随后而来,并获得妈妈充沛的乳汁与亲自照料,直养成白雪般的大胖娃娃,绰号"白绒鸡"。如果不是接踵而至的政治风暴,爸爸的理想说不定真能实现:至少有4个,最好是8个孩子,吃饭热闹一桌,出行满满一车。

逢年过节,我们一家从漳州坐小火轮回厦门。爸爸怀抱妹妹,哥哥看顾大件小袋礼品。淘气的我上蹿下跳花样百出,几乎爬到爸爸的脑瓜上。妈妈只是坐在一边低头静静看书。旁人指着妈妈对爸爸耳语:你这个大女儿是前妻生的吧?

妈妈天性中的矜持与端庄,让我们不敢在她面前撒野。但是,如果她表示赞赏拍拍我们的脸颊或摸摸头发,我们会幸福得好几天走路轻飘飘脚跟不着地。

四、我的加入

爸爸参加土改工作队到石码镇,怀孕在身的妈妈寸步不离一起搬去。

临时租借的农屋潮湿空旷,妈妈躺在老地主的四柱红漆木床里,四边垂着蚊帐,像一艘落下帆的小船,泊在荒凉的海边,涛声时高时低。

爸爸奉命下乡,雇来看护的渔妇倚着日午的门框打盹。

外乡、独居,又怀着一个不安分的小生命。好幻想又多愁的气质让妈妈在阵痛的间歇中体味处境的寂寞和神秘。枕边一册《聊斋志异》,犹夹着多少狐仙和鬼异的故事。突然一阵风,凉飕飕的(妈妈一直这样强调,而且坚决声明她没有睡着)。烛焰低抑,一个黑糊糊的影子隔着蚊帐直扑进妈妈怀里……

我在那天下午出生。妈妈究竟看见了什么,谁知道呢,但从此我便有了"精灵儿"的绰号。因先天不足而一直骨瘦如柴,但我走在街上专挑沟沿走,翻栏杆,爬树,和男孩子去钓鱼,吊在龙眼树上偷嘴,都有我的份。尤其家变之后,妈妈遇事总得和我商量,在她高兴或不高兴的时候,夸我也好,啐我也好,常是一声"精灵鬼"。

我满月后,工作队看中能写会画的妈妈,招去做文化干事。妈妈的草书在黑板报、宣传栏和标语条幅上,龙飞凤舞。普遍反映看不懂,严肃教育后改成清秀楷书,领导点头群众满意。妈妈却做得无味,遂拿我当由头,辞去这一份工作。

穿列宁装英姿飒爽的妈妈在办公室里煞有介事铺纸挥笔时,我却在奶妈的棚屋里哭得上气不接下气。奶妈隐瞒儿子已经七岁,乳汁稀薄如水。她在嘴里嚼烂地瓜渣,抹在指尖喂我,送去的奶粉冲给她儿子喝了;我爸爸买猪肝送奶妈催奶,却是她丈夫炒去下酒;爸爸心疼地看到我日益萎靡,有天清早去看敲门,亲眼看见我躺在稻草秸上奄奄一息,而我的小床后栏板放下,一条凳子搁脚,奶爸肚子盖着我的小丝棉被呼呼大睡。

外婆闻讯赶来石码,把我抱回厦门,用英国"克宁"老牌奶粉悉心喂养,终于把我救活。童年里,我便在漳州与厦门,也就是外婆与妈妈之间来来回回。

漳州那一株黄皮果老树,荫护着银行宿舍,我们极温暖又极短暂的可爱小家。每天午睡起来,我迫不及待地爬上竹椅,掀开饭罩,手伸向一盘用盐水涮过的绿得水灵红得透亮的桃子。妈妈早已笑吟吟候在身后。我吃得满脸满手都是甜汁,妈妈则用雪白的牙齿文雅地轻轻一咬,声音清脆好听。我好像从来没有学会那样吃法。

在爸爸妈妈身边想厦门的外婆。尤其淘气受妈妈谴责,便将衣柜大小物件拖一地,抱着小衣服闹着要回外婆家,最后妈妈无奈地陪我哭一场。回到外婆身边,在三层小洋楼里想漳州,想漳州黄皮果树上的风,怎样教叶子都学会了一种泥土味的漳州乡音;想起夏夜,头蒙着毛巾被躺在清凉的竹床上,听妈妈用她独特的语言讲《聊斋》,"鬼大笑,手舞足蹈绕着圈走……"窗外的芭蕉也大笑,也手舞足蹈绕着房子走;想起惹妈妈生气时,她一脸的伤心,唉!

即使因哥哥难产,我在襁褓时几乎被保姆害死,爸爸在"肃反"时被冤屈吊打,妈妈剥下身上所有首饰,又星夜赶回娘家求援借款,这些惊吓仍不能损害妈妈在婚后花朵怒放般的圆润与丰美。

五、一九五七

五岁那年,妈妈开始教我学钢琴。

"坐直,双肩自然放平。"妈妈捡起分币,重新放在我的指尖。

"现在练习音阶。"我马马虎虎翻开琴谱:这些蹲在电线网里的小蝌蚪真不可理喻,它们应甩起尾巴游在水里才对。一错神,分币又跌落,一直滚到楠木大橱下。

还没学会音阶,妈妈无心再管我。反右派的狂涛巨浪倾覆了我家这只小舟。我把乐谱折叠成许多飞镖,天空中快乐地奔跑着摇头摆尾的小蝌蚪。

这就到了一九五七年。

我的记忆居然可以追溯到两岁、三岁、四岁,由于提供的证据确凿,不由得大人们又困惑又深信。奇怪,我唯独不能记起我们家遭受雷击的那一天。那一天,那一个事件对我是个完全空白。直到看了日本电视《犬笛》以后我才相信,孩子们往往把威胁和危险拒绝排除在记忆之外,这也是人类的一种自我保护吧?

妈妈和我说起那一天——

星期日。运动高潮已经过去,人人松了一口气。爸爸虽有过吓人标题的大字报,仿佛没事了,于是就决定悄悄地庆祝。妈妈去买东西,父亲照例在家侍弄菜。等妈妈心情轻松地回到家,爸爸不见了,饭罩下压着一张给爸爸的紧急通知:速去机关门口集合。

爸爸的毛巾撺在砧板上,大约连洗手也不行,只揩了揩手。

阳光暖洋洋地照在院子里,被妈妈填得走不动的大肥鸭"呷呷呷"叫了几声,把一种冷清、一种不祥的预兆都衬托出来了。

脸如白纸的妈妈奔到机关门口,满地鞭炮灰,人也不见一个。传达室的老头安慰妈妈说:"他们是挂红结彩去的,很快就会回来。"爸爸被判处劳改8个月,却整整去了8年。

妈妈说,饭罩里是爸爸的拿手好菜:猪肝切片,肉丝、茭白丝已切好,鱼剖肚去鳞,还码着姜丝、葱段……

一桌精心安排的菜肴,一个愁惨漫长的假日和一个分崩离析的家庭,这就是我的一九五七年。

哥哥本就是奶奶的心肝宝贝,叔叔们毫无异议共同负担了他的生活费用。我被送回外婆家。妈妈带妹妹在漳州等候,并找了一份出纳工作。半年后,爸爸获准给妈妈写的第一封信里,理智地劝妈妈投奔娘家以为长久之计。他深知,自己的臂膀再强壮,已经无法护卫得家人周全。

年底结账,妈妈心烦意乱,赔的款项比当月工资还多。她也哭累了,环视四壁徒然。结婚时父亲千挑万选订购的成套家具、钢琴乃至妈妈的貂皮大衣,都已换成炒面、猪油、虾皮,装进邮包,源源不断寄往爸爸劳改的农场。妹妹因独自被锁在黑屋里得了惊风症。29岁的妈妈抱起抽搐的妹妹,背上大相册,连夜搭小火轮回厦门。

大姨妈帮妈妈找的仍然是一份财务工作。大姨妈是科班出身的资深总会计师,在她强有力的援助下,妈妈勉强可以应付工作。

三年困难时期,我姐妹俩托庇于外婆家。外公略有家底,三餐雪白米饭照旧。妈妈不愿拖累娘家太甚,为节约供应份额支援父亲,独自在食堂吃小球藻与菜粥,竟至全身浮肿,食细糠疗之。我与妹妹偷吃妈妈的炒糠拌红糖,觉得香甜无比。当时,孩子们的零食早已断绝。

我的梦中流淌那一条悲伤的小溪,是妈妈深夜枕边强忍啜泣。

妈妈的闺中密友来过夜。我和妹妹打地铺,我竖起耳朵,痛恨地听到床上那个老妖精(对不起!)劝妈妈让我去卖冰棍。妈妈回答:只要我和妹妹能读书,她拼死供我们上大学。这既是给我们,也是给爸爸,同时还是妈妈对自己的承诺。它是如此沉重,再加上单位的领导与同事都在游说妈妈划清界限追求进步。大人们开始背着我们,影影绰绰讨论一个可怕的字眼:离婚。

八岁那一年,妈妈帮我们转到厦门实验小学,重新填写学校履历表。家长名字改成妈妈,家庭成分这一栏上,妈妈填上"职员"后,对我说:这样,将来就不影响你上大学了。

知道离婚已成事实,我无助至极,而且愤怒至极。从学校回来,我超常发挥三年级语文水平,写了一封态度激烈措辞刻毒的檄文,压在妈妈的雅霜下。

妈妈把我单独叫进房间时,嗓子喑哑,脸色发青。她的眼神是那样空洞绝望,万念俱灰,简直令我冻僵。我说了什么做了什么,因为太悲恸,已成记忆的黑洞。外婆听我锐声啼哭,冲进房间,还以为妈妈自杀了呢。

很快我就理解并原谅了妈妈,或者说,妈妈因理解从未责怪过我?从那以后,我和妈妈再没有任何芥蒂,只有满腔尊敬与热爱。

不久前有韩国作家同情地问我:什么时候开始失眠的？答:八岁开始。他难以置信地瞪大眼睛。我又如何能够解释清楚呢？

失眠,是一九五七年的后遗症。

六、母爱如水,我的杯子却空了!

通常用来表彰中国女性的那些形容词,几乎很难套在妈妈身上。

妈妈不能吃苦耐劳,并非她不愿。从小娇生惯养,高度近视加神经衰弱,虽然主观很努力,结果总是不令人满意。最典型的是下放福建长汀时:挑担翻进沟里,割稻割伤手指,脱谷粒则因稻芒过敏全身浮肿呼吸困难,送到公社医院急救。醒过来后妈妈焦灼地问:"我干什么好啊？"通情达理的乡民便让妈妈到晒谷场撵鸡轰鸭。妈妈那样恪尽职守,连天上的老鸦都赶得呱呱乱叫。

妈妈不知勤俭节约。捉襟见肘的经济状况让她苦恼,但没有教会她精于计算,更不屑于贪小便宜。也是困难时期,海外老同学知道妹妹患了急性肺炎,邮寄来成桶饼干奶粉,妈妈一一转送给正患肺结核的舅舅;漳州老邻居每来家求助,妈妈都要塞钱,最后一次,妈妈把自己的棉袄都送掉了。整个冬天,妈妈嘴唇哆嗦两手抱肩,安慰我们说不冷不冷。"文革"初期,怕被抄家,妈妈挖出最后一对钻石耳环,大清早带我们到银行门口排队。估价 800 元,妈妈喜形于色。撬开后却说有瑕疵,只能卖 80 元。妈妈的心情一落千丈,还是打起精神到绿岛饭店,为我姊妹俩各点半份西餐,每客一元两角钱。妈妈自己要了一角五分钱的奶油冰淇淋,盛在高脚玻璃盅里,光芒四射哪。须知一根冰棒才三分钱呢。看到妹妹已经飞快吃完猪排,舔着番茄酱,妈妈对自己的挥霍有些难为情,遂把冰淇淋均匀三份,我们快乐地共享。

妈妈谈不上聪明才智。有点幼稚,有点率直,明白时冰雪剔透,糊涂时简直无可救药。插队时,妈妈听信传言,与大队干部搞好关系,有利于知青的安排工作。遂先缩衣节食,然后红焖一头七斤肥鸭,三指宽的鲜带鱼煎炸成段,虾干鱿鱼片等等,打成行李。请假三天,乘一天火车转半天长途汽车,步行10个小时,到上杭深山里来。她睡我的床,摸到床头有本新借的《平格尔奇遇记》,彻夜掌灯读起来。第二天中午摆酒席请客,妈妈也不下厨,饭桌上只肯心不在焉露脸15分钟。晚上大队回请,村主任、大队长轮流敲门,我们隔着门板呼叫,妈妈推说头痛坚决不开门应酬。她完全忘记此行初衷,直至在朋友给的限期里,把那本小说抢读完。

妈妈并不艰苦朴素。她常说贫穷不等于平庸,富裕不等于奢侈。工资菲薄,仍然费尽心思打扮我和妹妹。用外婆的华丽红线呢旧台布,给妹妹裁了件带穗子的喇叭裙,剩下的布头拼成小坎肩,人见人爱。妈妈还拆了她的咖啡色华达呢大衣,给我设计小外套。班级联欢学校晚会,同学都来借去做行头,演女特务。舍不得丢弃花绸内里,这又镶一条围巾给我缀在外套上。但绸料年代久远,同学轻轻一拉,裂成好几条。我伤心哭着不敢回家,怕妈妈生气,所以印象深刻。妈妈花了一个晚上,动手给所有裂缝绣边,变成丝丝缕缕的飘带。总之,原来母亲的那些旧旗袍,好看的被面,窗帘布,甚至爸爸的大手帕,都一一在我们的身上开过童装博览会。

妈妈远不是那种能与命运抗争的坚强女性。这个世界对她太复杂太沉重太悲伤了。她之所以没有选择逃离红尘,是因为:其一,当时视自杀为"不满社会现状自绝于人民",定性"反革命"重罪,牵累家人;其二,妈妈出身基督教家庭,不敢违背上帝的意思;其三,爸爸被囚禁,若再没有妈妈,我们就成了孤儿。

孤寂与屈辱蛀食妈妈内心,日夜啃噬。妈妈抑郁在胸因而得了不治之症,中医叫作"气结",西医诊断却是贲门肿瘤。

我常为病中的妈妈朗读小说和诗篇。听累了,妈妈就要我唱个歌。家族中本有不少声乐高手,无论他们怎样引导,我始终没学会用气声。因此拿捏不准,只会可着嗓门使劲,几乎把屋盖掀走。邻居们都受不了我的鬼哭狼嚎,妈妈微笑着叹息:这样的声音多么天真啊!

"无论风往哪边吹,都不能带去我的歌声吗?妈妈!"(《读给妈妈听的诗》)

妈妈离去时比现在的我年轻了十多岁。无数次梦中时光倒流,我仍在医院里陪着妈妈等待次日的手术。妈妈坐在病床上,托一托细框眼镜,眺望着窗外那在热带风暴中挣扎嘶喊的棕榈树。内心忍受着恐惧与病痛,微微蹙眉,脸上仍然光洁。死神最后的睇视是那么温柔,妈妈在瞬间隐入黑暗,保存的全部美丽并没有凋谢。

我的善良、脆弱、敏感的妈妈是多么平凡渺小,我知道。

我还知道推动世界这部水车运转的水浪(荷尔普斯),正是我们的母亲。

"让我在人心靠近泉源的地方,为母亲们立一块朴素的方尖碑。"(《献给母亲的方尖碑》)

2007.4.24

心曲千万端,悲来却难说
——怀念父亲

似乎是上天的安排,母亲去世时我刚成年,难以面对死亡的猝然掠夺,因有父亲的百般呵护,打击虽然如雷轰顶,心里终究没有留下太多阴影。去年初父亲溘然离去,我四十好多,仍然如婴失乳,几近崩溃。此时我已为人妇做人母,责任、亲情一身,三股绞缆虽然断二,犹存一股牢牢维系,我才能够继续沉浮世事,不致迷失。

父亲是长子,我哥哥一生下就是长房长孙,光宗耀祖有望,祖父摆香案感谢上苍,从此老人们眼中心中只有老哥。我出生那天并无祥云瑞雾,女未大就已不中留,与受冷落的母亲被接到外公家将息。父亲终于畅所欲言,抱我在故宫路的深宅大院"示威游行,口中念念有词:"女神!我的女神!"

常常自怨自艾:"老哥是香火,命根子;小妹是尾仔,娇娇女;唯我掐头去尾,居中的孩儿讨人嫌。"父亲呵呵大笑,点着我的脑门揭短:"就你最淘,麻烦最多,从小到大没少气我。"

斗嘴是一回事,父亲最宠我,我俩心照不宣。带我上街,大马路不走,非在沟沿蹦蹦跳跳;进植物园,大门不入,非要爬墙翻栏杆;别人的女儿乖乖树下捡落果,我却骑着一颤一颤的枝丫攀龙眼;去海边玩沙子,略一分神,我便溜走,在礁牙上滑一跤,小臂被锋利的牡蛎壳划开半尺长的血口子。父亲用他的大手帕扎紧,吓出一头汗水。"五岁大的小人儿,以为又闯了大祸,咬牙不哭,把嘴唇都咬破了。"别的我都可以抵赖,唯此事因小臂伤痕依旧,只好顾左右而言其他。

母亲十八岁结婚,二十五岁生我妹妹时,从纤细脆弱发展到珠圆玉润,似乎为日后独挑一家重担完成体质上的储存。有父亲宽大的肩膀遮挡时,母亲可以无名地感伤,心神恍惚,手捧一本西方小说,优雅地临窗登眉凝思,而我们三兄妹撒欢父亲膝前,据说我时常熟门路眨眼间就爬到他脑袋上。同事问父亲:你大女儿和这三个小的年岁相差有十岁吧?父亲很开心:啊不,那是我太太。同事恍然,凑近耳边:难怪与孩子们不亲,是续弦的吧?

说母亲是娇妻一点不夸张,在教会女校里,她曾是钢琴、书法、插花和服装设计的高才生,要说理财持家,父亲有多精明能干,母亲就有多糊涂。天塌下来之后,哥哥早已被祖母接管,我原就是外婆的心肝,母亲决心带着妹妹自己谋生。那个年头里,知识妇女要找份"高尚职业",非会计别无他途。毫无数字概念的母亲打起算盘也许和弹钢琴一样悦耳,但她赔钱比挣钱多,还要流水般往劳改营寄炒面、猪油、衣服鞋袜,甚至极稀罕极昂贵的蛋糕。父亲收到包裹,心疼母亲的不切实际,更加珍惜地把长了寸长绿毛的蛋糕放在瓦片上烤烤吃了,奇怪的是不闹肚子。

某一天母亲又失账 15 元,环视家徒四壁,顺手抓一本相册,携着妹妹搭车回厦门娘家,由大姨将赔款汇去。在厦门还是当会计,直到她病逝,她都在忍受这份磨人的、与天性格格不入的工作。父亲保存的家书中有一封署名是妹妹,另有括弧说明是我代笔,半文半白老气横秋。那时我上二年级,已经在啃《红楼梦》。还有一封是我的"鸡毛信",因丢失学校图书馆的借书,需赔偿 5 块钱向父亲求援。记得我很快收到回信,先急不可耐抖出那 5 块钱,松了一口气。接着欣赏起写着"佩瑜我儿亲收"的信封,毕竟是完全属于我的第一封信。至于信纸上写的无非是钱来之不易啦,好好读书啦,照顾妹妹啦等为父之言,我其实不记得了。小小年纪就已见钱眼开,真不好意思。

八年的时间,我从一个惹祸不断的小淘气包长成桀骜不驯的少年。考中学之前,我在家附近的巷口,遇见一个皮肤黝黑,皱纹像刀刻的男人,他把一手帕包的鸡蛋使劲往我怀里塞,说:"功课紧张,补补身体。"我推开他,逃回家,气急败坏状告外婆,外婆叹气:"那是你爸爸,可怜你都不记得他了。"印象中的父亲总是头发三七分,梳得油光水滑,雪白西装,白皮鞋,风度翩翩的呀。怎么会这样?衣服破旧也罢,头发枯槁也罢,偏偏内八字脚,还穿一双搽了白粉的力士鞋,白得刺眼而俗气,仿佛对往日好时光的谄媚和贿赂。

外婆家的洋楼处于厦门九条巷的八卦中心,我变换路线神出鬼没躲避我的亲生父亲,劳心劳力,竟然还能考上厦门一中。

周末在中学门口守候的不是父亲了,是哥哥。这几年来,学习优秀沉默懂事的哥哥是我们的偶像,由他代父亲来做统战工作,果然立竿见影。我永远不会忘记哥哥一手牵我一手拉妹妹,走向凤凰树夹荫的中山公园,远远先看见那双簌簌掉粉的白力士鞋,路标一样显眼,父亲在公园门口望眼欲穿。我们已经知道了这是父亲唯一允许自己的奢侈,平时干苦力,他趿拉着一双破军鞋。

父亲被改造掉的不仅有白西装、发蜡,还有家庭和公职。他期满回家之前,母亲经不起领导和社会压力,已和父亲协议离婚。带哥哥一起住鼓浪屿祖母家的父亲,幸运地碰上个颇通情达理的居委会,不仅很快介绍了一份重体力劳动给他,一年后满街都是戴高帽的"牛鬼蛇神",有政治污点的父亲每天如履薄冰,却侥幸逃过此劫。

渴望阖家破镜重圆,忍受心中痛苦的父亲,拉起载货板车从火车站到渡口约5公里,拉一趟挣8毛钱,每天两趟,四个来回、可以得一块六,不算少。上午和下午点心都是豆浆4分加馒头3分,渡轮一毛钱,午餐半斤米饭两毛菜,这已去掉五毛二,还要扣去刮风下雨误工的损失,最重要的是不能生病。点心和午饭都是最低限度的体力补充,须知他每天拉数百斤重物,步行20公里,又有多年胃病史。后来我还知道了他患有严重疝气,本不宜如此劳累的。现在父亲的算盘拨来拨去虽然只有两位数,要在小数点后面节省零头,仍须发挥聪明才智哩。偶尔空车返回时,有人搬家求载个家具什么的,就有非法的额外收入。三五毛钱罢,虽然最多只有2块钱,已是天上掉下肉包子,父亲便大大破费买半斤红糖饼干,泡一杯茶末,怡然自得给自己压惊。

一分钱磨盘大的父亲,在火车站看到一位中年教师,拎件半新的绒衣向路人求抵押九块钱,说丢了火车票,急于回老家探母病。父亲拍出十块钱,用清秀的隶书写下自己的姓名地址,说:"钱借你,方便时还我,这也是血汗钱。穿上衣服吧,天冷。"那人不久即把钱邮来,同时还有一包裹,是上品红菇和笋干。

我身上那么一点江湖义气,可以说是父亲的遗传。

当我齐整细密的乳牙脱落,继而长出一口杂乱无章的板牙,祖母微微颔首:是姓龚的没错。外婆便不无惋惜着:怎么越长越像她父亲!接着在我身上显现的基因全与母系有关:近视眼、神经衰弱、瘦骨伶仃,以及无可救药的逻辑混乱。有外婆的庇护,我每月用于买冰棒、租连环画、看电影,包括丢失的钱,大概比爸爸的零用钱还多,可不到月底我就要算计妹妹的存钱扑满。

外婆替父亲养育了不谙世事好做白日梦的小妻子,父亲感激不尽。然而体验过严酷生存斗争的父亲,眼看我母亲一经风暴就迅速凋谢,痛心疾首决意要他的小女儿翅膀硬一些。他很想让我们知道,他领我们上动物园,给我们买新式铅笔盒,送生日小礼物的钱是怎么挣来的。又不忍让小姊妹俩在尘土飞扬的马路上,跟在他身后推车上坡。即使他舍得,还要先杀了我外婆哩。

其实我的哥哥和堂弟们,都自觉自愿当过父亲的义勇军。

父亲经常载货的木材公司看中父亲一手好算盘,请他当仓管员,正式评了个二级工。重操财政旧业的父亲虽不必再马拉松竞走,但要清点原木和各种型号的模板,劳动仍然繁重。他说服我们姊妹俩,暑假里到他工作的露天堆场去帮忙,拾捡遍地的碎木块。不一会儿,我们的手指扎了刺,头发上脸蛋上沾满汗水和锯木屑,我因为捉一只绿色大蚂蚱,袖子扯裂了,飘飘扬扬,翅膀一样。父亲脸上一直喜气洋洋,他犒赏我们六分钱一碗花生浆和八分钱的大肉包,工作轻松有趣,点心好吃,还给外婆带回一麻袋折价的刨木花。父亲那样骄傲地介绍我们给他的工友;兴致勃勃带我们参观肮脏不堪的综合办公室,在他的糙木写字台上有我们的全家福。以及,父亲看我们狼吞虎咽时不觉咂着嘴的那份满足。

我似乎没有从父亲的精心策划中得到什么社会实践教育,但很可能从这一天起,我们完全认同了父亲。

上山下乡运动的铁扫帚把我们兄妹全赶到上杭山区。父亲收拾好东西,准备接通知随时与我们相聚。我们得知他的想法,吓坏了。在我们看来,举家迁来当农民,我们连回厦门探亲的机会也没有,招工更不要想。于是写信发电报竭力阻止。我们的恐慌影响不了父亲。他在三明劳改那八年,条件更恶劣都挺过来了,他可以照顾孩子们,并且实现他梦寐以求的家人团聚。

木材公司按兵不动,父亲努力挣工资,轮到他源源不断给我们寄包裹。我们这个知青点都是应届生,学生气很重,六个人一锅吃饭,财产公开。有次父亲寄了个十五公斤重的木条箱,几个男孩拿扁担翻山去公社扛回来。我照例把包裹往厨房大柜一扔,轮到谁烧饭,谁就伸手掏去。几天后接父亲信,说包裹里不但有三个梨还有月饼,方晓得不知不觉已过了中秋。赶快把包裹倒出来,梨流着黑水,月饼尚有希望,活学活用父亲当年烤蛋糕的经验,六个同伴围在大锅边煎月饼。月饼和鼻子都有点酸,每个人很仔细地把饼屑送进嘴里。

插队期间我开始写诗。写过一首《我想有个家》,只记得其中几句:"哥哥吹笛子/爸爸爱喝茶/葡萄棚下妈妈养鸡鸭。"多年以后父亲还念叨,说这是我最好的诗,可惜丢了,没有发表。我再往下写的诗,就没有这么好看了,糟糕的是还流传出去,被谱成吉他曲。父亲虽然担忧,经验告诉他,在淳朴的山民之间,我其实比较安全。我回城时外婆已去世,爸爸为我们姊妹设法租到祖母楼下一间12平方米的卧室,他和哥哥仍然住祖母客厅边。我进了工厂当炉前工,高温,重体力,三班倒,十分辛苦。一边失眠发烧一边夜夜读书写作,人瘦得只有42公斤。

我临街的八角房开始有文学青年来往,高谈阔论弄得路人皆知。

父亲和我开诚布公,要我烧掉诗稿,说写那样的诗非常危险。我年轻气盛,拧着脖子:你就当没有我这女儿好了,不是还有哥哥妹妹吗?

父亲亲身体会过历次运动,深知文字狱的厉害。他叹息着走开去:"你以为出了事,我和你哥哥妹妹还能安然无恙么?"

劝阻无望,父亲只好接受,而且全力支持。为了加强营养,不惜把他和我的伙食分出来另过(妹妹工作在福州)。祖母见父亲变着花样给胃口刁钻的我煲汤,替哥哥生气:哼,宠出个女儿王!其实连祖母给哥哥做两个荷包蛋,哥哥都要偷偷留一个给我。菜炒好了,父亲在我窗外逡巡,等我放下笔再叫吃饭。我唯一的家务是洗自己的衣服,连被子都是父亲戴上老花眼镜一针一针纫的。可以说当闺女时,我好像连厨房都很少进去。

嫁人时我已是专业作家,公公婆婆丈夫儿子,现代都市里可算大家庭了。买菜做饭带孩子,还有自虐式又洗又涮的洁癖,每天蓬头垢脸心浮气躁,何来诗情画意?常有亲友夸我而今做得一手好菜,有乃父之风,父亲心里难过,背地说我丈夫:"我养一个诗人女儿,你家得一管家媳妇。从前为了让她专心工作,连茶都要我替她斟好的。"

右派平反后父亲即办了退休手续,虽然未补发三十年工资,但他原先的工资级别就很高,随着厦门经济发展,他的退休金水涨船高,日子一天天滋润起来。"可惜你母亲不能起死回生!"父亲遗憾着。

我也曾试着劝父亲寻个老伴,他都摇头。我们未成家时,他怕委屈我们;儿女们分巢而居,他又担心家里有了不相干的人,我有陌生感不愿回娘家。哥哥嫂嫂极孝顺,十七八年来住一起,锅盘都会交碰,他们却不曾跟老人顶撞过。小侄女成了父亲的精神支柱、生活中心和开心果。地位旁落的我心有不甘:老爸,你逢人夸的是嫂嫂不夸我也罢,有好吃的准是岚岚优先也罢,直到现在你都时常修理我,怎没听见你说岚岚一个不字?

热爱生活的父亲(现在流行说法是重视生活品质)一旦手头宽绰,首先发扬光大的是他的美食天性。祖传的春卷、韭菜盒、红烧猪蹄、蟹粥鱼糜凤尾虾,一一真材实料精工细作起来。又"克隆"人家酒宴名肴,朋友饭桌偷艺,篡改旅行中见习的南北风味;甚至手持一部古龙的武侠小说,依样画葫芦仿真一品"翡翠鸡"。每个周末召集儿孙们回去品尝,在我们中间掀起烹饪比学赶帮超。向来不拿锅铲的妹妹,短期突击,竟独树几帜招牌菜如香酥鹌鹑、家常卤面等,获父亲眉开眼笑奖。哥哥近水楼台,兼收集名家菜谱,每每有惊人表现,尤其嫂嫂打下手的时候新招迭出。

精力充沛的父亲没有浪费晚年的美好时光,他以武侠小说为指南,独自访遍名山胜水。身上背的照相机不断更新换代,拍扬眉吐气的自己,拍躲着镜头的孩子们,还主动拍亲戚朋友的,花钱冲洗后挨家挨户去分发。他培植的新品玫瑰曾是我的嫁妆,而他引为骄傲的"十八学士"茶花,则是我千辛万苦从德化连泥带盆运回的。他养的黄莺宛转娇啼得心花怒放,一只老鹦鹉,在父亲去世后得了失语症,寂寞时宁愿装猫叫。

　　父亲很以诗书传家为骄傲,对我详尽讲解族谱,其中不少传奇,可惜当时兴之所至,不及使用录音机。祖父收藏的金石书画,"文革"里几乎损失殆尽,侥幸箱底犹压几张伯祖父的扇面(伯祖父以画菊闻名,早年在日本举办过个展)。父亲以此为基础,四处求画,大多友情出演,毕竟财力有限。几件精品,父亲临终交给我,说唯此留我纪念,现挂在我的客厅朝夕相伴。

　　父亲劝我焚稿时,他自己其实手痒,写不少格律诗。晚年他自号箴斋老人,辑诗成册,题《箴斋诗笺》,为访客问友必备礼品之一。有段时间他忙于参加"中华诗词学会",在海内外发表诗词,入选这里那里的选本。父亲自有一帮文朋诗友。我有时回娘家,见三四青年,团团围坐,听父亲引经据典传授诗词格律。

　　有次文章写一半,挂电话问父亲,"及笄之年"是几岁,父亲回答了,电话放下十分钟,父亲抱着大《辞海》来我家,再跟我说"弱冠",说"而立",顺便摇头说我"家学不足"。

　　我很是惭愧哪,父亲!

1999